Der Glücksdiabetiker

Lars Lindigkeit

Der Glücksdiabetiker

Roman

01.04.2010

eichborn

1. Auflage 2010

Umschlaggestaltung: Christina Hucke
unter Verwendung eines Fotos von Charles Allen,
© getty imgages
Lektorat: Doris Engelke
Satz: Fotosatz Reinhard Amann, Aichstetten
Druck und Bindung: FVA, Fulda
ISBN 978-3-8218-6075-6

FSC
Mix
Produktgruppe aus vorbildlich bewirtschafteten Wäldern, kontrollierten Herkünften und Recyclingholz oder -fasern
www.fsc.org Zert.-Nr. SCS-COC-001554
© 1996 Forest Stewardship Council

Eichborn Verlag, Kaiserstraße 66, 60329 Frankfurt am Main
Mehr Informationen zu Büchern und Hörbüchern aus dem Eichborn Verlag finden Sie unter www.eichborn.de

Für meine Eltern

Alles, was zu dumm ist, um gesprochen
zu werden, wird gesungen.

VOLTAIRE

I

Wenn das Nichtseiende nichtseiend ist, so ist es um nichts weniger seiend als das Seiende seiend ist.

So viel hatte ich inzwischen vom Leben begriffen.

Andere, weit elementarere Fragen des Seins blieben weiter unbeantwortet: Wieso wurde auf meinem Konto jeden Monat mehr Geld abgebucht als gutgeschrieben? Weshalb wollten Frauen von mir immer nur das Eine – nämlich, dass ich ganz schnell verschwinde? Warum drückte ich jedes Mal wieder an Pickeln im Gesicht herum, obwohl ich ganz genau wusste, dass sie dadurch nur viel schlimmer wurden? Ich hätte eine Liste aufstellen können, länger als Tolstois »Krieg und Frieden« im Sehbehinderten-Großdruck. Zumindest eines wusste ich sicher: Das Sein war mir entschieden zu kompliziert.

Und jetzt hatte ich auch noch diesen blöden Brief an Sonja eingesteckt.

Wir hatten gestritten. Und zwar richtig. Es war einer dieser Streits gewesen, bei denen man so lange stritt, bis man irgendwann gar nicht mehr wusste, WORÜBER eigentlich. Doch man stritt weiter. Und weiter. Am Ende nur noch deshalb, weil man wütend war über den wachsenden Verdacht, dass es vielleicht gar keinen wirklichen Grund zum Streiten gegeben hatte. Genau einen solchen Streit hatten wir gehabt. Uns angebrüllt bis zur Kapitulation unserer Stimmbänder. Furchtbar.

Das vorhersehbare Ende: Sonja war weg. Doch damit nicht genug. Im Rausch der Bosheit hatte ich kräftig nachgetreten, all die Beleidigungen, die mir erst nach ihrer Abreise eingefallen waren, in einem gottverdammten Brief hinterhergeschickt. Im Erfinden von Beschimpfungen war ich Meister aller Klassen. Wie besessen hatte ich den Hassbrief an Sonja heruntergekritzelt und zur Post gebracht. Ich war nicht zurechnungsfähig gewesen. Ein solch schlimmer Aussetzer hatte meinen

Restverstand nicht mehr lahmgelegt, seit ich als kleiner, dicker Junge in meinem Kinderzimmer aufrichtig zu »Looking For Freedom« von David Hasselhoff abgerockt hatte. Freiheit besaß ich nun wohl. Mehr, als mir lieb war.

Jetzt, auf dem Rückweg vom Briefkasten, kam ich langsam wieder runter von meinem Trip. Je mehr ich mich beruhigte, desto mehr musste ich an all die bösen Dinge denken, die auf dem Papier standen, das inzwischen tief auf dem Grund der gelben Box auf seinen Einsatz wartete. Allein dieses sehr lange Wort, das ich zusammengesetzt hatte aus fünf Bezeichnungen für ein primäres Geschlechtsmerkmal der Frau – nein, das war nicht die feine englische Art. Das war noch nicht mal die feine DEUTSCHE Art. Manchmal rätselte ich, ob ich der wissenschaftliche Beweis für die Intelligenz der Gene war, die mein Auftreten so steuerten, dass ich Frauen schnell genug vergraulte, bevor ich mich dem Beckenrand des Genpools auch nur nähern konnte. Ich hatte es verbockt. Und zwar richtig.

Ich schaute auf meine Armbanduhr: Es war kurz nach neun. Gab es nicht noch eine Nachtleerung um elf? Ich rannte zurück zum Postkasten. Als ich durchgeschwitzt ankam, sah ich erleichtert, dass ich recht gehabt hatte. Wenn schon meine Zurechnungsfähigkeit nicht mehr funktionierte, dann wenigstens mein Erinnerungsvermögen: Tatsächlich würde eine Stunde vor Mitternacht der gelbe Ritter noch einmal angeritten kommen. Von wegen Servicewüste Deutschland – eine fruchtbare Oase der zweiten Chance!! Ich würde dem Postleerer die Situation erklären und meinen Brief an Sonja zurückbekommen. Den Personalausweis hatte ich dabei, es konnte nichts schiefgehen. Meine Stimmung hellte sich auf. Alles, was ich zu tun hatte, war abwarten. Das bekam sogar ich hin.

Eigentlich wäre genug Zeit gewesen, zwischendurch nach Hause zu gehen, doch das traute ich mich nicht. Am Ende kam der Postmann früher als angegeben. Ich setzte mich in dem angrenzenden Park auf eine Bank, von der aus ich den Briefkasten perfekt im Blick hatte. Das Wasser des Springbrunnens benetzte mein Gesicht mit feinen, kalten Spritzern, während ich die gelbe Box anstarrte wie ein Perverser, der nachts bei »Domian« beichtete, es mit Briefkästen der Deutschen Post zu treiben. Ich sehnte den Moment herbei, in dem ich mein infantiles Pamphlet wieder in Händen hielt und zerreißen konnte. Es würde nicht mehr lange dauern.

Bis 23 Uhr ging es mir gut. Ab 23:15 Uhr beruhigte ich mich, dass Postleerer oft etwas spät dran waren. Ab 23:30 Uhr kam mir der fürchterliche Gedanke, ich könnte die Leerung versäumt haben. Ab 23:45 Uhr wollte ich nur noch sterben. Ab 0:00 Uhr wurde ich auf meiner einsamen Parkbank im Mondschein zum heulenden Werwolf. Ab 0:35 Uhr fing ich an, mit der Faust auf die Holzlehne einzuhämmern. Um 0:50 Uhr schließlich sah ich nach einem letzten verzweifelten Aufbäumen der Hoffnung ein: Es war vorbei. Keine Ahnung, wie es hatte passieren können, aber der Briefleerer war mir entgangen. Der war durch. Wenige Sekunden der Unachtsamkeit hatten mein Schicksal besiegelt.

Mit schmerzendem Körper und noch viel heftiger schmerzender Seele stand ich auf und wankte durch die Nacht. Während ich noch überlegte, mich im Rhein zu ertränken oder doch lieber vom Büdchen-Besitzer um die Ecke totquatschen zu lassen, fuhr ein Wagen vorbei. Im Laternenlicht sah ich das Schild an der Scheibe:

UNTERWEGS IM AUFTRAG
DER DEUTSCHEN POST

Ich rannte neben dem Auto zurück zum Briefkasten, als säße darin ein von mir angehimmelter Superstar. Das war in diesem Moment auch irgendwie so, obgleich die ungepflegte Schnauzbart-Visage, die mich aus dem Wagen anglupschte, nur einen sehr eingeschränkten Glamourfaktor versprühte. Doch das war mir in diesem Moment völlig egal – alles, was zählte, war, dass ich meinen Brief zurückerhielt, mich morgen bei Sonja entschuldigen konnte. Vielleicht sollte ich den Nachtzug von Köln nach Düsseldorf nehmen, um sie bei Sonnenaufgang mit einem Picknick im Garten zu überraschen? Ja, gute Idee! Mit Streichquartett?? Noch besser!! Fast freute mich jetzt, dass der Postmitarbeiter mich so qualvoll hatte leiden lassen: Die Erlösung war umso intensiver.

Glückselig zog ich den Personalausweis hervor, schritt auf meinen schlappe zwei Stunden verspäteten Briefpost-Messias zu.

»'n Abend, ich habe da 'nen Brief drin, den ich ...«

»NIX DA!!!«

Sein schlechter Atem wehte mir um die Nase, noch bevor ich zu Ende sprechen konnte. Wieso hielt sich der Leerer nicht an den Dialog, den ich mir in den vergangenen drei Stunden ausgemalt hatte?

Ich startete einen zweiten Anlauf.

»Bitte, da ist 'n Brief von mir drin, den muss ich unbedingt wiederkriegen – ich hab auch meinen Perso ...«

»Kann jeder kommen! Isch darf nix rausgeben!!«

Der sprechende Schnäuzer schloss den Kasten mit einem Spezialschlüssel auf, holte den Briefsack heraus und schüttete den Inhalt in eine Kiste. Mein Herz schlug schneller, als ich auf einem der Umschläge in meiner Krakelschrift Sonjas Adresse entdeckte.

»Da oben liegt mein ...«

»FINGER WEG!!!«

Der Post-Psychopath schrie, als hätte ich ihn sexuell belästigt, ließ die Briefe in seinem Wagen verschwinden. Extra meinetwegen schloss er sicherheitshalber hinten ab. Ich versuchte, mich zusammenzureißen.

»Hören Sie, das ist mein Brief, den werd ich ja wohl zurückkriegen können.«

»Die Post ist um zwei im Briefzentrum Frechen – fahren Sie DA hin!«

Ein Hoffnungsschimmer leuchtete in mir auf.

»Da bekomm ich den Brief wieder?«

»Kann sein.«

Kann sein? Was war das für eine Antwort?? Bevor ich fragen konnte, wo genau dieses Briefzentrum in Frechen sei, kletterte der Post-Diktator in sein Auto, knallte die Tür zu und düste davon. Es war kurz nach eins. Meinen Blutdruck wähnte ich im hohen dreistelligen Bereich. Mindestens.

Das würde eine lange Nacht werden.

Ich lief zum Geldautomaten, zog 100 Euro. Mein ohnehin schon psychisch labiler Bankberater würde ein Rosenblätter-Schaumbad mit Föhn nehmen, wenn er das entdeckte, doch darauf konnte ich keine Rücksicht nehmen: Mit sofortiger Wirkung traten meine persönlichen Notstandsgesetze in Kraft. Die Scheine in der Hand rannte ich zum Taxistand vor dem alten Capitol-Kino, stieg schnaufend in den vordersten Benz.

»Zum Briefzentrum Frechen!«

Der Fahrer legte in Superzeitlupe seinen Express beiseite und startete den Motor. Ich hatte keinen blassen Schimmer, wie man nach Frechen kam – und schon nach gut 15 Minuten Fahrt fiel dem Taxifahrer auf, dass es ihm ganz genauso ging. Er versuchte, sein Navigationssystem zu programmieren, war aber zu blöd dafür, so dass diese Aufgabe an mir hängenblieb. Das Taxameter stieg mit meiner Verzweiflung. Wieso ich denn so spät noch zu diesem Briefzentrum müsse, wollte der Fahrer wissen. Ich drehte sein Autoradio lauter.

Eine halbe Stunde später sprang ich im trostlos grauen Industriegebiet Frechens aus dem Taxi, lief in Richtung des erleuchteten Postgebäudes. Das Briefzentrum war hoch umzäunt, und einen Moment fürchtete ich, gar nicht reinzukommen. Dann fand ich eine offene Tür. Riesige Post-LKWs standen in Reih und Glied auf dem Parkplatz. Einige Arbeiter, vermutlich Briefsortierer, saßen auf den Treppenstufen des Eingangs und frühstückten, wenn man es um diese Zeit so nennen konnte. Ich wollte wissen, wo ihr Chef sei. Die Jungs senkten Wurst- und Käsestullen, starrten mich an, als hätte ich sie soeben um die Erklärung der Relativitätstheorie gebeten. Dann schickten sie mich doch noch auf die gegenüberliegende Seite. Dort saß auf den Stufen nur eine junge Frau. Weil sie nett aussah, erklärte ich ihr mein Problem. Ich erzählte nichts von Sonja oder dem Streit, nur, dass es sich um einen falsch eingeworfenen Brief handelte, den ich dringend zurückbrauchte. Die Frau hörte aufmerksam zu, das fühlte sich gut an. Sehr gut sogar. Die würde mir helfen. Sie ging in das Gebäude, kam kurz darauf mit ihrem Big Boss wieder raus.

»Sie wollen ’nen Brief zurück?«

Ich nickte.

»Keine Chance!«, schüttelte er den Kopf und deutete auf die LKWs.

»Die Post aus Köln kommt in solch einem Ding zusammengemischt. Da finden Sie gar nichts ... Ich kann Sie eh nicht drin rumwühlen lassen – wir sind hier doch kein Grabbeltisch!«

Ich begriff, dass ich keine Chance hatte, schmiss dem Kerl mein letztes Stück Würde in den hungrigen Chef-Rachen:

»Bitte! Es geht um ... Es geht um meine Freundin.«

Ich schaute flehend, und das Unglaubliche geschah: Der Blick des Bosses veränderte sich. Seine Gesichtszüge entspannten, plötzlich funkelten in seinen Augen Verständnis und Milde – vermutlich erinnerte er sich gerade an die eigene große Liebe des Lebens. Eine, die er genau wie ich durch unüberlegte Dummheit verloren hatte, an die er bis heute jeden einzelnen Tag wehmütig dachte. Manchmal geschahen doch noch Wunder in dieser wunderlichen Welt. Ja, er hatte verstanden!

Der Boss fing an zu lächeln, ich lächelte dankbar zurück. Sein Lächeln wurde breiter, meines auch. Sein Lächeln wurde NOCH breiter und fing langsam an, mich zu irritieren. Schließlich platzte es aus ihm heraus: ein lautes Lachen, so gewaltig, dass er seinen Kopf in den Nacken warf. Der Soundtrack der Verachtung hallte über das Gelände. Ohne sich zu verabschieden, ging der noch immer grölende Boss zurück ins Gebäude. Die Frau, die mir hatte helfen wollen, zuckte entschuldigend mit den Schultern, verschwand ebenfalls. Für mich der Moment, endgültig auszurasten. Ich rannte die Treppe hoch, hämmerte mit Händen, Füßen und Kopf auf die verschlossene Tür ein:

»'NE WEIHNACHTSMANN-ADRESSE FÜR ALL DIE ROTZBLAGEN EINRICHTEN KÖNNT IHR, ABER KEINEN BLÖDEN BRIEF RAUSSUCHEN?! ICH WILL JETZT! SOFORT!! MEINE VERDAMMTE SCHEISSPOST ZURÜCK!!! IN WELCHEN UNFRANKIERTEN ARSCH MUSS ICH DAFÜR KRIECHEN, HÄ?!«

Mein konstruktiver Hauch von Kritik blieb nicht unerhört: Die Tür öffnete sich wieder. Und nachdem ich diesen Post-Pfeifen bewiesen hatte, wozu ich fähig war, behandelte man mich ganz anders. Ich wurde nun regelrecht in den Himmel gehoben – nämlich von zwei muskulösen Security-Gorillas raus auf die Straße. Sie legten mir zum Abschied nahe, nie wieder hier aufzukreuzen, sonst würde das Konsequenzen haben.

Konsequenzen. Es gab keinen Begriff, der meine Alptraum-Nacht besser beschrieb.

Meine Niederlage akzeptierend setzte ich mich in den nahe liegenden Burger King, pfiff mir aus Hunger und Frust einen Triple Whopper rein. Nach diesem Tag entsprach es meiner Auffassung von Gerechtigkeit, dass eine Kuh wegen meines Burgers genauso hatte leiden müssen wie ich wegen Sonja. Die würde den Brief in ein paar Stunden erhalten, das stand jetzt fest. Genau wie die Tatsache, dass dann nichts mehr zu retten war. Ich kritzelte einige der exklusiv für Sonja kreierten Schimpfwörter auf eine Serviette, wollte mich noch mal ihrer Wirkung vergewissern. Vielleicht waren sie am Ende gar nicht sooooo schlimm. Die abräumende Bedienung, die mich nach nur einem flüchtigen Blick hochkant rausschmiss, zeigte mir: Doch, waren sie. Ich steckte richtig tief drin. Unterkante Oberlippe in der Scheiße.

Auf dem Parkplatz vor dem Burger King fand ich ein Taxi zurück. Der Fahrer freute sich über mich armen Tropf zu solch später Stunde, schlug aus meinem Leid schamlos Profit. Auch er wähnte sich wie sein Kollege von vorhin im Besitz der Lizenz zum Labern. Ich tat, als würde ich zuhören, sah irgendwann endlich den beleuchteten Dom. Zurück in Köln. Ich wollte nur noch schnell in meine Wohnung und bei einer schönen Tasse heißer Milch mit Zyankali sterben.

Dann kam mir eine allerletzte Idee.

»Wie teuer ist die Fahrt nach Düsseldorf?«, fragte ich den Taxifahrer.

»Wohin genau?«

»Rotterdamer Weg. Am Stadtrand.«

»Was ist da noch los?«

Gar nichts war da noch los. Zumindest ging ihn das einen feuchten Kehricht an.

»Ich will jemanden … besuchen.«

»Um die Uhrzeit?«

»Sind Sie Taxifahrer oder Tatort-Kommissar?? Also, wie teuer?«

»80 Euro Festpreis – aber nur, weil ich Sie mag. Verdienen tu ich da nichts mehr.«

»Mir kommen gleich die Tränen…«, murmelte ich, was sogar stimmte. »Halten Sie bitte kurz an der Sparkasse da vorne.«

Er ließ mich raus, und ich verlangte weitere 50 Euro von meinem bereits ins blutig rote Soll geprügelte Girokonto. Mochte der Dispo mit mir sein. Diese ungewissen Sekunden nach Eingabe des gewünschten Betrages waren immer am schlimmsten: stumme »Auszahlung nicht möglich«-Demütigung oder erlösend lautes Rattern? Ich fixierte den Bildschirm und wartete. Jetzt mach schon.

DRRRRRRRRRRRRRRRRRRRRRRRRRRRRRRRRRRRRRRRRRR!

Jackpot!! Ich zog das Geld heraus, bevor der offensichtlich wahnsinnige Automat noch zu Sinnen kam, rannte zurück zum Taxi. Inzwischen war es 2:30 Uhr.

»Nach Düsseldorf!«, verkündete ich.

Mein Taxifahrer gab Stoff.

Um zehn nach drei erreichten wir das Ziel. Ich ließ mich am Anfang der Straße absetzen, ging den Rotterdamer Weg hoch und spähte vor Hausnummer 11 hoch zu Sonjas Fenstern: Es brannte kein Licht. Um diese Uhrzeit nicht weiter verwunderlich, auch wenn es mir geschmeichelt hätte, dass Sonja meinetwegen nicht schlafen konnte. Ich schlich in den kleinen Vorgarten, sank hinter dem Rhododendron erschöpft ins Gras. Hier würde ich sitzen bleiben und warten, bis der Briefträger kam. Dem würde ich diesen Teufelsbrief abnehmen – kostete es, was es wollte. Das war die wirklich finale Chance. Wenn nur diese Müdigkeit nicht wäre. Ich hätte jetzt so gerne geschlafen. Doch das durfte ich nicht. Ich musste wach bleiben, mich zusammenreißen. Bloß nicht einpennen. Nur kurz die Augen ausruhen. Bloß ein paar Sekunden. Ein paar klitzekleine Sekündchen.

Als ich die Augen wieder öffnete, lag ich ausgestreckt auf dem Rasen. Es war hellichter Tag. Ächzend drehte ich mich um – und sah Sonja, den geöffneten Brief in der Hand, vor mir stehen.

II

»Ich glaub das nicht … Ich glaub das einfach nicht!«

Sonja starrte fassungslos auf ihre kleine Morgenüberraschung. Zur Erinnerung: Das war ich. Verschämt hob ich den Kopf. Aus dieser Perspektive wirkte Sonja sehr einschüchternd. So musste sich eine räudige Töle fühlen, die genau wusste, dass sie nicht auf den Teppich hätte pinkeln sollen.

»Sonja …«, erhob ich mich schwerfällig. Himmel, stank ich nach Schweiß und Burger King. Widerlich.

»TICKST DU NOCH SAUBER?!«, hielt sie mir den Brief unter die Nase. »Du wirfst mir DAS hier in den Briefkasten und …«

»Sonja …«

»… und übernachtest in meinem Garten, um live mitzuerleben, wie ich deine … deine Schimpfwort-Sammlung lese?? Gott, du bist ’n Psycho! Ich fass es nicht … Ich war zusammen mit ’nem Psycho!«

»Nein!«, rief ich gleichermaßen entsetzt über das Missverständnis, das mir verpasste Stigma »Psycho« und die Vergangenheitsform unseres Zusammenseins. »Nein! Um Himmels willen – nein! Nein, nein, nein! Das ist … NEIN!! Das ist alles ganz anders! Nein!«

Ich wollte Sonja in den Arm nehmen. Schlechte Idee.

»Fass mich nicht an!«

Ich zog meine Hände zurück. Von der anderen Straßenseite glotzte bereits Sonjas neugieriges Nachbarpaar rüber.

»Es ist nicht, wie du denkst!«, versuchte ich zu erklären. »Den Brief hat die blöde Post gebracht – ich war nur hier, um ihn abzufangen … Den hättest du gar nicht kriegen sollen.«

Sonja hielt Beweisstück A hoch – den Umschlag.

»Gut, das ist dein Name …«, musste ich zugeben. »Und deine Adresse. Und meine Handschrift. Aber das war nicht ich, der diesen Brief geschrieben hat!«

»Das warst nicht du? Wer war das DANN, wenn ich fragen darf?«

»Ich war … ich war … ich war …«, suchte ich nach dem richtigen Begriff, schnippte mit dem Finger. »Besessen! So ist es: Ich war besessen – wie Linda Blair im ›Exorzist‹!«

Sonja schaute mich mit großen Augen an.

»Besessen wie im ›Exorzist‹? Hab ich das gerade richtig verstanden??«

Ich merkte: Das war für Sonja nicht gerade der eingängigste Vergleich. Aber leider der einzige, den ich hatte.

»Genau!«, nickte ich heftig. »Du weißt doch: ›Der Exorzist‹ – hab ich dir auf DVD geschenkt … zum Valentinstag … sogar den Director's Cut, elf Minuten länger als die Ur-Fassung.«

Sonja war sprachlos.

»Kannst du diesen blöden Brief nicht einfach wegschmeißen, und wir vergessen den ganzen Streit?«, flehte ich sie an. »Ich weiß nicht, was da in mich gefahren ist. Ich weiß es nicht. Es tut mir leid, ehrlich.«

Ich hielt Sonjas Schweigen kaum aus.

»Sag doch was!«

Sie blickte mich weiter stumm an.

»Ich fühl mich auch manchmal wie das Mädchen im ›Exorzist‹ …«, kam es schließlich ganz ruhig.

»Ehrlich?«

»Mm-Hm!«, nickte Sonja. »Jetzt zum Beispiel – wenn ich dich sehe, könnte ich genauso viel kotzen … Verschwinde, aber schnell.«

Immerhin: Sie schien ihre Valentins-DVD zumindest geguckt zu haben.

»Sonja, ich dachte …«

»Bist du taub?! Verschwinde!«

»Sonja …«

Sie ließ mich nicht ausreden, wandte sich an die Nachbarn auf der anderen Straßenseite.

»Herr und Frau Rütten!«, rief Sonja rüber. »Sie kennen doch meinen Freund, oder?«

Sonjas neugierige Nachbarn nickten hinterm Gartenzaun.

»Der schreibt so süße Liebesbriefe, dass er sich fast nicht traut, sie mir zu schicken. Wollen Sie mal hören?«

Die Nachbarn nickten heftiger, jetzt richtig aufgeregt. Sonja hob räuspernd das Blatt.

»Lass es – bitte …«, winselte ich um Gnade. Auch wenn ich sie nicht verdiente.

»Dann hau endlich ab!«

»Sonja, ich will mich ehrlich …«

»›Gehasste Sonja!‹«, rezitierte sie lautstark aus dem Brief. »›Ich hoffe, es geht dir schlecht. Du bist das mieseste, kleinste …‹«

»Ich geh schon, ich geh schon!«

Was sollte ich anderes tun? Solange unsere Emotionen Überstunden machten, würden wir hier nicht weiterkommen, alles höchstens noch verschlimmern. Ich musste mir was anderes ausdenken.

»Lass dich hier nie wieder blicken, Arschloch!«, zischte Sonja leise, wartete mit wütendem Blick, dass ich mich verdünnisierte.

»Ich mach das wieder gut, Sonja …«, rief ich ihr im Rückwärtsgehen zu. »Ich mach alles wieder gut, versprochen.«

Ich schaute, wie Sonja im Haus verschwand, hob den Kopf zu ihren Fenstern. Als das linke sich öffnete und Sonja noch mal rausschaute, wagte ich kurz zu hoffen. Stattdessen flog der Director's Cut von ›Der Exorzist‹ auf mich zu. Die Hülle prallte gegen meine Schulter, fiel ins Gras.

»Nimm deinen blöden Scheißfilm mit!«, schrie Sonja herunter.

Sie knallte das Fenster wieder zu, ließ die Jalousie runter. Ich hob die DVD auf und zog schweren Herzens ab. Die noch immer am Zaun stehenden Neugier-Nachbarn starrten mich an.

»Der Brief ist längst nicht so primitiv, wie er beginnt …«, rief ich zur letzten Ehrenrettung rüber.

Und mit dieser größten aller Lügen, die je in der Geschichte der Menschheit ausgesprochen wurde, zog ich ab. In der Gewissheit: Um Sonja zurückzugewinnen, brauchte ich einen verdammt guten Plan.

Zur Schonung meiner taxitraumatisierten Finanzen fuhr ich mit dem Zug zurück. Ich hatte ein Sechserabteil für mich allein, zog den Vorgang zu und feilte in aller Ruhe an meinem verdammt guten Plan. Ab Leverkusen hätte ich mich bereits mit einem NORMAL guten Plan zufriedengegeben. Kurz vor Köln sogar einfach mit einem Plan. Ich grübelte und grübelte, doch in meinem Kopf wehten die Tumbleweeds und Charles Bronson spielte Mundharmonika. Wieder zu Hause schließlich machte ich mir ein Bier auf und litt vor mich hin. Das mit Sonja war nicht irgendwas gewesen. Sondern etwas ganz, ganz Besonderes. Nein: etwas ganz, ganz, GANZ Besonderes. Etwas, das es nur ein einziges Mal im Leben gab. Umso mehr quälte mich die Entdeckung, dass ich beim zornigen Schreiben des Briefes ins Blatt darunter ein lückenloses Duplikat eingeritzt hatte. Biersaufend las ich die Kopie meiner Dummheit noch mal durch, verbrannte sie danach über der Küchenspüle. Schrecklich. Für diese Zeilen hätte mich selbst der Verein der Tourette-Kranken angewidert ausgestoßen. Ich hatte keine Freundin mehr und auch keine Idee, wie ich sie zurückgewinnen sollte. Alles, was mir noch blieb, war meine gut sortierte Horrorfilm-Sammlung. Frustriert zog ich meinen Lieblingsstreifen heraus:

Invasion der Werwolf-Vampirzombies

Ich holte das Schlafzimmer-Kissen, zog meine Tchibo-Jogginghose an und stellte den Wecker auf Alarm in fünf Stunden, um mich auf dem Sofa gegen Wundliegen rechtzeitig zu drehen. Film ab. Genau an der Stelle, als der Ober-Werwolf-Vampirzombie sich mit der Mumien-Königin paarte, um eine neue dunkle Herrscherrasse von übermächtigen Werwolf-Vampirzombie-Mumien zu zeugen, klopfte es am Wohnzimmerfenster: Durch die Scheibe grinste mich mein alter Freund Axel an. Ich drückte die Pausentaste, ließ ihn herein.

»Alter, was geht?«, begrüßte er mich, rümpfte gleich darauf die Nase. »Boah, du stinkst wie ’n Iltis.«

Er beschnupperte mich intensiver.

»Wie ’n VERWESENDER Iltis.«

Es ging doch nichts über einen echten besten Freund. Axel konnte noch nicht wissen, dass sich Körperpflege für mich ab sofort nicht mehr rechnete.

»›Invasion der Werwolf-Vampirzombies‹?«, entdeckte er die DVD-Hülle auf meinem Wohnzimmertisch. »Schon wieder?? Wie oft hast du diesen Film bereits geguckt?«

»25-mal …«, antwortete ich ehrlich. »Heute mitgerechnet. Davon zehnmal in Vollmondnächten, fünfmal an Freitag, den 13. und zweimal an Heiligabend … Willst du auch die Statistik für Teil 2–13?«

»Lass gut sein … Verrat mir lieber, warum du so ’n Gesicht ziehst.«

Axel merkte natürlich, wie elend ich drauf war. Wir wechselten in die Kommandozentrale des kleinen Mannes, die Küche, wo ich ihm alles erzählte: vom Streit mit Sonja, meinem verhängnisvollen Brief, meiner nächtlichen Odyssee durch den Industriepark Frechen und dem Morgen danach in Sonjas Garten. Ich ließ keine Peinlichkeit aus. Axel verzog bei jedem schlimmen Höhepunkt das Gesicht zu einem »Autsch!«. Da die Geschichte NUR aus schlimmen Höhepunkten bestand, kam er gar nicht mehr zum Normalgucken.

»Scheiße …«, stellte Axel fest. »Und jetzt?«

»Nichts jetzt. Ich will nach Hause.«

»Du BIST zu Hause.«

Des irdischen Daseins überdrüssig, hob ich den Blick zur Küchendecke.

»Ich meinte nach Hause in die Seelenhalle …«

»Lass dich nicht hängen, Alter!«, wollte Axel mich aufbauen. »Ihr streitet doch öfter. Eigentlich streitet ihr sogar über fast alles … Das renkt sich schon wieder ein.«

Ich starrte ins Leere.

»Diesmal nicht … Diesmal nicht.«

»Positiv denken!«

»Keine Chance … Mir bleibt nur noch professionelles Verdrängen, verstehst du? Ich muss der Erinnerung an Sonja eins mit dem Knüppel überbraten und sie gefesselt und geknebelt ins dunkelste Einzelhaft-Rattenloch meines Gehirns sperren, mit fünf dicken Vorhängeschlössern und zwei Schieberiegeln davor, damit sie nie wieder raus kann. Nie, nie, nie wieder.«

Axel blickte mich beeindruckt an.

»Wow.«

»Was?«

»Das war SEHR detailliert, selbst für deine Verhältnisse … Der Brief muss wirklich heftig sein.«

»Würde sogar 'nen Elefanten umhauen …«, stand ich deprimiert auf, öffnete ein weiteres Bier.

»Heißt das, wir müssen das Konzert heute Abend vergessen?«

»Welches Konzert?«, setzte ich die Flasche an.

Axel zog zwei Tickets aus der Hosentasche.

»Deshalb bin ich eigentlich hier … Guck dir das an, Alter: Karten für Robbie!«

»Hä?«

»Robbie Williams. Spielt heute in der Kölnarena.«

»Wie kommst DU an Robbie-Williams-Karten?«

»Sind von meinem Schwesterchen und ihrer Freundin. Liegen flach mit Magen-Darm-Grippe.«

»Klingt ekelig ...«

»Kannst du laut sagen. Bei meiner Schwester kommt's oben und unten gleichzeitig raus ... Ist zumindest der Beweis: Frauen SIND multitaskingfähig.«

Axel machte sich wie immer über meinen Kühlschrank her. Er konnte fressen wie ein Scheunendrescher, nahm trotzdem kein Gramm zu. Keine Ahnung, wie sein Körper das anstellte. Wäre es auf dieser Welt gerecht zugegangen, hätte Axel eigentlich längst aussehen müssen wie ... ja, wie ich halt. Ich war neidisch.

»Das passiert nur Frauen!«, hallte seine Stimme aus den Tiefen meines Tiefkühlfachs. »Bussi hier, Bussi da ... Das ist Stille Post mit Scheißerei. Wer da wen ansteckt, wissen höchstens die Viren selbst.«

Ich hörte den Inhalt im Eisfach durcheinanderwirbeln. Axel kroch mit weißem Reif in den Haaren wieder heraus, in der Hand ein lang verschollenes Tiefkühlhähnchen.

»Was ist, Alter – kommst du trotzdem mit?«

»Ich weiß nicht ... Ich bin nicht wirklich Robbie-Fan.«

»Denkst du ich? Wir machen uns da einfach 'nen coolen Abend! Du hast selbst gesagt, dass du die Erinnerung an Sonja mit vier dicken Schlössern ...«

»Fünf!«, korrigierte ich.

»... und all dem Gedöns verdrängen willst. Das ist die perfekte Ablenkung! In deiner gammeligen Krisen-Jogginghose lass ich dich hier sowieso nicht allein – die trägst du IMMER, wenn's dir richtig scheiße geht.«

Korrekt. Deshalb war sie auch so abgewetzt.

»Mir ist heute echt nicht danach.«

»Jetzt komm, Alter! Ich muss für die Karten meine Schwester und ihre Freundin sechs Wochenenden von der Disco abholen ... Hast du eigentlich 'ne Ahnung, was das heißt? Während du dir hier deine komischen Horrorfilme reinziehst, hab ICH Monster-Teenager live auf'm Rücksitz!«

»Sechs Wochenenden? Nur für die Karten?«

»Ich schwör's!«, hob Axel die Hand. »Ist sogar schon mühsam runtergefeilscht von zehn – verhandele mal mit 'ner 15-jährigen Schwester, die hinter der Klotür bei jedem Angebot anfängt zu kotzen.«

Während Axel die Folie vom Tiefkühlhähnchen riss, ließ ich mich dazu hinreißen nachzudenken. Robbie Williams? Na ja. Die Hits kannte ich. Vielleicht war das Konzert tatsächlich die willkommene Art Zerstreuung, die ich jetzt brauchte. Wer weiß, am Ende wurde es sogar richtig gut. Ein Abend, von dem man später seinen Kindern erzählte. Wenn man denn welche mit Sonja hätte haben dürfen. Um es mit Frau Dr. Erika Fuchs zusammenzufassen: HEUL! SCHNIEF! SCHLUCHZ!

»Also gut ... Ich bin dabei.«

»Geili, Geili!«, freute sich Axel, führte einen kurzen Tanz mit dem gefrorenen Hähnchen auf. »Und dich kleinen Wiesenhof-Freund schmuggeln wir ohne Karte mit rein ...«

Er klopfte sich auf den Bauch, schmiss den Vogel ohne Vorheizen in den Backofen.

»Ich komm nur mit, weil mich dein Opfer für die Karten rührt!«, stellte ich klar.

»Das sollte es auch, Alter! Nächsten Samstag wollen die schon die ersten Tour – wenn deren Magen-Darm-Scheiß im Auto wiederkommt, hab ich 'n Problem ... Und mit ›Problem‹ meine ich: 'ne bis zur Decke vollgebrunzte und vollgereiherte Karre!«

»Ja ... Vielen Dank, dass du das zur Sicherheit so appetitlich definiert hast.«

»Keine Ursache!«, organisierte Axel sich eine Mezzo Mix aus dem Abstellraum, stieß mit mir an. Ich versuchte, es mir nicht anmerken zu lassen, doch meine Gedanken drehten sich weiter im Sonja-Hamsterrad. Ob das Konzert tatsächlich dagegen half, bezweifelte ich. Zumindest aber wagte ich, es zu hoffen.

Während Axels Hähnchen vor sich hin brutzelte, zogen wir uns ›Invasion der Werwolf-Vampirzombies‹ rein. Ich wollte den Film unbedingt zu Ende schauen, auch wenn ich beim 25. Anschauen zugegeben keine größeren Überraschungen mehr erwartete. Als der Gockel fertig gebacken war, holte Axel ihn aus der Küche und machte den Werwolf-Vampirzombies ernsthafte Konkurrenz. Beim gierigen Abnagen der

Keule tropfte es von seinen Glanzlippen fettig auf mein Sofa. Ich konnte diesen Anblick nicht lange ertragen und widmete mich wieder dem qualvollen Untergang der Menschheit in meinem Fernseher. Warum gab es solch schöne, romantische Momente bloß immer nur im Film?

Nach knapp 90 Minuten Werwolf-Vampirzombie-Autorenkino vom Feinsten überredete ich Axel, auch noch die Fortsetzungen zu gucken. Wir kamen bis zur Mitte von Teil 6, dann weckte ich Axel aus seinem Koma. Es wurde Zeit, dass wir uns aufmachen zur Kölnarena. Ich hatte mich sogar durchgerungen, kurz unter die Dusche zu springen, in meiner aktuellen Verfassung ein unendlich schwerer Gang. Zumindest aber stank ich nicht mehr, als ich mich am Eingang der Kölnarena mit erhobenen Armen auf Waffen, Kameras und sonstiges Verbotenes abtasten ließ. Die Security-Lady machte das sehr gewissenhaft und gründlich – ich versuchte, meinen für lange Zeit voraussichtlich letzten Intimkontakt mit einer Frau zu genießen. Als sie mit uns fertig war, durften Axel und ich in den Innenraum. Dort stießen wir auf fast 12.000 fanatische Robbie-Williams-Fans. Ein beeindruckender Anblick. Die Teenager-Quote in der Halle war hoch, das Publikum insgesamt jedoch bunt gemischt. Schwer deplatziert wirkten nur die drei Trucker-Typen am Bierstand, ihre ausufernden Bäuche hauteng umspannt von XXXL-Gag-T-Shirts. Wer rastlos suchte nach dem Sinn des Lebens, nach der Erleuchtung auf die Königsfragen der Menschheit – auf diesen drei Plauzen standen Antworten:

»*VON 0 AUF 30 ZENTIMETER IN 2 SEKUNDEN!*«

»*SCHICKEN IST FÖN!*«

Und meine persönliche Lieblingsweisheit:

»*SEH ICH AUS WIE 'NE BRATWURST ODER WARUM GIBST DU STÄNDIG DEINEN SENF DAZU?*«

Was bitte schön machten solche Kerle auf einem Robbie-Williams-Konzert?? Die Antwort wirbelte heran in Gestalt dreier aufgeregter Frauen in Robbie-Shirts, die ihre Männer »Geht los! Geht los! Geht los!«-gackernd nach vorne zerrten. Die Bierbauch-Boys tauschten genervt grummelige Blicke, folgten dann ihren Damen brav ins Getümmel. In diesem Moment erlosch das Licht. Das Jubeln der 12.000 Fans ließ die ausverkaufte Arena erzittern.

»Ab nach vorne!«, brüllte Axel mir ins Ohr, zog aus seiner Hose zwei kleine Stoffbärchen mit dranhängenden Briefchen. Eines davon drückte er mir in die Hand.

»Von meiner Schwester und ihrer Freundin – müssen wir Robbie zuwerfen!«

»Was?!«

»Zier dich nicht, Alter – gehört zum Deal für die Karten!«

Ich hätte ahnen müssen, dass die Sache auch für mich einen Haken hatte. Widerwillig nahm ich das Stoffbärchen, drängelte mich mit Axel durch die Menge. Hier gönnte niemand irgendwem auch nur einen einzigen Makrometer mehr Nähe zu Robbie. Als dieser jetzt hinter funkensprühenden Feuerfontänen auf die Bühne sprang und mit »Let Me Entertain You« loslegte, wurde es noch schlimmer. Ein Mädchen schlug beim ekstatischen Armhochreißen ihre Faust gegen meine Nase. Autsch!!

♪♪♪ *Hell is gone and heaven's here – There's nothing left for you to fear – Shake your arse come over here – Now scream …* ♪♪♪

»Da lang!«, zeigte Axel auf einen Spalt zum Durchmogeln. Wir kämpften uns ohne Rücksicht auf Verluste weiter, bis wir fast ganz vorne standen. Vor uns nur noch die drei fetten Truckertypen mit ihren Robbie-verfallenen Frauen. Das hochfrequente Gekreische zerfetzte mir fast das Trommelfell. Derweil zog Robbie Williams oben auf der Bühne seine Megashow ab:

♪♪♪ *So come on let meeeeeeeeee-eee entertain you – Let meeeeeeee-eee-eee entertain you …* ♪♪♪

»JETZT!!!«, gab Axel das Kommando. Wir warfen die Bärchen mit den drangebundenen Briefen im Synchronflug auf die Bühne. Da stand garantiert was Netteres drin als das, was ich im versehentlichen Idiotenmodus Sonja geschrieben hatte. Trotzdem kam ich mir saublöd vor. Unsere Bärchen fielen Robbie genau vor die Füße. Wenigstens gut gezielt. Er hob sie weitersingend auf, gab beiden ein Küsschen und steckte sich die Bärchen schließlich in seine Unterhose. Während ein Typ im bauchfreiem Robbie-Top mir unter seinen gezupften Augenbrauen eifersüchtige Blicke zuwarf, stellte ich mir nur noch die Frage: Was machte ich eigentlich hier??

Robbie Williams sang sie alle: »Feel«. »Eternity«. »Millenium«. »Come Undone«. etc. usw. pp. Irgendwann zog Robbie das durchgeschwitzte

Hemd aus. Der Anblick seines nackten Oberkörpers beförderte die Frauen reihenweise in verzückte Ohnmacht. Vor uns nahmen die drei Bierbäuche mit Vitalfunktion ihre Herrscherinnen auf die Schultern, damit diese besser sehen konnten. Spätestens jetzt weigerte ich mich, diese Typen trotz mutmaßlich vorhandenem Y-Chromosom als »Männer« zu kategorisieren. Während »She's The One« reichten sie ihren Frauen sogar Feuerzeuge zum Mitschwenken.

♪♪♪ *I was her, she was me – We were one, we were free – If there's somebody calling me on – She's the one …* ♪♪♪

Robbie holte ein süßes Mädel aus dem Publikum auf die Bühne, sang das Lied speziell für sie. Wie überglücklich das Mädchen strahlte. Sie erinnerte mich mit ihrem Lächeln ein wenig an Sonja. Wollte mich jetzt sogar Robbie Williams quälen?? Ich hatte ihm doch gar nichts getan. Unter dem Jubel der Fans bekam das im siebten Himmel schwebende Mädel von Robbie einen Kuss auf die Wange. Er konnte sie ALLE haben. Jede Einzelne. So unglaublich unfair. Gut, Robbie war schöner, reicher, berühmter, gesünder, intelligenter und wahrscheinlich potenter als ich – aber viel mehr hatte dieser Wichtigtuer doch letztlich auch nicht zu bie …

Weiter schaffte es mein Gedanke nicht, da in diesem Moment die Robbie-verrückte Tussi vor mir das Gleichgewicht verlor und von den Schultern ihres Mannes kippte. Ihr dicker Schatzi – der Bratwurst-Weise – versuchte vergebens, seine Alte an den Beinen wieder hochzuziehen: Sie knallte voll auf meinen Kopf. Mir wurde schwarz vor Augen.

***

Alles war genau, wie Menschen mit Nahtoderfahrungen es immer berichteten: Ich schwebte auf ein helles weißes Licht zu. Erst war es nur ein weit entfernter, winziger Punkt – wie ein fehlerhafter Pixel auf meiner Netzhaut. Je näher ich jedoch darauf zuflog, desto heller wurde das Strahlen, bis es mich schließlich komplett einhüllte. Das war mir im Leben noch nicht passiert: Ich war tot! Unfassbar. Dass ich den Löffel ausgerechnet auf einem Robbie-Williams-Konzert abgegeben hatte, weil mir so eine blöde Kuh auf die Rübe gefallen war, rangierte auf der Skala der coolen Todesarten wohl eher im unteren Drittel. Andererseits kam mir diese persönliche Veränderung eigentlich ganz recht: Es gab ohne Sonja ohnehin nichts mehr, wofür es sich zu leben lohnte. So wartete ich, umhüllt von weißem Licht, was als Nächstes geschah. Würde mein Leben noch mal an mir vorbeiziehen? Ich sprach wohl im Namen aller Beteiligten, wenn ich bat: hoffentlich nicht!! Meine eigene Beerdigung dagegen wollte ich mir gerne anschauen. Würde Sonja kommen und um mich weinen? Ich plante großes Kino: Während sie sich am Grab ihre Augen um mich ausheulte, würde ich wie in »Ghost – Nachricht von Sam« als Seele zurückkehren und Sonja spüren lassen, dass selbst der Tod uns niemals trennen konnte.

»So, dann wollen wir mal schauen …«, hörte ich eine tiefe, angenehme Männerstimme. Ich versuchte, mit meinen geblendeten Augen etwas zu erkennen. Oder hatte ich als 'Seele gar keine Augen mehr? Der Tod verwirrte mich ungemein.

»Pardon!«, vernahm ich wieder die Stimme. Ich hörte Schritte. Wenige Momente später erloschen über mir die Deckenstrahler. Jetzt endlich konnte ich sehen: Ich saß im riesigen Sprechzimmer einer Arztpraxis. Rundherum an den Wänden, bis unter die Decke, offene Regale mit Patientenakten. Alles voll. Der Anblick der schier unendlich großen Kartei war überwältigend. Eine der Akten lag geöffnet auf dem ansonsten blitzblanken Schreibtisch vor mir.

Ein älterer, bärtiger Herr kam vom Lichtschalter herüber, setzte sich in den großen Ledersessel. Mit seinem verschmitzten Lächeln gewann er sofort meine Sympathien. Er bescherte selbst mir passioniertem Arzthasser ein schwer erklärliches Gefühl von Geborgenheit.

»Jetzt aber!«, zog er aus der Brusttasche seines Kittels eine goldgerahmte Lesebrille, setzte sie auf. Er griff nach der Akte. »Hmmm … Ja … Genau wie ich gedacht habe …«

Während der seltsame Arzt in die Patientenakte vertieft war, erkannte ich auf der Vorderseite meinen Namen.

»Ich bin tot, oder?«, wollte ich das Prozedere verkürzen.

»Tot??«, fing der Arzt so amüsiert an zu lachen, dass ich beinahe mitgelacht hätte. »Das hätten Sie wohl gerne, mein Lieber!«

Ich schaute ihn ratlos an.

»Aber … was mache ich DANN hier?«

Der Doktor legte die Akte wieder hin, schaute mich über die Brille hinweg an.

»Die Diagnose ist eindeutig …«, lehnte er sich im Sessel zurück.

»Was?«

»Sie haben Glücksdiabetes.«

Ich starrte den Arzt an, wusste nicht, ob ich mich verhört hatte. Ich beugte mich über den Schreibtisch.

»Bitte was für'n Ding?«

»Glücksdiabetes!«, wiederholte er. »Glücksdiabetes Typ I, um genau zu sein – Ihre Seele kann kein Glück aufnehmen. Es fließt ungespeichert wieder heraus, wird nicht umgesetzt.«

»Moment mal!«, protestierte ich. »Wie bitte schön sollte ausgerechnet ICH Glück aufnehmen?? Dazu müsste ich überhaupt erst mal welches haben.«

»Das haben Sie…«, belehrte mich der Arzt. »Jeder hat das.«

»Ach, hören Sie auf!«

»Glück strömt ständig durch Sie hindurch!«, versicherte er mir. »Sie können es nur nicht verwerten.«

Ich starrte den Arzt an. Das war mir zu kompliziert.

»Und was mach ich dagegen? Können Sie mir irgendwas verschreiben?«

Er schüttelte den Kopf.

»Gegen Glücksdiabetes gibt es nichts auf Rezept… Ihr spezielles Glücksinsulin müssen Sie schon selber finden.«

Die in mir zart aufgekeimte Hoffnung wurde von den Worten des Arztes sofort plattgewalzt. Ich konnte es nicht fassen: Nach fast drei Jahrzehnten qualvollem Lebenshorror hatte man mein Problem erkannt, und jetzt war mir trotzdem nicht zu helfen?? Das konnte doch nicht wahr sein. Verdammt, ich wollte Glück aufnehmen!!

»Kommen Sie… Ich weiß, ich bin nur AOK-Kassenschwein, aber ich würd auch privat zahlen.«

Der Arzt stand auf.

»Daran liegt's nicht. Insulin für Glücksdiabetiker ist individuell einmalig, das lässt sich nicht künstlich herstellen. Das muss jeder selbst finden. Oder eben nicht.«

Er holte hinter dem Schreibtisch einen Zeigestock hervor, riss ihn mit einer zackigen Bewegung lang. Am Kartenständer zog er eine medizinische Zeichnung herunter:

Während der Arzt die Krankheit erklärte, wurde mir immer übler: von Verfettung der Psyche musste ich erfahren, von absterbendem, faulendem Seelenfleisch, das nicht mehr gefühlsdurchblutet wurde. Dann gab er mir den Rest mit einer dicken, alten Medizinschwarte, die wir durchblätterten. Ich konnte kaum hinschauen: In dem Buch waren lauter verhärmte Gesichter von Menschen mit Glücksdiabetes im Endstadium, teilweise mit komplett amputierten Seelen. Auch wenn ich mich selbst gerade nicht sehen konnte, wusste ich doch: Ich war kreidebleich.

»Aber … Wer … Wie … Wo … Was mach ich jetzt?«, fragte ich verstört. »Sie müssen mir doch irgendwie helfen können!«

Der Arzt schlug das Buch mit einem lauten Knall zu.

»Der Einzige, der Ihnen helfen kann, sind Sie selbst … Halten Sie die Augen offen – die Medizin gegen Ihren Glücksdiabetes kann überall sein.«

»Mehr können Sie mir dazu nicht sagen?? Hören Sie, ich kapier das alles nicht! Sie haben doch den Eid des Happy Hippo geleistet oder wie das heißt … Ich flehe Sie an: Retten Sie mich – bitte!«

»Suchen Sie Ihr Glücksinsulin …«, riet mir der Arzt erneut. »Das ist Ihre einzige Chance.«

Ich wollte Genaueres wissen, doch er streckte die Hand aus.

»Ich muss mich um meinen nächsten Patienten kümmern – es geht so vielen da draußen dreckig, das können Sie sich gar nicht vorstellen.«

Ein sehr bescheidener Trost. Mir blieb nichts übrig, als aufzustehen und mich von dem Arzt zu verabschieden. Unser Händedruck war ein angenehmes Gefühl – als ob ich von innen sanft durchmassiert wurde. Ein warmes Kribbeln floss durch mich hindurch, und für diesen kurzen Moment fühlte ich mich gut.

»Krieg ich wenigstens 'nen neuen Termin?«

»Ich vergebe keine Termine … Meine Patienten schauen genau dann vorbei, wenn es für sie Zeit ist.«

»Aha, verstehe!«, log ich enttäuscht. »Na ja. Kann man wohl nichts machen. Trotzdem danke … Wofür auch immer.«

»Viel Glück!«, wünschte mir der Arzt, wandte sich wieder seiner Arbeit zu. Ich drehte mich beim Verlassen des Sprechzimmers ein letztes Mal

um, sah ihn auf einer langen Leiter meine Akte zurück ins Regal stellen. Zielsicher zog er eine andere heraus. Dann trat ich ins tiefste Schwarz.

***

»Alter!«, hörte ich beim Öffnen der Augen eine vertraute Stimme. »Ein Glück, da bist du ja wieder!«

Ich erkannte verschwommen Axels Gesicht über mir, wartete, dass der Nebel sich verzog. Mit langsam aufklarendem Blick versuchte ich mich zu orientieren: Ich befand mich in der Horizontalen auf einem Feldbett. Links und rechts neben mir lagen kollabierte Teenager-Mädchen, von Sanitätern mit Flüssigkeit versorgt. Draußen in der Halle kündigte Robbie Williams an: »This is the last song!« und erntete dafür protestierendes Kreischen. Ich probierte aufzustehen. Zum ersten Mal im Leben drehte sich dabei alles nur um mich.

»Vorsicht!«, verhinderte ein Sanitäter gerade noch meinen Sturz von der Pritsche. »Ich helfe Ihnen.«

In engagierter Gemeinschaftsarbeit schafften wir es, mich aufzurichten. Auf der Liegenkante sitzend rieb ich mir meinen dröhnenden Kopf.

»Aua … Aua … Aua … Aua … Aua … Aua … Aua … Aua …«

»Ich bin Axel!«, streckte selbiger seine Hand zur Begrüßung aus. »Ich bin dein bester Freund, wir sind gerade auf 'nem Robbie-Williams-Konzert, und dir ist eben …«

»Ich weiß, ich weiß!«, unterbrach ich ihn. »Nicht jeder verliert gleich das Gedächtnis wie in irgendwelchen schlechten Filmen.«

Wäre es bloß so gewesen. Stöhnend stand ich auf. Der Sanitäter nahm mich am Arm.

»Wir bringen Sie mit Ihrem Kopf lieber ins Krankenhaus zum Röntgen … Ist nichts Ernstes, aber sicher ist sicher.«

Ich traute meinen Ohren nicht: WAS hatte dieser ahnungslose Kurpfuscher da gerade gesagt – es sei nichts Ernstes?? Nicht zu fassen!

»Es ist sehr wohl was Ernstes!«, belehrte ich ihn. »Ich hab Glücksdiabetes!! Mann, wie kann man Sie wandelnde Fehldiagnose auf kranke Menschen loslassen?!«

Mein Schädel brummte, doch mein Kreislauf kam langsam wieder in Schwung. Axel schaute mich verwirrt an.

»Glücks… was? Alter, was redest du da?«

»Ich werd auch immer bei Robbie ohnmächtig, das muss Ihnen nicht peinlich sein!«, wollte mir ein Teenie-Mädchen auf ihrer Liege beistehen.

Jetzt reichte es.

»Ich muss los!«, erklärte ich Axel. »Tut mir leid, es ist sauwichtig. Mein Leben hängt davon ab … Ich meld mich bei dir.«

»Was? Wo willst du hin??«

»Ich muss mein Glücksinsulin finden.«

Axel und der Sanitäter starrten mich an, letzterer drauf und dran, die Männer mit der weißen Jacke zu rufen.

»Mach mich nicht schwach …«, verstand auch Axel kein Wort. »Wenn du keinen Bock mehr auf die Zugaben hast, ist okay, dann komm ich mit.«

»Nein, nein – bleib du hier! Du musst deiner Schwester berichten.«

»Die kommt vor Robbies nächster Tour eh nicht von der Schüssel.«

»Guck dir das Konzert zu Ende an!«, bestand ich darauf. »Ich komm zurecht.«

»Du redest wirr, Alter … Bist du sicher, dass dir diese Tussi nicht das Hirn zermatscht hat?«

»Meinem Hirn geht es gut«, behauptete ich kühn. »Meine SEELE ist es, die medizinische Versorgung braucht!«

Ich blickte scharf rüber zum Quacksalber-Sanitäter. Dieser ließ mich in Gedanken sicher schon mit Hannibal-Lecter-Maske festgeschnürt auf einer Sackkarre rausrollen. Ehe er mich aufhalten konnte, verschwand ich in Windeseile aus der Kölnarena.

Kaum zu Hause angekommen, schmiss ich außer Atem mein Notebook an. Noch nie war mir das Hochfahren des Betriebssystems so quälend lang vorgekommen. Als es endlich bereit war, tippte ich in Google mit zittrigen Fingern meinen Suchbegriff ein. Das Internet wusste bekanntlich auf alles eine Antwort:

Es wurden keine mit Ihrer Suchanfrage – **Glücksdiabetes** *– übereinstimmenden Dokumente gefunden.*

Ich starrte enttäuscht auf den Bildschirm: Selbst Google war ratlos. Die aufgeführten Hilfestellungen kamen mir vor wie blanker Hohn:

Vorschläge:

- *Vergewissern Sie sich, dass alle Wörter richtig geschrieben sind.*
- *Probieren Sie andere Suchbegriffe.*
- *Probieren Sie allgemeinere Suchbegriffe.*

Vergewissern, dass ich »Glücksdiabetes« richtig geschrieben hatte? Ich war doch kein Hobby-Legastheniker. Noch unverschämter der zweite Tipp: »*Probieren Sie andere Suchbegriffe.*« Ich wollte nicht abstreiten, dass ich zum Beispiel mit dem Wort »Gurkensalat« weit mehr Treffer gelandet hätte – aber mal ganz unter uns: So richtig weitergeholfen hätte mir das nicht, oder?

Enttäuscht schloss ich den Internet-Browser, worauf Sonja mich wieder bezaubernd anlächelte. Gleich heute Mittag noch hatte ich das schönste Foto, das ich von ihr besaß, als Hintergrundbild eingerichtet. Ich hatte das erstbeste genommen, denn JEDES Foto von Sonja war das schönste. Traurig starrte ich meine Ex – so musste ich von Sonja wohl langsam, aber sicher sprechen – auf dem Bildschirm an. Das Hochglanz-Display brachte die Farben besonders gut zur Geltung. Ich vermisste Sonja so sehr, dass ich mir nicht zu blöd war, mit den Fingern über ihren roten Pixel-Mund zu streicheln. Durch das sanfte Drücken wabbelten die LCD-Kristalle, es wirkte fast, als würden Sonjas Lippen sich bewegen. Als ich mich mit geschlossenen Augen vorbeugte und sanft den Bildschirm küsste, wurde mir endgültig klar, was ich zu tun hatte. Es gab nur eine einzige wirksame Medizin gegen meinen Glücksdiabetes.

Ich wischte das speichelfeuchte Notebook ab und zog mein Nokia aus der Tasche. Blitzschnell entsicherte ich den schnellsten Daumen der westlichen Hemisphäre, feuerte eine SMS ab:

Mist, die automatische Worterkennung nicht eingeschaltet. Noch einmal:

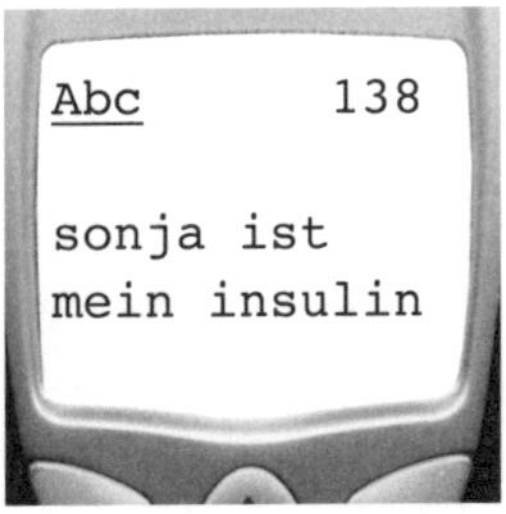

Nun war es richtig. Mit rauchendem Finger wählte ich aus meinem Telefonbuch Axels Nummer. Und weg. Nur wenige Sekunden später piepte mein Handy:

Ich antwortete ihm prompt:

Ich würde Axel morgen alles ganz genau erklären. Jetzt musste ich erst mal ins Bett und schlafen.

Ich war krank. Sehr krank.

III

»Wie oft soll ich's noch sagen? Du bist zu langsam.«

»Stimmt doch gar nicht …«, protestierte Axel. »Bleib mal schön bei den Fakten, Alter!«

»Und die wären?«

»Du bist zu schnell.«

»ICH bin …?! Hör mal, ich hab das Ding selbst geschrieben – da werd ich ja wohl wissen, wer von uns beiden das richtige Tempo hat, oder?«

Die Drumsticks in der Hand, schaute Axel mich an.

»Okay Alter, du hast recht: Ich bin zu langsam …«, sah er ein.

»Danke.«

»… weil DU zu schnell bist!«

Ich atmete tief durch.

»Egal, noch mal von vorne … Fertig? Eins, zwo, drei, vier!«

Ich stimmte auf meiner Gitarre das Intro an. Axel stieg am Schlagzeug leicht verspätet ein. Mit allem Gefühl, das ich zu bieten hatte, begann ich zu singen:

♪♪♪ *Ich hab dir einen Brief geschrieben*

Was hat mich dazu bloß … ♪♪♪

Weiter kamen wir nicht, da in diesem Moment ein uns übertönendes Dauerklingeln einsetzte. So läutete nur einer. Stöhnend legte ich die Gitarre beiseite, ging zur Tür. Draußen wartete bereits Nachbar Eggers. Der selbsternannte Sheriff des Hauses stand wie immer so unter Strom, dass die Ader an seiner Schläfe dick heraustrat. An der Wohnungstür gegenüber knallte der Briefschlitz. Jedes Mal schaute kurz die Schnauze von Eggers' Kampfhund-Dackel heraus, der innen an der Tür hochsprang, um mich mit seinem Herrchen zusammenzukläffen. Die Backenzähne dieser dämonischen Zucht konnten sogar Diamanten zerbeißen – das hatte ich an meinen Kronjuwelen bereits schmerzhaft erfahren müssen.

»Wie oft hab ich Ihnen schon gesagt, Sie sollen Ihre komische Musik leiser spielen, hä?! Seit Wochen geht das so!!«

»Tut mir leid, Herr Eggers …«, spulte ich schnell eine Entschuldigung ab, um meinen wilden Nachbarn zu beschwichtigen. »Kommt nicht mehr vor, ich pass auf! Wir machen jetzt leiser. Sie werden nichts mehr hören, versprochen.«

»Was ist das überhaupt für ’n bescheuertes Lied, das Sie da ständig spielen?? So was Saudämliches hab ich noch nie …«

»Sorry, ich muss weiterarbeiten!«, schlug ich Herrn Eggers und seiner drüben bellenden BSE-Bestie die Tür vor der Nase zu. Ich schaltete die Klingel aus, ging zurück ins Wohnzimmer.

»Den sind wir hoffentlich erst mal los … Lass uns trotzdem versuchen, ’n bisschen leiser zu spielen – dieser Dackel ist gefährlicher als der böse Tiger von Siegfried und Roy.«

Ich zählte erneut ein. Diesmal konnten wir unseren Song ungestört durchspielen. Von wegen bescheuert und saudämlich. Auch wenn Axel und der Takt mitunter getrennte Wege gingen – wir performten inzwischen eine ziemlich coole Nummer. Vor gut sechs Wochen hatte das noch anders ausgesehen. Wie oft ich den Song in dieser Zeit umgeschrieben, daran gefeilt und poliert hatte, konnte ich nicht mehr sagen – aber nach all dem Schweiß und der Qual war ich endlich zufrieden. Die Melodie war ehrlich, der Text erst recht. Es war das neue wichtigste Lied in meinem Leben:

♪♪♪ Ich hab dir einen Brief geschrieben
Was hat mich dazu bloß getrieben?
Jetzt weine ich Rotze
Ich nannte dich … nicht nett!
Wir haben gestritten den ganzen Tag
Über Gott, die Welt, deinen Brotbelag
Meine speckige Wampe
Ich nannte dich … nicht nett!

Thrombose, Sklerose, Tuberkulose
Noch tausendmal schlimmer die Diagnose …

Das Testergebnis war leider positiv
Darum bin ich natürlich negativ
Kein Gesunder versteht es:
Glücksdiabetes!
Schwerkrank und noch nicht mal ein Attest

Komm zurück und, oh, halt mich ganz doll fest!
Bist ein Wunder der Medizin:
Mein Glücksinsulin!

Du hast mich morgens im Garten erwischt
Ich dachte schon, dass du mich verdrischt
Zerkleinerst in Schnittchen
Ich nannte dich … nicht nett!
Ich hab mich richtig besessen gefühlt
Deine Stimmung war eher eisgekühlt
Ich hörte dich barsch noch
Du nanntest mich … nicht nett!

Arthrose, Phimose, Borreliose
Noch tausendmal schlimmer die Diagnose …

Das Testergebnis war leider positiv
Darum bin ich natürlich negativ
Kein Gesunder versteht es:
Glücksdiabetes!
Schwerkrank und noch nicht mal ein Attest
Komm zurück und, oh, halt mich ganz doll fest!
Bist ein Wunder der Medizin:
Mein Glücksinsulin!

– Gitarrensolo und cooler Sprechpart –

»Ja, Sonja – es ist wahr: Ich hab Glücksdiabetes! Glücksdiabetes Typ I, falls du es genau wissen willst – und das ganz allein, weil DU nicht mehr da bist … Und wenn ich morgen – oder vielleicht schon heute oder sogar bevor dieses Lied zu Ende ist – an Glücksunterzuckerung sterbe, dann weine nicht um mich – ich war schon lange tot …«

Für mich wichtigstes Medikament
Ich emotionaler Kassenpatient!
Und lässt du mich nicht allzu lang winseln
Flittern wir bald auf den Langerhans-Inseln!

Das Testergebnis war leider positiv
Darum bin ich natürlich negativ
Kein Gesunder versteht es:
Glücksdiabetes!
Schwerkrank und noch nicht mal ein Attest
Komm zurück und, oh, halt mich ganz doll fest!
Bist ein Wunder der Medizin:
Mein Glücksinsulin!
Mein Glücksinsulin!
Mein Glücksinsulin! ♪♪♪

Der Schlussakkord hallte nach, während ich dachte: perfekt. Traumhaft. Wenn Sonja das hätte hören können. Wenn alles so lief, wie ich es mir vorstellte, würde es bald der Fall sein. Die wichtigste Hürde stand heute Abend bevor.

»Das war super! Wenn wir nachher so spielen wie eben, flippen die Leute aus.«

»Glaubst du echt, wir haben Chancen?«

»Na klar – wir sind schon jetzt die heimlichen Favoriten!«, motivierte ich Axel und vor allem mich selbst. »Denk dran: Wir brennen für diesen Song, wir sind heiß! Deshalb schaukeln wir das heute Abend!«

Niemanden in diesem Universum konnte das Lied kaltlassen, selbst Mister Spock hätte geflennt wie ein Schlosshund. Schließlich war es das ultimative Plädoyer für die Liebe. Für die Bestimmung zweier Menschen füreinander. Für Sonja und mich.

»So, Endspurt! Noch mal von vorne, dann muss das sitzen – ich hab gleich 'nen Termin im Fitness-Studio.«

Axel, der gerade seine Colaflasche angesetzt hatte, prustete die braune Brühe quer durch mein Wohnzimmer.

»Du hast 'nen Termin im …? Moment, das muss gebührend aufgebaut werden!«

Er griff die Sticks, erzeugte einen Trommelwirbel.

»Du hast 'nen Termin im …«

Drrrrrrrrrrrrrrrrrrrrrrrrrrrrrrrrrr-Badusch!

»… Fitness-Studio??«

»Ja, wieso nicht? Heute ist die erste Stunde mit meinem Personaltrainer.«

Axel kriegte sich kaum noch ein.

»Ist das so ungewöhnlich oder was?«

»Was soll das bei dir bringen, Alter?«

»Das sagt genau der Richtige!«, war ich beleidigt. »Dir würden 'n paar Muskeln auch ganz guttun.«

Axel streckte seine Arme aus.

»Wozu brauch ich Muskeln? Schau mich an: Ich bin ein Wunder der Natur! An mir rumzupfuschen, wäre 'ne Beleidigung an die Künstlerin!«

»Du bist ein Wunder der Natur?«

»Na klar, du doch auch ... Bei dir hat sie ihren Humor ausgelebt.«

»Ich leb hier gleich aus, dich rauszuschmeißen!«, drohte ich Axel. »Du hast es vielleicht noch nicht erkannt, aber hinter alldem steckt ein Plan, verstehst du? Ein großer, ganzer, genialer Plan! Glaub mir, ich weiß, was ich tue ... Zumindest tendenziell.«

»Alles klar, Arnie.«

»Mach dich ruhig lustig. Du wirst schon sehen.«

Axel und ich probten ein letztes Mal. Hörte sich toll an. Wir verabredeten, dass ich ihn anrief, wenn mein Training vorbei war. Kaum war Axel weg, streifte ich meine brandneuen Sportklamotten über und machte mich auf den Weg.

Mit der Bahn waren es nur zwei Stationen zum Fitnessclub. Als ich die Tür zur Muckibude öffnete, strömte mir ein deftiges Bouquet aus Schweiß, Desinfektionsmittel und noch mal Schweiß entgegen. Um mich herum piepten unzählige Laufbänder, Fahrrad- und Crosstrainer, auf denen sich die Trainierenden die Finger blutig drückten. Zum wiederholten Male kniff ich mir unauffällig prüfend in den Bauchspeck. Nicht gut. Gar nicht gut. Allerhöchste Eisenbahn, dass ich was unternahm. Das muskulöse, auf mich zustampfende Tier schien mir dabei helfen zu wollen. Mit einer festen Begrüßung atomisierte er meine Hand.

»Was willst du?!«

Ich wurde bekloppt: ES konnte sprechen! Ich überspielte bestmöglich den Schmerz in meiner zerquetschten Hand.

»Ich hab 'nen Termin mit Hartmut.«

Das Muskelmonster schaute mich ausdruckslos an.

»Ich BIN Hartmut!«

Ach – du – scheiße. Dabei war ich bei der Terminabsprache am Telefon extra nach einem Namen gegangen, der nach Sensibilität und Verständnis klang. Hartmut – dahinter hatte ich einen einfühlsamen Sozialpädagogen-Typen vermutet. Einen, der mich auf dem Weg in die wunderbare Welt der Fitness beschützend an die Hand nahm. Aber doch nicht solch eine Stereoiden-Bestie wie den da! Mir lief der Schweiß in Strömen, obwohl wir noch nicht mal mit dem Training begonnen hatten.

»Mitkommen, Molli!!«

Hartmut führte mich in sein Büro, kramte ein Formular hervor und erkundigte sich nach gesundheitlichen Einschränkungen. Er müsse diese überflüssigen Schwulitäten leider fragen, entschuldigte er sich.

»Irgendwelche Herz-Beschwerden?«, las er genervt vor.

»Gebrochen!«, nickte ich, worauf Hartmut gar nicht weiterfragte, sondern den Gesundheitscheck einfach eigenmächtig von oben nach unten mit »Nein« ankreuzte.

»So!«, heftete er den Zettel ab. »Fertig, der Scheiß.«

»Sag mal, Hartmut, wie …«

»Doktor Hart!«, unterbrach er mich.

»Wie bitte?«

»Nenn mich Doktor Hart! So heiß ich hier für alle – für dich, für die anderen, sogar für mich selbst!«

Ich war kurz irritiert, versuchte, in seinen leeren Augen zu lesen, ob das gerade ein Witz gewesen sein sollte. Natürlich war es das NICHT gewesen: Hartmu… Verzeihung: Doktor Hart meinte das todernst. Doktor Hart meinte ALLES todernst.

»Trainingsziele??«

»Ich brauch ’nen echten Superstar-Body!«, sprach ich Klartext. »Einen, dem keine Frau widerstehen kann… Mindestens Sixpack, besser noch Zwanziger-Kiste. Und so schnell wie möglich, es eilt.«

Doktor Hart stand hinter seinem Schreibtisch auf.

»Oberteil ausziehen, aber zackig… Ich will mir das Elend mal anschauen!«

Das hatte ich befürchtet.

»Muss das sein?«, wollte ich die Schmach noch abwenden.

»AUSZIEHEN!!!«

Doktor Hart kannte keine Gnade. Eingeschüchtert legte ich den Oberkörper frei, den er begutachtete wie beim Sklavenkauf. Mit der flachen Hand schlug Doktor Hart gegen meinen Bauch. Die Tsumani-Speckwellen legten sich nur langsam.

»Kriegen wir hin!«, versuchte er mich aufzubauen. »Wird brutal, wohl auch nicht mehr ganz legal, aber kriegen wir hin ... Wieder anziehen!«

Doktor Hart setzte sich zurück an den Schreibtisch, füllte meine Karte aus.

»Wie oft kommst du trainieren, Schwabbel?«

Ich gab eine tollkühn optimistische Schätzung ab:

»So drei-, viermal die Woche ...?«

Doktor Hart blickte mich an, als hätte ich seine Mutter beleidigt.

»Zum Aufwärmen reicht's!«, knurrte er. »Denk dran: Ich kontrollier dich.«

»Du kontro... Was heißt das?«

»Gibt Kunden, die verlieren schnell die Motivation ... Ich hab meine fitten Augen überall!«

Wo war ich hier gelandet – beim Paten der Fitness-Mafia? Der mir ein Trainingsangebot machte, das ich nicht ablehnen konnte??

»Geh hoch und mach dich mit den Geräten vertraut!«, befahl Don Harto. »Ich komm gleich nach ...«

Wie mir aufgetragen, suchte ich den Folterbereich im zweiten Stock auf. Schon auf der Treppe lief ein süßes Mädel in hautengen Sportklamotten an mir vorbei. Was für ein Arsch! Was für ein Busen! Was für ein ... ALLES! Ich wurde ohne Sonja immer mehr zur Marionette meiner gestauten Hormone, musste die überschüssige sexuelle Energie schnellstens an einer der Maschinen abpumpen. Ein stämmiger Bulle schaute abfällig zu, wie ich auf dem Butterfly-Gerät Platz nahm. Hätte mich nicht gewundert, wenn der extra angestellt war, nur um Neuankömmlinge wie mich zu demütigen. Ich streckte die Hände aus, atmete noch einmal tief durch und riss dann die Griffe nach vorne. Angenehm überrascht von meinem besseren Kraftzustand als befürchtet, merkte ich sofort: Ich hatte auf Anhieb mein Lieblingsgerät gefunden! Ich pumpte wie ein Weltmeister, schaute quasi in

Echtzeit zu, wie meine Brust anschwoll, sich fest und kräftig formte. Da wuchs was ganz Gewaltiges – etwas, an das Sonja, wenn wir erst wieder vereint waren, sich geborgen ankuscheln konnte, während ich damit Kokosnüsse knackte und sie das Fruchtfleisch von meinen Fingern lecken ließ. Ich pumpte schneller und schneller, als hätte ich mein ganzes Leben nichts anderes getan, warf mir selbst im Wandspiegel ein bewunderndes Küsschen zu. Ich war HE-MAN!!

Plötzlich tippte mir jemand auf die Schulter. Wer wagte es, mich ausgerechnet jetzt zu stören?? Ich drehte den Kopf, blickte in die ausdruckslosen Augen von Doktor Hart. In der Hand hielt er einen kleinen Metallstab. Ich ahnte, wo der reingehörte.

»Probier's mal mit Gewicht, Specki!«

Ähm … tja. Das erklärte manches. Nach meiner groben Selbstüberschätzung überließ ich das Kommando Doktor Hart. Eine volle Stunde scheuchte und trieb er mich, bis mir schwummrig vor den Augen wurde. Wie bescheuert musste man sein, dafür auch noch Geld zu zahlen?

»Neununddreißig … vierzig … einundvierzig … wir machen HUNDERT! … zweiund… nicht schlappmachen, Pummel-Lise! Durchpowern! Schweiß ist, wenn das Fett weint!!«

Als Doktor Hart mit mir fertig war, schickte er mich in Trainingsraum eins zum »Body Attack«. Ein kurzes Cooldown, wie er es einstufte. In dem großen Saal hatten sich außer mir bloß drei andere Teilnehmer eingefunden – nur Frauen. Ich war davon ausgegangen, mich bei »Body Attack« auf irgendein halbwegs idiotensicheres Gerät setzen zu dürfen. Als ich merkte, was mir stattdessen blühte, gab es kein Entkommen mehr: Die Trainerin drehte in gnadenloser Lautstärke über die Deckenboxen C&C Music Factorys »Everybody Dance Now!« auf und führte auf der Bühne Bewegungen vor, die ein Epileptiker in der Disco nicht graziöser hätte hinlegen können. Ich versuchte, die Schritte nachzuspringen, doch meine Beine gehorchten nicht. Der Erdbeer-Proteinshake, den ich mir gerade noch zum Muskelaufbau reingepfiffen hatte, fing in meinem Bauch an zu rumoren – und das nicht etwa, weil er mittanzen wollte. Ich bekam Angst, kotzen zu müssen.

♪♪♪ EVERYBODY DANCE NOW! ♪♪♪ – ÄÄÄH – ÄÄÄH – ÄH ÄH – ÄÄÄH – ÄÄÄH!

An manchen Stellen mussten wir Arsch und Brust langsam vor- und zurückkreisen – ich kam mir zwischen den drei Frauen vor wie die vierte. Immer wieder murmelte ich mein Mantra vor mich hin:

»Ich mach's für Sonja. Ich mach's für Sonja. Ich mach's für Sonja. Ich mach's für Sonja. Ich mach's für ...«

In diesem Moment legte ich mich voll auf die Fresse.

Nach 30 Minuten »Body Attack« gelang mir der aufrechte Gang nur noch schwer. Mindestens drei Evolutionsstufen zurückgeworfen, schlich ich aus dem Studio.

»Bis morgen, Röllchen!«, schrie Doktor Hart ebenso laut wie selbstverständlich.

Gegen meine neue Fitness-Familie hatte selbst Scientology was geradezu Unverbindliches. Ich wischte mir den durch die Anstrengung turbogereiften Speichelkäse aus den Mundwinkeln, rief Axel an. Dann sah ich zu, dass ich nach Hause kam. Ich wollte duschen. Nur noch drei Stunden bis zu unserem großen Auftritt. Wir würden gewinnen, das konnte ich spüren. Alle anderen wegbürsten. Gar keine Frage.

Gar keine Frage? Von wegen: Als Axel und ich bald darauf vor dem Gloria standen, sagte mein Selbstbewusstsein zum Abschied leise Servus. An seine Stelle trat eine nervöse Aufregung, die meine Körperfunktionen unangenehm durcheinanderbrachte. Der Blick aufs Plakat am Eingang machte alles nur schlimmer:

BATTLE OF THE TALENTS – DER GROSSE "GLORIA"-BANDWETTBEWERB!!!

Und gleich darunter das Wichtigste:

1. PLATZ: EIN PLATTENVERTRAG!

Ich versuchte, das ungebetene Lampenfieber zu vertreiben: Je aufgeregter du bist, desto wahrscheinlicher, dass du es versemmelst. Dass ich mir diesen Zusammenhang verdeutlichte, hatte jedoch nur zur Folge, dass ich noch viel aufgeregter wurde. Erniedrigend, wenn selbst die eigene Seele gegen einen intervenierte.

»Lass uns schnell rein ...«, bat ich Axel. »Ich muss dringend auf Klo!«

Das Gloria war ein altes 50er-Jahre-Kino, in dem hauptsächlich Konzerte und Theater stattfanden. Als wir reinkamen, standen vier Jungs in geschmacklosen Anzügen breitbeinig auf der Bühne beim Soundcheck.

»Verflucht …«, dachte ich. »Der Feind ist schon fleißig!«

Alle Bandmitglieder trugen seltsame Masken, die ich erst erkannte, als ich näher kam. Es war viermal das gleiche Antlitz, das mich von der Bühne eingefroren anlächelte – kein geringeres als das von TV-Startalker Johannes B. Kerner. Was zum Geier??

»Wir sind Die Kerner!«, brüllte prompt der JBK am Mikro. »Und wir machen HEUCHEL-PUUUUUNK! EINS, ZWEI, DREI, VIER!!!«

Im selben Moment droschen Die Kerner auf ihre völlig verstimmten Instrumente ein. Aus dem Geschrei des Sängers meinte ich irgendwas mit »Fickt das Talk-System!« herauszuhören, aber sicher war ich mir nicht. Schon nach wenigen Sekunden Die Kerner eilte ich zur Toilette – weder ein Werturteil über deren Musik noch über die Moderationsqualitäten ihres Namensgebers. Nicht ausschließlich jedenfalls. Ich war einfach aufgeregt für 101 Mann.

Ich verzog mich auf dem Klo in die erstbeste Kabine, riss die Hose herunter. Gerade noch rechtzeitig auf der Toilettenbrille faltete ich erleichtert die Hände, schaute zur Decke:

»Guter Gott! Ich weiß nicht, ob du vorgestern auch ›Welt der Wunder‹ auf RTL2 gesehen hast – da ging's um die Theorie, dass es für jeden Zustand unseres Daseins ein Paralleluniversum gibt. Das heißt konkret: Es gibt irgendwo auch ein Universum, in dem wir diesen Talentwettbewerb gewinnen. Bitte lass das HIER sein. Grüße an die Familie und bleib sauber – hau rein, Amen!«

Ich griff nach dem Klopapier. Als ich die Kabine verließ, standen im Vorraum alle vier Kerner vor dem Spiegel und prüften ihre Krawatten. Hoffentlich hatten die mich nicht gehört. Die Johannes-Baptist-Masken setzten sie selbst nicht ab, als sie mich ansprachen.

»Du machst auch mit?«, fummelten sie an ihren Windsorknoten.

»Jep!«, nickte ich. »Bin auch dabei.«

Die Jungs starrten durch ihre Masken, ließen sich hinter dem falschen Lächeln nichts anmerken. Eigentlich kein großer Unterschied zum Original.

»Wir sind Die Kerner!«, stellte der Oberkerner mir die Band vor. »Ich bin Joey Kerner, das ist Johnny Kerner, der da Dee Dee Kerner und der da drüben Tommy Kerner.«

»Angenehm!«, schüttelte ich allen die Hand, nahm mir fest vor: Sollte ich das Ding hier schaukeln, würde ich definitiv zu Beckmann gehen.

»Glaub bloß nicht, dass ihr 'ne Chance habt ...«, lächelte der Chefkerner. »Wir haben bereits die Goldene Kamera als Bester Talkmaster, den Bambi-Publikumspreis und das Bundesverdienstkreuz am Bande ... Außerdem waren wir 2002 Krawattenmann des Jahres!«

Die anderen Kerner nickten stolz. Schnell raus aus diesem Klo.

»Sorry, aber mein Kollege wartet!«, entschuldigte ich mich. »Wir sehen uns ja gleich noch.«

Während die dauergrinsenden Kerner sich wieder ihrem Outfit zuwendeten, flüchtete ich aus der Toilette.

Als ich zurück in den Saal kam, hing Axel mit einem langhaarigen Kerl im schwarzen Mantel herum. In der Hand hielt dieser einen Stapel großer Pappen.

»Alter, komm schnell her!«, rief Axel schon von weitem.

Ich ging rüber, nickte dem mir Unbekannten grüßend zu. Er nickte zurück.

»Was ist?«, wollte ich von Axel wissen.

»Der redet nicht!«

»Hä?«

»Los, frag ihn irgendwas!«

Ich suchte Rat bei dem Langhaarigen:

»Was faselt mein Kollege da?«

Statt einer Antwort zog die Gestalt einen dicken Edding aus der Manteltasche, begann, auf der obersten Pappe rumzuquietschen. Er hielt sie hoch:

SEIN GEIST IST SCHWACH

Ich schaute zwischen der Pappe und dem Kerl hin und her.

»Moment, langsam ... Du sprichst ECHT nicht?«

Der Typ zog stumm eine neue Pappe, fing wieder an zu schreiben:

EXISTENTE AFFIRMATION!

»›Existente Affirmation‹!«, las Axel vor. »Siehst du – er meint ›ja‹

oder so was Ähnliches! Vorne schwirren seine zwei Kumpels rum, die kriegen das Maul auch nicht auf …«

Er wandte sich an den schweigenden Denker:

»Wie heißt Ihr überhaupt?«

Der Sprachlose machte sich an eine dritte Pappe, hielt sie uns gleich darauf hin:

THE SOKRATES EXPERIENCE

»Was ist das für 'n blöder Name?«, rutschte es mir raus. »Das kann doch keiner aussprechen mit dem ›The‹, ohne dabei den ›Sokrates‹ zu verlispeln …«

Der bislang harmlose Typ schaute mich mit böse funkelnden Augen an. Zornig griff er eine weitere Pappe, quietschte diesmal mit dem Stift so wütend, dass er sie beinahe durchstach:

UNSER NAME WIRD NICHT GESPROCHEN!!!

Das wurde ja immer besser.

»Sondern?«, fragte ich und konnte mich nur schwer gedulden, bis die nächste Pappe fertig war. Er hielt mir seine wütende Antwort vor die Nase:

UNSER NAME WIRD G-E-D-A-C-H-T!!!

Okay, das wurde mir echt zu blöd. Ich zog Axel weg.

»Lass uns schauen, ob wir noch 'nen Soundcheck kriegen.«

»Wieso, Alter? Wir verwickeln den so lange ins Labern, bis seine Pappen alle sind – mal gucken, was der Schlauberger DANN macht.«

»Jetzt komm schon!«

Ich schleifte Axel mit. Als wir bereits auf der anderen Seite waren, hörte ich einen schrillen Pfiff. Ich drehte mich um, sah den intellektuellen Irren gleich zwei Pappen auf einmal hochhalten. Die extra großen Buchstaben konnte ich selbst quer durch den Saal gut erkennen:

WIR MACHEN EUCH FERTIG!!!

»Das werden wir ja sehen, Arschloch …«, murmelte ich. Mister The Sokrates Experience würde noch merken, was ihm das einbrachte. Ein Bandname, bei dem man das »The« aussprechen musste wie deutsche Nazis in Hollywood-Blockbuster, nur um phonetisch nicht über den »Sokrates« zu stolpern – da hörte für mich der Spaß wirklich auf. So was durfte auf keinen Fall mit einem Plattenvertrag belohnt werden.

Eigentlich hätte ich mich bei dem stummen Klapskalli bedanken müssen: The Sokrates Experience hatten soeben ganz offiziell meinen Kampfgeist wiederbelebt!

Ein Soundcheck war uns nicht mehr vergönnt, da bereits der Einlass fürs Publikum begann. Egal, es würde auch ohne gehen. Während der Saal sich langsam füllte, wollte ich mit jeder Sekunde schneller dort hoch – auf die Bühne, auf der sich mein weiteres Schicksal entscheiden würde. Auf der ich gleich alles geben musste, um alles zu bekommen. Sehnsüchtig wartete ich, dass endlich das Licht im Saal gelöscht wurde. Und dann war der große Moment gekommen!

»Herzlich willkommen, liebe Freunde – zu unserem allerersten Battle Of The Talents!«, verkündete der über die Bühne marschierende Moderator. »Schön, dass ihr heute Abend alle hier seid ...«

Applaus im Saal. Der Moderator stellte die seitlich sitzende Jury vor. Sie bestand aus drei kompetenten Mitgliedern: Der erste im Bunde war Harald Holtz, ein hohes Tier der beteiligten Plattenfirma. Ich schätzte diesen Anzugtypen mit graumeliertem Haar auf Anfang fünfzig. Sein frostiger Gesichtsausdruck verriet, dass er heute Abend wohl die Rolle des Bad Cop einnehmen würde. Neben ihm saß Starproduzent Steve Cock – bürgerlicher Name: Stefan Schwanz. Extra eingeflogen aus unserer hippen Hauptstadt Berlin. Steve Cock hatte als Produzent gerade vier Hits gleichzeitig in den deutschen Top Forty. Respekt. Last, but certainly not least: Tünnes, Sänger der Kölschen All-Star-Karnevalscombo De Black Brings-Höhnerräuber-Fööss. Ein Mann wie sein Zwirbelbart – es steckte mehr in ihm, als man auf den ersten Blick sah. Dieses Kölner Urgestein durften Axel und ich genauso wenig unterschätzen wie die beiden anderen Jurymitglieder. Geschenkt würde uns hier rein gar nichts.

»Die Kerner-Punks sind ausgeschaltet, Alter!«, flüsterte Axel mir zu. »Hab eben heimlich deren Instrumente gestimmt ... Die werden völlig hilflos auf der Bühne stehen!«

Ich schaute Axel vorwurfsvoll an, hatte mich auf keinen Fall auf das Niveau von schäbiger Sabotage herablassen wollen. Deshalb war ich froh, dass ER es getan hatte.

»Kommen wir zur ersten Band!«, ging der Moderator lässig am Bühnenrand auf und ab. »Wie soll ich sie beschreiben? Sie gehören sicher nicht zu den größten Rednern dieser Welt – um genau zu sein: Sie sprechen GAR nicht …«

Ich konnte ein Stöhnen nicht unterdrücken.

»… ganz nach dem Motto ›Reden ist Silber, Schweigen ist Gold‹! Ob sie damit auch unsere Jury sprachlos machen, werden wir sehen – liebe Freunde, bitte begrüßt mit mir unsere ersten Talente heute Abend …«

Der Moderator bückte sich hinter die Monitorbox und zog eine Pappe hervor, die er wortlos hochhielt:

THE SOKRATES EXPERIENCE!

Er sprang zur Seite, hinter ihm öffnete sich unter Beifall der Vorhang. Und da standen sie: der Schweigephilosoph vom Dienst an einer großen goldenen Harfe, seine beiden Brüder im kranken Geiste an einer rostigen Stahltonne und einem bunten Kinder-Xylophon. Die klassische Rockbesetzung sah irgendwie anders aus. Als Sängerin hatten die Philosophen eine überreife, kugelförmige Diva dabei, die ausschaute, als wäre sie mit dem Gesicht in den Schminktopf und dem Körper in den Altkleider-Container gefallen. Ihr übermächtiges Dekolleté machte mir selbst auf die sichere Entfernung Angst. Während die runde Diva mit geschlossenen Augen das Mikro umklammerte, ihre Philosophenboys regungslos an den Instrumente standen, kehrte Ruhe im Saal ein. Die hochkonzentrierte Band ließ die Stille auf sich wirken, dann strich der vorhin noch so aggressive Chef-Philosoph mit gefühlvollem Gesichtsausdruck wie André Rieu beim Orgasmus zärtlich über seine Harfe:

Pling-Pling-Pling-Pling-Pling-Pling-Pling-Pling-Pling!

Sein Kollege am Kinder-Xylophon stieg ein, ließ die Stäbe sanft schwingen. Plötzlich:

BUMM!!! BUMM-BUMM-BUMM!!! BUMM!!!

Ohne Vorwarnung drosch der dritte im Bunde mit einem Vorschlaghammer auf seine Tonne ein, erschlug den verletzlichen Auftakt der Performance. Dies war auch der Einsatz für die Gesangsdiva, die schrille Opernlaute von sich gab. Zwischendurch hoben die Bandmitglieder immer wieder Pappen mit Botschaften wie **DENKEN IST DAS NEUE REDEN!** So ging das circa acht Minuten lang – wem arte zu sehr Prollfernsehen war, der fand daran sicher seine Freude. Die Jurymeinung dagegen fiel geteilt aus:

»So, dann wollen wir doch mal unsere Fachmänner hören!«, sprach der auf die Bühne zurückgekehrte Moderator. Neben ihm standen erschöpft The Sokrates Experience, hofften auf das über ihre langhaarigen, verschwitzten Häupter verschüttete Füllhorn des Lobes.

»Das fängt ja gut an …«, eröffnete Harald Holtz gereizt. »Ehrlich, Jungs, ich will hier niemanden verletzen – aber da läuft mir die Kotze direkt hoch bis zum Hals und dann schnell wieder runter, weil sie sich nicht raustraut!«

Ich triumphierte heimlich bei dem Spruch, den er den Philosophen reinwürgte. Noch mehr, als Harald Holtz den Song als »nicht vermarktbar« abwatschte. Starproduzent Steve Cock hielt dagegen, dass sein Jamba!-Remix einer ursprünglich ähnlich sperrigen Nummer 8 1/2 Wochen auf Platz eins der Klingelton-Charts gestanden habe. Tünnes von De Black Brings-Höhnerräuber-Fööss schimpfte unterdessen irgendwas Unverständliches in tiefstem Ur-Kölsch. Voll Freude beobachtete ich, wie mein selbstherrlicher Freund der Philosophen-Truppe es zwar schaffte, sich trotz teils harscher Kritik jeden Pieps zu verkneifen, innerlich aber zu brodeln schien. Sein Gesicht war bei den Kommentaren von Dirty Harry Holtz deutlich angelaufen. Als hätte er mit jedem Moment der Schmach härter an seinem Schweigegelübte zu knabbern. Na, alter Stimmband-Schoner – in Wahrheit doch so zart besaitet wie deine Harfe?

»Vielen Dank der Jury!«, rief der Moderator, deutete der Band den Weg von der Bühne. »Und vielen Dank auch euch – bis später!«

Ein meinem Empfinden nach zu 99,9 Prozent reiner Höflichkeitsapplaus (mögliche Messabweichung: +0,1 Prozent) verabschiedete die stummen Philosophen mit ihrer Opernschnalle.

»Was soll DAS denn?! Meine Gitarre ist ja total gestimmt!«, hörten wir hinten einen der Kerner brüllen. »So kann ich als Fernsehpreisträger nicht arbeiten!!«

»Scheiße, die haben's gemerkt …«, ärgerte sich Axel. Ich mich auch.

Nach The Sokrates Experience konnte es nur besser werden – eine wahre Qualitätsrevolution zeichnete sich gleichwohl nicht ab: Als Nächstes betrat eine Kapelle aus fünf unscheinbaren Herren um die vierzig die Bühne. In ihren Gesichtern konnte man lesen: Die waren schon sehr LANGE hoffnungsvolle Nachwuchsband. Im Gepäck hatten sie eine Cover-Version des Neunziger-Jahre-Megahits »Lemon Tree«, den sie schonungslos nach allen Regeln der Kunst verhunzten. Es war grauenvoll – Fool's Garden hätten sich im Karrieregrab umgedreht, wären sie Zeuge dieser Darbietung geworden. Danach kamen Die Kerner. Auf ihren rechtzeitig wieder exakt krumm und schief eingestellten Instrumenten wurden sie – sehr zu meinem Schrecken – ihrem großen Idol und Namensgeber untreu und boten eine durchaus passable Show. Dafür ernteten Die Kerner viel Applaus und Jurylob. Die konnten uns gefährlich werden! Auch bei den folgenden Bands beobachtete ich ganz genau, wie sie im Saal ankamen. Es waren ein paar Talente dabei, keine Frage. Trotzdem hatten wir meiner Meinung nach weiterhin Chancen.

»Macht euch bereit, ihr seid gleich dran.«

Sprach die Mitarbeiterin vom Gloria und war schon wieder verschwunden. Während Axel gegen Lampenfieber immun schien, bekam meine Unterlippe langsam, aber sicher das große Flattern. Ein nervöser Schüttelfrost überfiel meinen vom Training mit Doktor Hart eh schon geschwächten Körper.

»Kaum zu glauben: Wir sind bereits bei der letzten Band des Abends!«, hörte ich den Moderator. »Und ich kann euch versichern: Das Durchhalten hat sich gelohnt ...«

Das wollte ich meinen!

»Die beiden, die jetzt noch kommen, haben garantiert eine Riesenkarriere vor sich – auch wenn sie selbst ehrlich zugeben: ›Wir sind echt kranke Typen!‹«

»Siehst du?«, lief Axel neben mir die Bühne rauf. »Ich hab dir doch gesagt, wir sollen uns anders nennen ...«

»Gebt noch mal alles!«, rief der Moderator. »Hier sind sie, Freunde – nur für euch ... DIE GLÜCKSDIABETIKER!«

Wie im Traum trat ich vors Publikum, stellte mich an den Bühnenrand. Axel verschwand hinter seinem Schlagzeug. Ich fühlte mich vor den Zuschauern plötzlich ganz allein. Das war völlig in Ordnung, solange mir der Begrüßungsapplaus warm entgegenwehte. Irgendwann hörten die Zuschauer allerdings mit Klatschen auf – das hatte ich nicht unbedingt eingeplant. Paralysiert starrte ich ins Publikum. Nun war es still im Saal, lediglich durchbrochen von vereinzelten Hustern. Mit schwitzigen Händen umklammerte ich meine Gitarre: War das bei den Zuschauern noch echtes Halskratzen oder schon Verlegenheitshusten, weil wir nicht anfingen? Mein selbst von zweieinhalb Millionen Jahren Evolution nicht kleinzukriegender Steinzeit-Fluchtinstinkt setzte ein. Ruhig bleiben. Diese Gestalten, die ich nur schemenhaft im Dunkeln erkannte – das waren keine bösen Säbelzahntiger, sondern nette Menschen wie du und ich. Gut, wie ich hoffentlich nicht, aber das war ein anderes Thema.

Mit aller Kraft riss ich mich zusammen, griff nach dem Mikro, durch das eine Rückkopplung aufquietschte.

»Das ist für Sonja …«, murmelte ich, drehte mich um zu Axel. Der zählte mit seinen Sticks ein:

Klack! – Klack! – Klack! – Klack!

Und ab ging die Luzie. Mit noch etwas zittrigen Fingern kämpfte ich mich auf meiner Gitarre durch das Intro. Zaghaft fing ich scheues Reh an zu hauchen:

♪♪♪ *Ich hab dir einen Brief geschrieben*
Was hat mich dazu bloß getrieben? ♪♪♪

Schnell jedoch wurde ich selbstsicherer: Schon während der ersten Strophe merkte ich, wie der Saal anfing zu vibrieren. Beim Refrain war es bereits ein Brodeln – nicht etwas, eines, das in fliegende Gläser und faule Eier kulminierte, nein: Dem Publikum gefiel es!!

♪♪♪ *Das Testergebnis war leider positiv*
Darum bin ich natürlich negativ
Kein Gesunder versteht es:
Glücksdiabetes! ♪♪♪

Es war ein ganz besonderes Erlebnis: Der Song entpuppte sich als musikalische Strickliesel, die ein unsichtbares Band knüpfte zwischen uns, den Glücksdiabetikern, und unseren soeben eroberten Fans. Ich drehte mich um zu Axel, sah seine Augen ebenfalls strahlen. Grandios. Beim zweiten Refrain sang das Publikum bereits mit. Ich wurde so übermütig, dass ich dankbar etwas zurückgeben wollte, und überlegte, den Refrain spontan noch mal auf Kölsch zu schmettern:

♪♪♪ *Et Tessergebnis wor leider positiv*
Dröm ben ich natörlich negativ … ♪♪♪

So ähnlich wie damals Nicole mit »Ein bisschen Frieden« auf Englisch, Französisch, Niederländisch und Spanisch beim Grand Prix.

In Ermangelung fließender Mundartkenntnisse gab ich stattdessen eine Bonusrunde Original-Refrain aus:

♪♪♪ Das Testergebnis war leider positiv
Darum bin ich natürlich negativ
Kein Gesunder versteht es:
Glücksdiabetes!
Schwerkrank und noch nicht mal ein Attest
Komm zurück und, oh, halt mich ganz doll fest!
Bist ein Wunder der Medizin:
Mein Glücksinsulin!
Mein Glücksinsulin!
Mein Glücksinsulin!
Mein Glücksinsulin!
Mein Glücksinsulin!
Mein Glücksinsulin!
Mein Glücksinsulin!
Mein Glücksinsulin!
Mein Glücksinsulin! ♪♪♪

Wir wollten gar nicht mehr aufhören, ließen irgendwann doch den Schlussakkord erklingen. Axel warf seine Drumsticks ins Publikum. Nach langem begeistertem Applaus waren wir gespannt auf das Urteil der Jury:

»Ich sag mal so: Ich hab schon beschissenere Nummern Doppel-Platin machen sehen … Doch, war ganz anständig.« *(Harald Holtz)*

»Mit euch würd ich Starproduzent gerne mal ins Studio – alles noch 'n bisschen rau, aber ich glaub: Wenn man euch Rohdiamanten nur lange genug schleift, kommt da was richtig Geiles raus!« *(Steve Cock)*

»Isch sach gar nix mih, it dat isch nit endlich e Kölsch krige!!« *(genau der)*

Unterm Strich waren wir mit dem Juryurteil zufrieden. Allein, dass ich Harald Holtz zum ersten Mal an diesem Abend hatte lächeln sehen, wertete ich als gutes Omen. Vollgepumpt mit Adrenalin gingen Axel und ich von der Bühne.

»Waren wir genial oder was??«

»Alter, wir waren genialer als genial! Hast du den Typen vorne gesehen, der zum Schluss sogar flennen musste?!«

»Na klar! Gut, der hat ’nen Stick von dir ins Auge gekriegt … Aber der hätte garantiert auch so geweint! Wir haben die Leute berührt!«

»Wir waren groß! Ganz groß!!«

»Lass uns trotzdem ruhig bleiben …«, mahnte ich zu kühlem Kopf, auch wenn es schwerfiel. »Noch haben wir nicht gewonnen. Kein zu frühes Siegergetue vor der Jury – am Ende verpassen die uns genau deshalb ’ne Lektion. Wir müssen sympathische Selbstzweifel heucheln.«

»Ich bin weiter? Ehrlich??«, gab Axel mit brüchiger Stimme eine Kostprobe, hielt seine Hand zitternd vor den Mund. »Oh mein … Ich weiß nicht, was ich … Oh mein Gott … Wirklich?? ICH?!?!?«

Erstaunt über so viel Naturtalent blickte ich Axel an.

»Ich guck ›Germany’s Next Topmodel‹ …«, klärte er mich auf.

Von der Bühne hörten wir den Moderator.

»Wir machen jetzt eine kurze Pause von circa 20 Minuten! Da kann sich unsere Jury zurückziehen, ihr gönnt euch den einen oder anderen Muntermacher – und danach ist es so weit: Wir küren den Gewinner unseres ersten – und garantiert nicht letzten! – Battle Of The Talents … Bis gleich!«

Kaum wurde das Saallicht aufgedreht, begann das große Wuseln. Während die Zuschauer wahlweise zur Toilette oder zur Bar stürmten, organisierte ich mir hinter der Bühne ein Gratis-Kölsch. An den dort rumstehenden Bierkisten traf ich keinen Geringeren als Frontmann Tünnes von De Black Brings-Höhnerräuber-Fööss. Sollte der sich nicht mit den beiden anderen Jurymitgliedern besprechen? Oder hatten die ihn bereits rausgemobbt?

Tünnes erkannte mich, haute mir lobend auf die Schulter.

»Dat sach isch der, Jung: Ming Stemm hat ehr sescher!«

Während ich Tünnes’ Gebrabbel zu entschlüsseln versuchte, hielt er mir sein Kölsch hin. Wir stießen an, nahmen einen langen Schluck. Dabei fiel der Groschen: Tünnes’ Stimme hatten wir sicher!!

»Freut mich, dass dir unser Song gefällt …«, unterdrückte ich einen Bierrülpser.

»Ja, jo dat! Dä andere Kack kann doch kei Minsch erdrage!«

Fasziniert verfolgte ich, wie Tünnes seinen Zwirbelbart strich, die imposanten Haarschnecken auf beiden Seiten kurz ausrollte. Eine einzige Viagra, und man konnte an seinem erigierten Zwirbelbart wahrscheinlich Klimmzüge tätigen.

»Jung, isch gevve der ene gode Rod – hür jenau zo!«

Tünnes gab mir ein gutes Rad? Nicht nötig, ich besaß ein KVB-Abo. Ach, Quatsch: einen guten RAT! Dieser Kölsche Ghettoslang bereitete mir echt Kopfschmerzen.

»Ja?«, fragte ich gespannt.

Der Sänger von De Black Brings-Höhner-Räuberfööss blickte mich bedeutungsschwanger an. Er sprach die weisen Worte, wie sie nur ein Mann finden konnte, der ganz vorne an der Karnevalsfront dem Hirntod ins Auge geschaut hatte:

»Pass immer op, dat do der treu blievs!«

Übersetzt in menschliche Sprache hieß das so viel wie: »Pass immer auf, dass du dir treu bleibst!« Und mit diesem Mega-Tipp zog Tünnes ab. Ich sah ihn gerade noch mit den beiden anderen Jurymännern verschwinden, die auf ihn gewartet hatten. Dann hockte ich mich auf eine der Bierkisten und trank mein Kölsch gegen die Aufregung. Das Urteil rückte näher.

Zurück im Saal, suchte ich nach Axel, fand ihn zunächst nicht. Dann rannte er aufgeregt auf mich zu.

»Alter, du glaubst nicht, was ich rausgefunden hab … Die Fool's-Garden-Covertypen sind Fool's Garden SELBST! Ist das gruselig oder was?!«

»Psst!«, überspielte ich meinen Schauer, zeigte nach vorne. »Geht weiter …«

Das Saallicht wurde gelöscht, der Moderator kam zurück auf die Bühne. Er bekundete seine Freude, dass alle geblieben waren zum großen Finale – der Entscheidung! Und Applaus. Die Jury hatte wieder Platz genommen. Ich scannte ihre Gesichter, versuchte, das inzwischen gefällte Urteil zu erahnen. Keine Chance: Plattenboss Harald Holtz und Produzent Steve Cock hatten ihr Pokerface aufgesetzt, Sänger Tünnes sein debiles. Die drei wollten sich nicht in die Karten schauen lassen.

»Unsere Jury verkündet jetzt die Gewinner!«, erklärte der Moderator. »Vorher aber möchte ich alle Talente noch mal rauf bitten – mit einem Riesenapplaus, denn den haben sie sich wirklich verdient … Kommt hoch!«

Axel und ich zierten uns nicht, drängelten mit den anderen Teilnehmern auf die Bühne. Direkt neben uns positionierte sich die komplette Bandbesetzung von The Sokrates Experience. Der Philosoph, mit dem ich mich angelegt hatte, beugte sich neben der korpulenten Opernsängerin vor, gab mir mit seiner am Hals vorbeigezogenen Hand ein unmissverständliches Zeichen.

»Egal, wie das Votum der Jury ausfällt – eines ist klar: Ihr wart heute Abend ALLE Gewinner!«, befand der Moderator, setzte eine Kunstpause, damit das Publikum seine Feststellung beklatschte. Was es auch prompt tat – sehr zu meiner Verwunderung: ALLE waren Gewinner? Das hätte ich aber gewusst. Gewinner war, wer Gewinner war. Und niemand sonst. Zeit, dass die Jury übernahm.

»Jetzt aber möchte ich uns nicht länger auf die Folter spannen!«, las der Moderator scheinbar meine Gedanken. »Ihr wisst, es geht um eine große Chance: einen original Plattenvertrag – und dafür übergebe ich das Wort nun an unsere Juroren … Meine Herren: The results, please!«

Die Blicke schwenkten zum Jurytisch. Harald Holtz beugte sich über sein Mikro:

»Ja, auch von uns vorweg einen großen Dank – als Chief Creative Executive Consulting Senior Manager muss ich alle Kandidaten loben: manche für ihr Talent, manche auch nur für ihren Mut.«

Her mit der Entscheidung!

»Uns als Jury hat es Spaß gemacht …«, schaute Holtz zu seinen Kollegen. »Und ich glaube, ich spreche für uns drei, wenn ich sage: Das sollten wir unbedingt bald wiederholen.«

Nicken der anderen Jurymitglieder, Beifall vom Publikum. Wenn das noch länger dauerte, würden wir alle als Seniorenbands rausgehen. Außer Fool's Garden natürlich. Die würden bereits verwest sein.

»Kommen wir zunächst zum dritten Sieger – auch der geht nicht mit leeren Händen: Wir haben eine Playstation 2 mit SingStar-Karaoke-Paket zum Weiterüben für zu Hause – und damit es keinen Streit gibt, kriegt jeder aus der Band natürlich seine eigene …«

Mit einem Nicken übergab Harald Holtz das Wort an Tünnes. Dieser nahm erst mal einen kräftigen Schluck Kölsch. Ich bezweifelte stark, dass es noch die Flasche von unserer Begegnung in der Pause war. Frisch gestärkt verkündete Tünnes den dritten Platz:

»Fründe, ehr wesst: Et kütt, wie et kütt! Isch maach et koot – der drette Gewenner heiß …«

Bitte nicht wir. Bitte nicht wir. BITTE nicht WIR!

»Dästünnis Gränscheilt … Hätzlichen Glöckwunsch, Mädsche!«

Obwohl Tünnes ihren Bandnamen schonungslos einkölschte, verstanden die drei Mädels von Destiny's Grandchild sofort, fielen sich in die Arme und hüpften kreischend auf und ab. Die jungen Mädchen freuten sich so ehrlich über den dritten Platz, dass sogar ich mich mitfreute. Besonders, weil Axel und ich weiter im Rennen waren.

Während Destiny's Grandchild glücklich strahlten, kam Starproduzent Steve Cock an der Reihe.

»Platz zwei war nicht leicht!«, setzte Cock an. »Wir haben lange diskutiert, für wen unserer beiden Favoriten es leider nicht GANZ reicht für den Plattenvertrag …«

Ganz oder gar nicht!

»Trotzdem können die Zweitplatzierten mehr als stolz auf sich sein – gerade ich als Starproduzent muss sagen: Die haben wirklich Super-Stimmung in die Hütte gebracht.«

Ich sackte zusammen: Damit konnte der UNS meinen. Scheiße.

»Nicht zu vergessen: Sie haben uns überzeugt mit den gruseligsten Horror-Gesichtern seit Lordi beim Grand Prix …«

Oh nein. Der meinte TATSÄCHLICH uns!

»Gratulation für ………………………… Die Kerner!«

Mein armes Herz. Das hielt doch keiner aus. Aber immerhin: Wir hatten noch alle Chancen. Und Die Kerner wurden uns nicht mehr gefährlich! Solange Axel und ich gleich ganz oben aufs Treppchen durften, gönnte ich faire Seele diesen Talk-Punks den zweiten Platz gerne. Was bekamen die eigentlich?

Während das Publikum applaudierte, beugte Tünnes sich rüber zu Steve Cock.

»Hab ich das nicht gesagt?«, hörte man Cock am Mikro. Sein Kölscher Jurykollege schüttelte den Kopf.

»'Tschuldigung!«, wandte Steve Cock sich wieder zur Bühne. »Ich hab ganz vergessen, was euer Preis ist … Schnallt euch an: Ihr verbringt ein exklusives Star-Weekend mit unserem geschätzten Freund Tünnes – und seinen 21 trinkfesten Jungs von De Black Brings-Höhnerräuber-Fööss!«

Mit glasigen Augen streckte Tünnes die Arme in Richtung Zweitplatzierte aus.

»Ihr kriegt das volle Programm!«, führte Steve Cock aus. »Von Samstagmorgen bis Sonntagnachmittag Kölsch-Saufen im Brauhaus Päffgen und Sonntagabend zum krönenden Abschluss ein gemeinsamer Auftritt vor der schwulen Karnevalsgesellschaft De Bumsfidele Aaschpirate … Das wird ein echtes Wahnsinns-Wochenende!«

Daran wagte ich keinen Moment zu zweifeln. Wir Männer haben bekanntlich manchmal Probleme, unsere Gefühle zu zeigen – so gesehen war es durchaus möglich, dass Die Kerner sich total freuten. Dass selbst das fest aufgedruckte Lächeln auf ihren Masken jetzt zu schrumpfen schien, ließ allerdings einen anderen Schluss zu.

»Ja, leck mich en de Täsch!«, flüsterte Axel mir zu. »Die lösen sich noch heute Abend auf, wetten?«

Ich nickte, nicht frei von Schadenfreude. Und dann hörte ich die magischen Worte:

»Aber jetzt: Der erste Platz!«

Die ehrenvolle Aufgabe, den Gewinner des Plattenvertrages zu verkünden, lag bei Chefjuror Harald Holtz. Ich beobachtete genau, wen auf der Bühne er anschaute. Hatte er den Deutschrappern, die vor uns dran gewesen waren, gerade zugeblinzelt? Jetzt nicht verrückt machen lassen. Zumindest nicht verrückter als sowieso.

»Eines muss den Siegern klar sein!«, gab Harald Holtz vorweg zu bedenken. »Die eigentliche Arbeit beginnt erst NACH diesem Abend. Es ist noch ein langer Weg – aber Schwänzchen und ich …«

»Du sollst mich nicht so nennen!«, protestierte der Starproduzent.

»Verzeihung, ich meinte: Steve Cock und ich freuen uns darauf, mit den Gewinnern zu arbeiten und sie fit zu machen für eine – wer weiß – große Karriere!«

Zwischenbeifall vom Publikum. Sieh zu, Holtz.

»Ich will es gar nicht lange spannend machen …«

Das machst du aber, Meister!

»Vielleicht bald ganz oben in den Charts sehen wir …«

Ich platzte fast vor Aufregung.

»……………. Die …………….«

Er hatte »Die« gesagt!!! »Die«!!!!!!!!

»……………. Glücksdiabetiker!«

Mein Hirn hatte keine Zeit, den Ohren die Übergabe der Eilnachricht zu quittieren: Ich flippte total aus. Axel und ich fielen uns in die Arme, ich riss die Faust in die Höhe, fuhr damit hart durch die Luft, als würde ich wie Norman Bates auf Speed ein Duschopfer erstechen. Ich gab allen drei Mädels von Destiny's Grandchild ein Küsschen auf die Wange, hüpfte im Chuck-Berry-Duckwalk von der einen Seite der Bühne zur anderen. Ein schöner Tag, die Welt steht still, ein schöner Tag, komm Welt, lass dich umarmen, welch ein Tag! Na gut, wir wollten es nicht übertreiben – um diese sonst so müffelnde Welt an mich zu drücken, blieb doch zu viel Ekel. Für einen kurzen Augenblick jedoch duftete sie herrlich. Meine Freude war so überwältigend, dass sie mir förmlich die Kehle zuschnürte. Ich kam vor endloser Erleichterung kaum noch zum Luftholen. Einen Moment später merkte ich den wahren Grund: Zwei kräftige Pranken hatten sich von hinten um meinen Hals gelegt, würgten mich wie im Schraubstock. Ich fuhr panisch herum und blickte in die hasserfüllten Augen des bis dato stummen Ober-Philosophen.

»DAS IST BETRUG!!!«, brüllte er mich in Dezibel-Dimensionen eines Düsenjets an. »WIR WAREN MILLIONENMAL BESSER ALS IHR!!! DER ERSTE PLATZ GEHÖRT UNS!!! UNS ALLEIN!!!«

Zwei Gloria-Mitarbeiter rissen den durchgeknallten Philosophen von mir weg. Ich schnappte nach Luft, rieb meinen befreiten Hals. Aus überraschtem Schrecken wurde Triumph.

»Ach nee, sieh mal einer an!«, rief ich dem in Schach gehaltenen schlechten Verlierer zu. »Mister ›Ich bin zu oberschlau zum Sprechen‹ kann DOCH reden … Da kannst du gleich Mama anrufen und ihr vorheulen, wie du hier abgestunken hast!«

Der Philosoph schaute so böse, er hätte meine Eier wohl am liebsten durch die scharfen Saiten seiner Goldharfe gequetscht. Dazu hatte der Spinner zum Glück keine Gelegenheit mehr. Hilflos fuhr er seine stummen Kollegen an:

»Macht doch AUCH mal den Mund auf!! Es ist doch schon a priori paradox, dass die beiden mit solch einer geistlosen Allegorie hier überhaupt stehen dürfen! ›Bist ein Wunder der Medizin, mein Glücksinsulin‹?? Ich bitte euch!! Seit fast zehn Jahren schweigen wir, um der Menschheit das Tor zur Transzendenz zu öffnen – wollt ihr euch das wirklich von diesen weltlich gefesselten Seelen mit ihrem fleischeslustigen Liebesschmalz ruinieren lassen?!«

Der ehemals so eisern stumme Band-Anführer konnte gar nicht mehr aufhören zu fluchen und zu schimpfen. Zehn Jahren trockener Quatscher und jetzt wieder voll drauf auf Worte. Seine Kollegen zuckten nur schweigend mit den Schultern.

»Deine Jungs sind wenigstens konsequent …«, stellte ich fest. »Nicht so 'ne verkappte Tratschtante wie du.«

»SCHNAUZE!!!«, versuchte er, sich aus dem festen Griff der Gloria-Mitarbeiter zu befreien.

»Wieso ich? Das ist DEIN Job … Steig bei The Sokrates Experience aus und werd Frisör – da kannst du schwatzen, bis dir die Zunge abfällt!«

Das war endgültig zu viel für den Philosophen.

»Verdammt, ich hab's dir vorhin laut und deutlich geschrieben: Unser Bandname wird nicht gesprochen, nur GEDACHT – kapierst du das nicht?! NUR – GEDACHT!!!«

»The Sokrates Experience! The Sokrates Experience! The Sokrates Experience! The Sokrates Experience! The Sokrates …«

Schäumend vor Zorn riss der wildgewordene Philosoph sich los. Axel wollte mich schützen, reagierte aber zu spät: Schreiend stürzte sich mein Feind auf mich. Ich fiel rückwärts in das üppige Dekolleté der Opernsängerin. Der Philosoph presste mein Gesicht so fest in ihr feuchtwarmes Busenbiotop, dass mir vor Frischluft-Mangel schwindelig wurde. Die erschrockene Diva kreischte. Dumpf drang es an meine eingequetschten Ohren:

»JETZT KRIEGST DU STERBEHILFE, GLÜCKSKRANKER!!!«

Der Spuk war vorbei, als die starken Gloria-Männer mich ein zweites Mal retteten. Diesmal wurde der ausgeklinkte Philosoph ganz aus dem Saal geschmissen. Während man den Störenfried wegschaffte, er weiterschimpfte wie ein Rohrspatz, schauten ihm seine zwei Bandkollegen stumm hinterher.

»Und tschüss …«, meinte der Moderator, wandte sich an uns. »Jetzt, wo hier wieder Ruhe ist, wollen wir natürlich wissen: Erster Platz, ein Plattenvertrag, womöglich bald die ganz große Karriere – wie fühlt sich das an?«

Da war sie endlich: Die berühmt-berüchtigte »Wie fühlt sich das an?«-Frage. Die Kerner neben uns hätten vor Begeisterung eigentlich eine feuchte Bux kriegen müssen. Alle Augen waren auf Axel und mich gerichtet – jetzt unbedingt eine coole Antwort geben! Eine von dem Kaliber, dass jeder hier im Publikum davon noch seinen Enkeln erzählen würde. Und die Enkel wiederum irgendwann ihren eigenen Enkeln. Und die Enkel der Enkel dann auch wieder IHREN Enkeln. Und die Enkel der Enkel der Enkel … nun ja, ich glaube, der Grundgedanke ist im Ansatz klar geworden. Ich beugte mich über das mir hingehaltene Mikro:

»Äh …………………… toll.«

Mir fiel auf die Schnelle nichts Besseres ein. Das Publikum fand es riesig, warf sich über meine vermeintlich trockene Art weg. That's Entertainment. Es ging so einfach.

»Ihr seid mir vielleicht zwei!«, konnte da auch der Moderator nur noch inhaltsfrei feststellen. »Jetzt aber wollen wir euer Lied noch mal hören – ran an die Instrumente!«

Welch ein Schlussbild fürs Familienalbum: Axel und ich umringt von den anderen Teilnehmern des Battle Of The Talents – und wir als Champions mit dem Siegersong! Das Publikum im Saal klatschte und sang noch lauter mit als vorhin:

♪♪♪ *Das Testergebnis war leider positiv*
Darum bin ich natürlich negativ
Kein Gesunder versteht es:
Glücksdiabetes! ♪♪♪

Auch bei uns auf der Bühne war die Stimmung hervorragend: Mit ihren wunderbaren Stimmen improvisierten Destiny's Grandchild einen zuckersüßen Background-Gesang mit viel »Uh-uh-uh!« und samtweichem »Sha-la-la!«. Ich kam mir vor wie Elvis mit den Sweet Inspirations – körperlich zwar eher im desolaten Zustand kurz vor seinem Tod, in Sachen Performance aber im vollen Saft wie zu seinen allerbesten Livejahren zwischen 1968 und '72. Weltklasse!! Selbst die übrig gebliebenen Mitglieder von The Sokrates Experience ertappte ich dabei, wie sie – wenn man genau hinschaute – mit den Füßen wippten und leise mitsangen. Dem Glücksdiabetes-Song konnte sich niemand entziehen.

Nach sensationellen viereinhalb Minuten schwebten Axel und ich von der Bühne. Ich wollte mich noch bei Tünnes bedanken, der flirtete jedoch gerade unansprechbar mit einer vom Gloria-Mitarbeiter vorbeigetragenen Kiste Kölsch. Harald Holtz und Steve Cock dagegen gratulierten herzlich.

»Glückwunsch!«, schüttelte Cock unsere Hände. »Ihr habt's verdient – als Starproduzent seh ich so was! Da hab ich als Starproduzent dieses Starproduzenten-Auge, das ein Starproduzent braucht, um Starproduzent zu sein, sonst wäre ich schließlich kein Starproduzent, sondern höchstes Produzent … Maximal!«

Was Steve Cock bescheiden anzudeuten versuchte: Er war Starproduzent.

»Gehen wir nach hinten…«, schlug Harald Holtz vor. »Da haben wir mehr Ruhe.«

War das aufregend! Wir folgten unseren neuen Mentoren, vorbei an Die Kerner, die ihre Masken jetzt doch noch abgesetzt hatten, sie wutentbrannt in Fetzen rissen. Endlich sah ich deren echte Gesichter – hätten sie die Kerner-Visage bloß aufgelassen. An der Ecke, in die sich die Fool's-Garden-Typen zum Sterben verzogen hatten, bogen wir backstage ab in die Künstlergarderobe. Dort nahmen wir in den abgewetzten, aber gemütlichen Sesseln Platz. Harald Holtz zog eine Zigarre aus der Hemdtasche. Geduldig sahen wir zu, wie er sie an der Flamme seines Feuerzeuges drehte, bis die Spitze gleichmäßig Asche zeigte. Er nahm die Zigarre in den Mund, genoss den ersten Zug. Lächelnd lehnte er sich zurück.

»Wir haben viel zu besprechen, Jungs!«

IV

Ich stand auf diesem Laufband, und mir war klar: Ich gehörte hier nicht drauf. Dieser halbe Quadratmeter zählte nicht zu meinem natürlichen Lebensraum. Mein Puls raste, ich schwitzte wie Sau, war völlig am Ende. Das konnte heiter werden, wenn Doktor Hart das Band gleich noch anschaltete.

»Eine Minute Maximalbelastung! Du powerst voll durch … Verstanden, Fetti?!«

Ich nickte, worauf Doktor Hart den abgrundtief bösen Quick-Start-Knopf drückte. Ein kurzes Röhren ertönte, dann zwang das Band meine Beine in Bewegung. Doktor Hart erhöhte das Tempo sofort auf 20 km/h. Während das Gerät schneller wurde, verwies ich hechelnd auf den angeklebten Hinweis:

»Zu Ihrer eigenen Sicherheit darf die Geschwindigkeit auf diesem Laufband 12 km/h nicht überschreiten. Vielen Dank für Ihr Verständnis.«

»Das MUSS ich da hinhängen!«, erklärte Doktor Hart. »Sonst wollen mir diese Sportmedizin-Schwuchteln wieder den Laden dichtmachen … Ich warn dich: Wer sich daran hält, ist tot!«

… 23, 24, 25, 26 …

Die rote Digitalanzeige schlich vor sich hin, als verwechselte sie Sekunden mit Stunden. Ich rannte und rannte, fiel trotzdem gefährlich zurück und stolperte über meine eigenen Füße. Ich war Dick und Doof in einer Person.

… 34, 35, 36, 37 …

Das laute Schleifen des Laufbandes machte meine Willenskraft mürbe. Ich stampfte, so schnell ich konnte, suchte mit der Hand Halt am Pulsmessgriff. Doktor Hart schlug sie streng weg. Vor lauter Verzweiflung versuchte ich, mich mit dem RTL2-Programm abzulenken, das auf dem vor mir montierten Fernseher lief. Einer Handvoll Sozial-Abstinenzler beim Rumgammeln auf dem Big-Brother-Sofa zuzuschauen, pushte leider kein bisschen. Ich pustete Sabberblasen, als hätte ich die Tollwut.

…46, 47, 48, 49 …

Längst lief das Band auf vollen Touren, der Aufstand der Maschine war nicht mehr aufzuhalten. Scheiße, war das schnell. Ich erwartete, dass die anderen Trainierenden um mich herum jeden Moment im Zeitraffer altern würden, da ich durch mein ungeheures Tempo in die Zukunft reiste. Stattdessen näherte ich mich immer mehr der hinteren Kante. Ich wollte schon endgültig aufgeben, da erhaschte ich aus den Augenwinkeln den rettenden Kraftschub: Brüste!! Sofort schwenkte ich meinen Blick auf den Fernseher nebenan: Pro7 zeigte »Mädchen, Mädchen«. Vielleicht auch »Mädchen, Mädchen 2« – so genau konnte ich das auf die Schnelle nicht eruieren. Zumindest zog die attraktive blonde Hauptdarstellerin gerade obenherum blank. Ihre süßen Früchte waren der nötige Energiespender, der mich auf dem Laufband wieder auf Kurs brachte. Faszinierend, wie effektiv zwei wohlgeformte Portionen Fett- und Bindegewebe motivieren konnten. Ließe man in Fitnessclubs Hardcore-Pornos laufen, wären alle Männern auf einen Schlag 20 Prozent fitter. Mindestens.

… 56, 57 …

Durchhalten! Und wehe, du ebenso holde wie frierende Jungschauspielerin drehst dich auf die letzten Sekunden um!!

… 58, 59 …

Jaaaaaaaaa!! Geschafft!!!

… 60, 61, 62, 63 …

Was zur Hölle?? Krächzend deutete ich auf die falsch weiterlaufende Digitalanzeige.

»Was ist, Schlappi?«, fragte der Doc. »Die Doktor-Hart-Minute hat HUNDERT Sekunden!«

Er tippte auf den kleinen Stempel oben rechts an der Konsole:

»Spezialanfertigung!«, erklärte Doktor Hart, während ich tausende Herzinfarkte erlitt.

… 77, 78, 79, 80 …

»MACH AUS!!!«, röchelte ich, doch mein Peiniger stellte sich taub. Ich presste verzweifelt auf die Stopptaste – nichts passierte.

»Kindersicherung …«, lächelte Doktor Hart.

Das »Mädchen, Mädchen«-Mädchen mit den Knusperbrüsten hatte inzwischen einen viel zu dicken Pulli übergezogen. Ich war verloren.

… *89, 90, 91, 92* …

Der muffige Geruch meines klitschnassen T-Shirts stieg mir in die Nase. Ich schloss die Augen, versuchte, die letzten Sekunden irgendwie zu überstehen. Meine aneinanderscheuernden Schenkel wurden so heiß, dass ich Angst bekam, meine Unterhose könnte in Flammen aufgehen.

… *96, 97, 98, 99* …

Endlich hatte Doktor Hart Erbarmen: Er entsicherte das Laufband, stellte die Geschwindigkeit runter. Ich keuchte, stöhnte und hechelte im gekrümmten Weitergehen. Meine Lunge brannte wie Hölle.

»Ich …… kann ……… nicht ………………… mehr.«

»Jaja, das behaupten sie alle!«, erwiderte Doktor Hart. Er griff nach der Sprühflasche mit dem Desinfektionszeug, wischte meinen Schweiß vom Gerät.

»Komm, Dicki – wir haben heute noch viel vor … Wusstest du, dass Eskimos hundert verschiedene Wörter haben für Schnee?«

Ich versuchte, den Kopf zu schütteln, schaffte es mit viel Mühe einmal langsam hin und her.

»ICH hab hundert verschiedene Wörter für SCHMERZ!«

Strammen Schrittes ging Doktor Hart voran. Ich taumelte im Gollum-Gang hinterher. Wenn meine Eltern wüssten, wofür ich ihren für mich angelegten Bausparvertrag aufgelöst hatte, hätten sie mich wahrscheinlich verstoßen.

»Setzen!«, zeigte Doktor Hart auf ein Gerät, das ich eher in einer Schlachterei statt in einem Fitnessclub vermutet hätte. Der Doc spannte mich in das Gerät, stellte 150 Kilo Gewicht ein. Er erwartete, dass ich die irgendwie hob. Na sicher doch.

»Nicht mit DEM Gewicht …«, stellte ich klar.

»Sehr gute Einstellung!«, verstand Doktor Hart mich falsch, erhöhte prompt auf 200 Kilo. »So, JETZT ist es ’ne Herausforderung!«

Es gab Momente im Leben, in denen sollte man einfach die Klappe halten. Ich hatte soeben mal wieder einen solchen verpasst. Mir blieb nur der Versuch, die 200 Kilo zu stemmen. Die Betonung lag auf »Versuch« – und das Gewicht unbeeindruckt auf seinem Platz. Als Doktor Hart merkte, wie sehr ich mich quälte, stellte er es ein weiteres Mal hoch auf 250 Kilo.

»Dein Bizeps ist 'n hochsensibler Muskel …«, klopfte er auf meinen Arm. »Wir haben ihm zu wenig zugetraut, deshalb streikt er jetzt!«

Während Doktor Hart den Bizepsflüsterer gab, schielte ich verzweifelt zur Wanduhr. Wann war die Stunde endlich um??

Als ich das Training überstanden hatte, stieg ich auf dem Rückweg bereits am Rudolfplatz aus und ging hoch zum HL-Markt. Ich hätte genauso gut durchfahren können zum Friesenplatz und runtergehen – der Supermarkt lag ziemlich genau in der Mitte. Wahnsinn, welch unerschöpfliche Chancen zur Selbstverwirklichung das Leben doch bot. Ich wollte schnell im HL-Markt einkaufen, hatte dafür einen von Doktor Hart speziell für mich entwickelten Ernährungsplan. Genauer gesagt: einen speziell für mich entwickelten NICHT-Ernährungsplan. Mit einer Gesamt-Tagesaufnahme von lächerlichen 1300 Kalorien. Daran hatte ich schon jetzt ganz schön zu knabbern. Beziehungsweise eben nicht.

Vor dem Eingang des HL-Marktes lauerte wie immer das hier mit Erstwohnsitz gemeldete Penner-Trio: ein langer dürrer Lulatsch, der aus unerfindlichen Gründen ständig einen Motorradhelm trug, ein durchgeknallter Alter mit Bayern-Tracht und ohne Beine im Rollstuhl und der gefürchtetste von allen: »Pumuckl«. Schon von weitem sah ich sein leuchtend rotes Haar, wie er mit einem leeren Einkaufswagen auf mich zugestürmt kam. Das war seine Masche: die Wagen den HL-Kunden heranschieben und dafür ein paar Cent Trinkgeld erwarten. Er ahnte nicht, was er einem Viren- und Bakterienphobiker wie mir damit antat. Ich hastete großräumig an ihm vorbei, flüchtete so eilig durchs Drehkreuz, dass ich meinen Spermien ein schweres Schädeltrauma zufügte. Auf der anderen Seite zog Pumuckl unverrichteter Dinge ab. Hatte ich ihn mal wieder ausgetrickst. Während er schon nach einem neuen Opfer suchte, erhaschte ich noch einen längeren Blick auf seine Finger, als mir guttat. Bettina Wegner sang exklusiv in meinem Kopf eine Spezialversion ihres großen Hits:

♪♪♪ *Sind so kranke Hände, winz'ge Tiere dran ...* ♪♪♪

Mit über meine eigene Hand gezogenem Pulliärmel griff ich an der Kasse einen Korb, ging zur Obsttheke. Obst war gut für mich, hatte Doktor Hart mir erklärt. Ob die Früchte aus meinem HL-Markt dazuzählten, war noch herauszufinden: Hier ließen die Angestellten die Ware mit der Ruhe und Gelassenheit eines Zen-Meisters vor sich hin existieren. Wer im HL einkaufte, wurde regelrecht süchtig nach diesem unvergleichlichen Gefühl, einen knackig frischen Pfirsich anzuheben, um im selben Moment die Finger tief in die komplett weiße Schimmelunterseite zu vergraben. In jeder Hinsicht noch weit ausgereifter waren die fertig abgepackten Ananas-Scheiben. Unter der schwitzigen Klarsichtfolie verliefen drei Evolutionsstufen:

Stufe 1: frisch, weißgelb saftig

Stufe 2: circa 3 bis 5 Tage alt, karamellbraun trocken

Stufe 3: circa 6 bis 600 Tage alt, farblich unidentifizierbar, da inzwischen veredelt mit dickem Schoko-Tarnüberzug

Während mich ein aggressiver Schwarm Fruchtfliegen angriff, packte ich alles Obst, das Doktor Hart mir aufgeschrieben hatte, in meinen Korb. Danach lief ich rüber zum Kühlregal, suchte den ebenso vom Doc notierten Magerquark. Kritisch prüfte ich den Becheraufdruck: 66 Kalorien pro 100 Gramm – das KONNTE ja nur kacke schmecken. Egal, schnell einpacken, solange ich der verführerischen Mousse au Chocolat gleich daneben noch widerstand. Mit zugekniffenen Augen rannte ich durch den Süßigkeitenpfad der Versuchung zum Bezahlen, warf an der Kasse spontan noch fünf Packungen Kondome aufs Band, damit die Kassiererin keinen Verdacht über mein aktuell suboptimales Sexualleben schöpfte. Außerdem war ich zuversichtlich, dass sich in den Lümmeltüten hervorragend portionsweise Magerquark einfrieren ließ. Kaum hatte ich bezahlt, kam zu meinem Entsetzen wieder Pumuckl angelaufen – diesmal wollte er mit seinen schwarzen Händen meine Einkäufe tragen. Überrumpelt von diesem erweiterten Serviceangebot rannte ich erschrocken an ihm vorbei. Die Henkel meiner Wasserflaschen-strapazierten Plastiktüten dehnten sich gefährlich, doch ich entkam.

Zu Hause kochte ich mir Blumenkohl. Ich mochte keinen Blumenkohl, aber das war wohl Sinn und Zweck einer Diät: nur noch das zu essen, was man nicht mag. Und Blumenkohl bot die beste Möglichkeit, meinen Magen möglichst energiearm vollzustopfen. Bloß 22 Kalorien pro 100 Gramm, dafür voll mit Vitaminen. War es eigentlich dummer Zufall, dass all die gesunden Sachen scheiße schmeckten und die ungesunden fantastisch, oder steckte irgendein superintelligenter Masterplan der Natur dahinter, den ich nicht verstand? Ich hatte ausreichend Zeit, darüber nachzudenken, während ich fast ein ganzes Kilo geschmacksfreien Kohl runterwürgte. Danach war ich hungriger als vorher. Schwach schaffte ich es gerade noch aufs Bett, zappte durchs Fernsehprogramm, um meinen brüllenden Magen zu übertönen. Auf Pro7 widmete sich »Galileo Spezial« der dramatischen Frage: »Wann kommt der Todesmeteorit?« Na, hoffentlich bald. Ich schaltete den Fernseher wieder aus, zog unter meinem Bett das Tütchen mit den Fotos aus Paris hervor. Gleich zweimal war ich mit Sonja dort gewesen. Echte Traumurlaube. Wieso hatten wir nur so wenig Fotos gemacht?? Wir hätten noch viel, viel mehr knipsen sollen – die paar Schnappschüsse reichten längst nicht aus, um mich damit zuzudecken. Im Hungerrausch halluzinierte ich, dass Sonja neben mir lag, mich anlächelte. Überglücklich nahm ich sie in den Arm – und hielt dann doch nur die Bettdecke in den Händen. Ich wollte weinen, doch selbst dafür war ich zu schwach. Ich brauche dich, Sonja. Komm zurück. Mit dieser sehnsüchtigsten aller Sehnsüchte glitt ich hinüber in den schlechten Schlaf eines Hungernden. Ich träumte wirres Zeug – wie der böse Oberphilosoph vom Bandwettbewerb mich würgte, dass ich keine Luft mehr bekam, seine Hände um meinem Hals zu immer größeren Pranken wuchsen und plötzlich Doktor Hart mich weiterwürgte, bis die Hände schwarz wurden und jetzt der schmuddelige HL-Pumuckl an der Reihe war. Ich versuchte zu schreien, brachte jedoch keinen Ton heraus. Während eine Armee aus Käfern den Hals hoch in meinen aufgerissenen Mund strömte, verwandelten sich die schwarzen Hände ein weiteres Mal – diesmal zu zarten Frauenhänden, die am festesten würgten: Ich blickte in das wütende Gesicht von Sonja. Dann wachte ich schweißnass auf. Oh Mann. Dieser Blumenkohl.

»Bald, Sonja …«, murmelte ich vor mich hin. »Bald ist es so weit. Dann wird alles wie früher. Genau wie früher.«

Unruhig döste ich wieder weg.

Nur wenige Tage später betraten Axel und ich zum ersten Mal das Hauptquartier der Plattenfirma. Die sich öffnende Glastür war wie das Portal in eine andere Welt. So was wie hier hatte ich noch nie gesehen. Axel auch nicht, und so staunten wir beide mit offenen Mündern. Alles war so edel, so groß, so gewaltig. Auf den Flat-TV-Geräten mit Bildschirmdiagonalen bis an den Rand der Stratosphäre flimmerten bunte, schnell geschnittene Musikvideos. Mit nach allen Seiten zugleich verdrehten Köpfen liefen wir auf die Dame am Empfangstresen zu.

»Wir möchten zu Harald Holtz.«

»Haben Sie einen Termin?«

»Ja!«, nickte ich. »Wir sind Die Glücksdiabetiker.«

Die Frau drückte einen Knopf an ihrer Telefonzentrale. Zwischen den leuchtenden Lämpchen fing ein weiteres an zu blinken.

»Hallo, Gerda!«, sprach sie in ihr Headset. »Du, hier unten stehen zwei, die nennen sich Die Glückspathetiker ...«

»DIA-betiker!«, stellte ich richtig. Die Dame vom Empfang interessierte das wenig.

»Ja ... ja ... alles klar. Dann schick ich sie hoch.«

Sie beendete das Gespräch, zeigte zum Aufzug.

»12. Stock. Setzen Sie sich vorne hin, Sie werden reingerufen.«

Dankend gingen wir rüber. Während der Fahrstuhl uns hochbrachte, strich ich mir in seiner verspiegelten Wand nervös die Stirn trocken. Ich schwitzte ein wenig. Ein wenig sehr.

PLING!

12. Stock. Wir stiegen aus. Ein Kerl im Anzug lief vorbei, schaute uns etwas abfällig an. Blödmann. Vorne stand ein Sofa.

Kratz-Kratz-Kratz-Kratz-Kratz-Kratz-Kratz-Kratz-Kratz-Kratz-Kratz-Kratz-Kratz

Während wir uns setzten und warteten, war ein Handwerker an der Milchglas-Bürotür eifrig bei der Arbeit. Mit einem Schaber entfernte er die schwarzen Klebebuchstaben:

HARALD HOLTZ

CHIEF CREATIVE EXECUTIVE CONSULTING SENIOR MANAGER

Am Namen machte er sich nicht zu schaffen, doch vom »Chief Creative Executive Consulting Senior Manager« waren bereits knapp zwei

Drittel verschwunden. Wenige Sekunden später blieb lediglich das »Chief Creative«, bald darauf sogar nur das »Chief«. Hätte eigentlich immer noch gereicht, aber auch das musste dran glauben. Zum Schluss erinnerten an den dort einst so gewaltig prangenden Titel nur die Klebereste. Und selbst diese entfernte der Handwerker gleich darauf mit einem krebsig stinkenden Zeug. Als die Tür sich öffnete, sprang der Mann mit der Krätze zur Seite.

»Sind Sie Die Glücksdiabetiker?«, trat eine Frau heraus.

Axel und ich nickten.

»Kommen Sie rein.«

Sie streckte die Hand aus.

»Ich bin Gerda – Personal Female Assistent von Herrn Holtz!«, lächelte sie.

»Angenehm!«, lächelten wir zurück.

Gerda führte uns in ihren Vorraum, deutete auf zwei Stühle.

»Nehmen Sie noch kurz Platz. Herr Holtz ist gleich so weit.«

Durch die Schiebetür zum angrenzenden Büro hörte ich dumpf die Stimme von Harald Holtz. Er schien zu telefonieren, lachte in regelmäßigen Abständen laut auf. Axel und ich saßen ungeduldig auf unseren Stühlen neben Gerdas Schreibtisch.

»Möchten Sie was trinken? Kaffee?«

Wir lehnten dankend ab. Ich musste eh schon pissen. Während Gerda sich ihrer Arbeit widmete, warteten wir weiter. Von draußen hörte ich es noch immer an der Tür kratzen.

»Wieso wird denn das Chief Creative Consult… Manag…«

»Chief Creative Executive Consulting Senior Manager!«, half Gerda mir auf die Sprünge.

»Genau. Wieso wird das abgemacht?«

»Herr Holtz wurde vom internationalen Vorstand befördert.«

»Befördert?«

»Befördert!«, nickte Gerda stolz. »Seit heute, Punkt null Uhr, ist Herr Holtz offiziell Chief Creative DOUBLE Executive Consulting Senior Manager!«

»Ach so …«, verstand ich jetzt. »Wow. Das ist … lang.«

In diesem Moment öffnete sich die Schiebetür.

»Haaaaaaaaaaallo!«, rief ein perfekt aufgelegter Harald Holtz. »Da sind ja meine neuen Superstars – immer rein in die gute Stube …«

Axel und ich betraten sein Büro. Holtz zog die Tür wieder zu, bat Gerda vorher noch, Anrufe nur durchzustellen, wenn sie wirklich dringend waren.

»Fühlt euch wie zu Hause, Jungs!«

Das würde schwierig werden: Das sonnendurchflutete Büro mit Blick über die Stadt war größer als meine komplette Wohnung. Die Natter Neid verpasste mir einen stechenden Biss in den Nacken. So was hätte mir auch gefallen.

»Kommt mal rüber!«, winkte Holtz uns ans Fenster. »Ist DAS 'n Panorama?? Ehrlich, ich könnte den ganzen Tag hier stehen und die Aussicht genießen, wenn ich nicht so unmenschlich viel zu tun hätte. Aber egal, genug von mir … Wie geht's euch?«

»Uns geht's gu …«

»Fantastisch!«, unterbrach er mich. »Das freut mich! Mir geht's auch gut, ich bin seit heute Chief Creative Double Executive Consulting Senior Manager … So langsam wird es mir fast 'n bisschen peinlich.«

»Herzlichen Glückwunsch …«, gratulierte ich. »Wir haben's eben schon draußen erfahren.«

»Um Gottes willen – machen wir kein großes Ding draus!«, wedelte Holtz mit den Händen. »Ich bemitleide ja diese Menschen, die mit ihrem Erfolg hausieren müssen … Ganz schlimm! Ich war da schon immer anders. Liegt wohl daran, dass ich viel schneller aufgestiegen bin als all die anderen.«

»Äh … ja. Da haben Sie wahrscheinlich recht.«

Er zündete sich eine Zigarre an.

»Das ›Sie‹ lassen wir endlich mal … Ab sofort bin ich für euch der Harald!«

Das Telefon auf dem Schreibtisch klingelte. Harald ging rüber.

»Was gibt's denn so Wichtiges? … Was?? … Also, Gerda – bitte! Wenn das ›Chief Creative Double Executive Consulting Senior Manager‹ nicht mehr auf die Tür passt, soll er 'ne größere einbauen, das kann ja wohl nicht so schwer sein … Na, dann BRICHT er die Wand eben auf, meine Güte … Ich guck mir das nachher an – jetzt bitte nicht mehr … ja, ja, die Überlänge für die Visitenkarten ist okay, ich hab mir 'n neues Portemonnaie anfertigen lassen … Jetzt bitte nicht mehr stören, Gerda!«

Harald legte auf, kehrte kopfschüttelnd zu uns zurück.

»Wo war ich stehengeblieben?«

»Beim Harald ...«, half Axel ihm auf die Sprünge.

»Bei mir – richtig! Sehr gut! Hört zu, ihr beiden: Ihr wisst, dass wir gleich ins Studio wollen – ganz ehrlich: Seid ihr nervös?«

Axel schüttelte den Kopf. Ich nickte.

»Braucht ihr nicht! Klar ist das für euch neu und aufregend – aber ihr könnt wirklich entspannen. Wir sind hier alle 'ne große Family ...«

Harald Holtz stand auf, zeigte auf ein Foto an der Wand von sich mit Michael Jackson.

»Euer Bruder Michael!«

Er ging einen Schritt weiter zum Foto mit Britney Spears.

»Eure Schwester Britney!«

Was für eine verkorkste Sippe. Da würde ich in der Tat gut reinpassen. Harald präsentierte stolz weitere Fotos von sich mit Stars. Selbst eines zusammen mit Robbie Williams war dabei. Gutes Zeichen.

»Seid ihr bereit?«, fragte Harald, als er fertig war. »Dann bring ich euch jetzt runter.«

»Für 'nen Superhit sind wir IMMER bereit!«

Ich wollte nonchalant wirken, obwohl ich nicht mal wusste, was der Begriff genau bedeutete. Dementsprechend fiel auch das Ergebnis aus. Neuer Punkt auf meiner To-do-Liste: Erst denken, dann reden.

Wir verließen Haralds Büro, zogen vorbei an Sekretärin Gerda und am Handwerker, der noch immer verzweifelte, wie er die 51 Buchstaben für den »Chief Creative Double Executive Consulting Senior Manager« durchlaufend ankleben sollte. Aktuell experimentierte er an einer Halbkreis-Variante mit kleinem Zusatzschlenker. Harald ging mit uns zum Aufzug, drückte den Knopf fürs Untergeschoss, in dem sich das hauseigene Tonstudio befand. Auf der Fahrt abwärts legte Harald seine Hände auf unsere Schultern, schaute Axel und mich in der verspiegelten Wand an. Vom Qualm seiner Zigarre wurde mir übel, darum war ich froh, als unten die Fahrstuhltür wieder aufging. Harald führte uns durch lange Gänge zum Tonstudio, wo bereits zwei Typen vor einem Mega-Mischpult aus tausend Reglern, Rädchen und Knöpfen warteten. Sonnenlicht kannten die beiden höchstens aus Erzählungen.

»Frank und Klaus!«, stellte Harald sie uns vor. »Die nehmen den Song mit euch auf.«

Axel und ich schüttelten den Technikfreaks die Hand.

»Abgefahren, Alter!«, staunte Axel über das gigantische Mischpult. »So viele Knöpfe ...«

»Das ist Hightech vom Feinsten!«, erklärte Frank. »Mit der linken Hälfte hier können wir alles erzeugen, was unser menschliches Ohr wahrzunehmen fähig ist.«

»Irre ... Und mit der rechten?«

»Die rechte? Die hat keine Funktion – die ist nur zum Angeben.«

»Exklusives Feature bei den Dummytech-Konsolen!«, ergänzte Klaus. »Etwas teurer, aber Technik hat eben ihren Preis.«

Aha. Ich fragte Harald, wo Steve Cock blieb, schließlich sollte der uns produzieren.

»Schwänzchen kriegt später den Rohmix ...«, erhielt ich als Antwort.

»Wie? Der kommt gar nicht?«

»Natürlich nicht! Kreative Genies arbeiten grundsätzlich allein. Oder hast du schon mal davon gehört, dass Leonardo da Vinci die Schweine hat mitmalen lassen, die ihm seine Pinselborsten lieferten?«

Da Vinci? Schweine?? Bevor ich raffte, was Harald mir sagen wollte, ging er schon zur Tür.

»Ich guck zwischendurch mal rein, wie's läuft ... Enttäuscht mich nicht.«

Er ließ uns mit den Aufnahmegurus allein. Sie brachten Axel und mich in den schalldichten Raum, der mit ihrem Technikreich durch eine Glasscheibe verbunden war. Zwei Gitarren und ein Schlagzeug standen schon bereit. Ich griff mir eine der Klampfen, stimmte sie. Axel nahm hinter den Drums Platz. Während wir uns warmspielten, stellten Frank und Klaus auf der anderen Seite der Scheibe wild Regler und Knöpfe ein. Komplett auf der rechten Seite. Ich hörte aus dem Kopfhörer:

»So, wir fangen an!«

Axel und ich legten los mit dem ersten Take. Mit DER definitiven, einzig wahren Aufnahme des Glücksdiabetes-Song für die Ewigkeit. Es sollte nicht die letzte bleiben.

»Gleich noch mal!«

»Von vorne!«

»Geht wieder los!«

»Neu!«
»Nächster Take!«
»Wiederholen wir!«
»Noch mal mit Gefühl!«

Wie oft wir das Lied gespielt hatten, als Harald wieder reinschaute, konnte ich nicht mehr sagen. Mit jedem weiteren Durchgang kam mir unsere Performance mechanischer vor. Harald und seinen zwei Aufnahme-Sklaven schien es jedoch zu gefallen – zumindest sah ich sie beim aktuellen Take mit den Köpfen wippen. Als wir den gefühlten 3582. Durchlauf geschafft hatten, winkte Harald uns rüber. Ich stellte die Gitarre ab, legte den Kopfhörer zur Seite.

»Ich spür meine Arme nicht mehr …«, ließ Axel die Sticks fallen.

Mir selbst ging es nicht viel besser: Meine Fingerkuppen waren rotbläulicher Matsch. Die Stahlsaiten hatten sich tief ins Fleisch gedrückt, meine zu dünne Hornhaut schnell bezwungen.

»Das war schon ganz okay!«, lobte Harald.

Frank und Klaus nickten.

»Meint ihr wirklich?«, war ich unsicher. »Ich fand die ersten Takes besser – die waren irgendwie … authentischer.«

»Authentischer??«, wiederholte Harald, als erzeugte das Wort in ihm tiefsten Ekel. »Wenn ihr authentische Musik machen wollt, furzt eurer Oma Happy Birthday vor.«

Er reichte Axel und mir zwei Umschläge.

»Gut drauf aufpassen. Nächste Woche geht's los.«

Ich schaute auf das weiße Kuvert. Stand nichts drauf.

»WAS geht nächste Woche los?«

»Euer Testauftritt.«

»Testauftritt?«, fragten Axel und ich gleichzeitig.

»Ihr braucht schnelle Bühnenerfahrung!«, erklärte Harald. »Wichtiges Training … Außerdem wollen wir sehen, wie ihr vor richtigem Publikum ankommt. Ist 'n bisschen was anderes.«

Ich verstand nur Bahnhof.

»Wo ist dieser Testauftritt?«

Harald deutete auf meine Hand. Axel und ich blickten uns an, öffneten die Umschläge: Flugtickets. Ich las das aufgedruckte Ziel, blickte sicherheitshalber auch auf Axels Ticket. Identisch.

»Soll das ’n Scherz sein?«, schaute ich Harald an. »DA sollen wir auftreten??«

»Selbstverständlich. Ein besseres Trainingslager gibt es nicht.«

»Alter Verwalter ...«, murmelte Axel. So konnte man es auch ausdrücken.

»Da passen wir doch überhaupt nicht hin.«

»Da PASST ihr hin, vertraut mir!«, scheuchte Harald mich mit Axel zurück in den Aufnahmeraum. »Und jetzt wieder ran, das geht noch besser!«

Ehe wir wussten, wie uns geschah, standen wir erneut an den Instrumenten. Ich drehte mich zu Axel am Schlagzeug um.

»Kapierst du, was das soll?«

Bevor er antworten konnte, meldete sich aus meinem Kopfhörer Harald Holtz:

»Fangt endlich an!«

Und so spielten wir zum unzähligsten Mal den Glücksdiabetes-Song. Und noch einmal. Und noch einmal. Wir waren erschöpft, ratterten das Lied aber immer ein weiteres Mal runter. In Gedanken war ich schon ganz woanders. Bei unserem Testauftritt. Ich vertraute Harald Holtz. Er war nicht umsonst der Mann mit dem wohl längsten Titel der Welt. Er wusste, was er tat. Hoffentlich.

Und während aus meinen zerquetschten Fingerkuppen der erste Tropfen Blut trat, gab ich noch mal alles.

V

Die uns entgegenströmende Hitze, als Axel und ich gegen 12:30 Uhr die Flughafenhalle verließen, war unerträglich. Mit zusammengekniffenen Augen schaute ich mich in der Sonne um.

»Hier müssen die irgendwo sein, oder?«

»Da!«, entdeckte Axel zwei Typen, die ein Schild mit unseren Namen hielten. Das also waren unsere persönlichen Betreuer. Sympathisch sah anders aus. Na ja. Wir gingen rüber, stellten uns vor. Ein Fahrer wartete auch schon. Der Einheimische verstaute das Gepäck im Kofferraum. Axel und ich stiegen in den Wagen, und wer auch immer es gewesen sein mochte: Ich sprach kraft meines Amtes als Papstfan den Erfinder der Autoklimaanlage heilig. Die angenehme Kühle war genau das, was ich jetzt brauchte.

Unser Betreuer Nummer eins nahm auf dem Beifahrersitz Platz, für den zweiten mussten Axel und ich hinten zusammenrücken. Zum Glück sollte die Fahrt nur eine Viertelstunde dauern. Ich war nach dem Flug erschöpft – zweifellos eine schwache Leistung, wenn man bedachte, dass er nicht mal zwei Stunden gedauert hatte. Es war wahrscheinlich die ganze Aufregung drum herum: Was würde uns heute Abend erwarten? Wie würde man uns hier aufnehmen?

»Geht's erst ins Hotel?«, fragte ich Sven, einen unserer Betreuer. »Ich möchte mich gern noch ein, zwei Stündchen hinhauen.«

»Wir müssen direkt zur Location!«, machte er meine Hoffnungen zunichte.

»Der Fahrer bringt aber schon mal euer Gepäck hin …«, fügte Kollege Thomas hinzu. Toll. Im Gegensatz zu mir war es meinem Gepäck wohl relativ schnuppe, ob es früher ins Hotel einchecken durfte. Ich riss beim Gähnen den Mund so weit auf, dass mein Kiefer mich mit einem lauten Knacken verwarnte. Axel kramte einen Red Bull aus seinem Rucksack.

»Hier … Trink das.«

Ich leerte die Dose mit der lauwarmen Energy-Zuckerbrühe in einem einzigen Zug. Das Zeug wirkte sofort: Ich wurde NOCH müder. Mein dämlicher Körper war sogar zu blöd zu kapieren, was er mit

Koffein anstellen sollte. Während ich aus dem Autofenster schaute, Palmen vorbeiziehen sah, zwang ich mich, die Augen offen zu halten.

»Lleve el equipaje de los dos al hotel según lo acordado.«

Wir hatten angehalten. Ich verstand kein Wort von dem, was Thomas unserem Fahrer erzählte. Er drehte sich zu uns um:

»Wir sind da. Alle raus.«

Kaum wieder in der Hitze, suppte der Schweiß mir durchs Hemd. Während der Fahrer davonbrauste, glühte unser Zentralgestirn erbarmungslos herab aufs heilige Mekka des urdeutschen Schweinetourismus: Wir waren nirgendwo anders als in … El Arenal.

»Da ist es!«, deutete Thomas. Ich hielt mir die Hand über die Augen, hatte meine Sonnenbrille vergessen. Direkt neben dem Laden, auf den Thomas zeigte, entdeckte ich zwei Schilder: eines mit dickem rotem Kreuz und der Aufschrift »DOCTOR«, das andere mit den Worten »RENT A CAR«. Zwei Angebote, die das hier gebotene Spektrum der Möglichkeiten exakt umfassten – Exitus oder Flucht. In weißen Buchstaben auf blauem Grund wurden meine schlimmsten Befürchtungen wahr:

Oberbayern

Fassungslos starrte ich auf den Schuppen. Natürlich kannte ich das Oberbayern aus dem Fernsehen. Aus diversen RTL2-Reportagen wie »Busen, Bumsen, Ballermann«. Auf die komischerweise nie die Fortsetzung folgte: »Schwanger, Sackbrand, Syphilis«. Vor diesem Laden mal selbst zu stehen war allerdings immer eher sekundärer Teil meiner Lebensplanung gewesen. Wenn nicht sogar tertiärer.

»Alter, was geht hier ab?«, fragte mich Axel.

Ich antwortete ehrlich.

»Ich weiß es nicht.«

Thomas und Sven winkten ungeduldig.

»Kommt, Party-Michi wartet!«

Ich ahnte nichts Gutes.

Genau vor dem Eingang hatte sich ein deutscher Urlauber mit umgeschnallter Riesenpauke positioniert. Seine Mission: gewaltfreier

Widerstand gegen inhumane Öffnungszeiten. Im Takt der Paukenschläge proklamierte der Gandhi von El Arenal seine Forderung:

»AUF-MA-CHEN! AUF-MA-CHEN! AUF-MA-CHEN! AUF-MA-CHEN! AUF-MA-CHEN! AUF-MA-CHEN! AUF-MA-CHEN! AUF-MA-CHEN!«

Es waren noch knapp neun Stunden, bis das Oberbayern seine Tore öffnete – bei etwa zwei Sekunden pro Wort ergab das hochgerechnet noch gut 16.000 Mal »AUF-MA-CHEN!« Und ich war mir sicher, dass der Typ das gnadenlos durchziehen würde, auch wenn er alkoholbedingt etwas wackelig auf den Beinen wirkte. Meine eigenen Gleichgewichtsprobleme waren mehr seelischer Natur.

»Ausgerechnet HIER sollen wir auftreten?«, erkundigte ich mich bei Thomas und Sven.

»Natürlich. Warum fragst du?«

»Weil das kaum unser Publikum ist.«

»Das kann Herr Holtz besser beurteilen als ihr!«, antwortete Sven und zückte sein Handy. »Michi, altes Leder! Wir sind jetzt da … ja, wir stehen direkt davor … Okay, bis gleich.«

Sven steckte das Handy wieder ein.

»Party-Michi kommt gleich.«

»AUF-MA-CHEN! AUF-MA-CHEN! AUF-MA-CHEN! AUF-MA…«

Der stramme Protestler stellte die Repeat-Funktion seines Resthirns aus, um sich mit uns zu verbünden:

»Wwwwwolltihrauchrrrrrein?«

Wir ignorierten ihn, bis jemand von innen die Tür öffnete.

»Michi!«, streckten Thomas und Sven die Arme aus.

»Thomas! Sven!«, umarmte der heraustretende Mann die beiden.

Ich kombinierte messerscharf: Das war Party-Michi.

»Und IHR seid also unser neuer Top-Act!«, hielt er dem besoffenen Urlauber die Hand hin. »Hab schon viel von euch gehört…«

»Der gehört nicht zu uns!«, zeigte ich schnell auf Axel und mich. »Nur wir beide.«

»Ach so, sorry… Kommt rein, Freunde!«

Michi winkte uns in seine Discohütte. Thomas und Sven gingen voran, Axel hinterher. Als Letzter im Bunde schlug ich dem herantorkelnden Touri mit der Pauke gerade noch rechtzeitig die Tür vor der Nase zu.

»Ichwwwwwillmmmmit! AUF-MA-CHEN! AUF-MA-CHEN! AUF-MA-CHEN! AUF-MA-CHEN! AUF-MA-CHEN! AUF-MA-CHEN!«

Als ich mich im Oberbayern umschaute, wurde mir bewusst, wie lange ich nicht mehr in einer Disco gewesen war. Ich hasste Discos. Dunkel, heiß, verqualmt, Frauen mit Arschgeweihen, Männer mit Flammen-Tattoos – nur ein Narr konnte zweifeln, dass Discos offizielle Zweigstellen der Hölle waren. Ich ging zur Bühne, prüfte die sehr überschaubaren Abmessungen.

»Da kriegt man ja Platzangst.«

»Na, na, Vorsicht!«, fühlte Michi sich in seiner Party-Ehre verletzt. »Du stehst in der heißesten Location auf der ganzen Insel! Hier singt jeden Dienstag der König von Mallorca, Jürgen Drews – da wird's für euch beide ja wohl gut genug sein!«

»Was schert mich der blöde Drews?«, rutschte es mir heraus.

Thomas, Sven und Party-Michi schauten mich scharf an.

»Reiß dich zusammen!«, empfahl mir Sven. »Party-Michi gibt euch hier 'ne Riesenchance, das ist weiß Gott nicht selbstverständlich.«

Ja, ja. Schon gut.

»Wie läuft das nachher?«, gab ich mich kooperativ. »Wann treten wir auf?«

»Um halb drei.«

»Halb drei??«, schaute Axel auf die Uhr. »Das ist in 'ner Viertelstunde … Ihr habt doch noch gar nicht auf.«

»Halb drei nachts.«

Während Axel und ich uns erschrocken anschauten, zog Thomas eine CD hervor. Durch den Deckel sah ich die Beschriftung:

GLÜCKSDIABETES
- SINGLE-MIX -

Thomas reichte die CD Michi.

»Hört euch mal die fertige Version an … Steve Cock hat zwei Tage und Nächte durchgearbeitet.«

Michi ging zum Soundboard.

»Ist genial geworden!«, versicherte uns Sven.

»Spielen wir live?«, fragte ich. »Wir sind nicht so die Playback-Typen.«

»Live ist was für Amateure!«, fummelte Michi am Soundboard herum. »Für Stümper, die zu blöd sind zum Lippenbewegen … Playback macht Menschen zu Göttern: unfehlbar, unermüdlich, unvergänglich – ob beim ersten oder 1000. Auftritt!«

Ähm. Alles klar.

»Ich schließ daraus, dass wir NICHT live spielen?«

»Da schließt du richtig!«

»War ja nur 'ne Frage, kein Stress … Dann stellt uns nachher die Instrumente hin, und wir tun so, als ob.«

»Wieso? Ist doch alles da.«

War Michi jetzt völlig plemplem? Auf der Bühne stand ein Elektro-Keyboard, oben drauf lag ein Mikro. Sonst nichts.

»Hä? Wir brauchen Schlagzeug und Gitarre.«

Sven und Thomas schüttelten die Köpfe.

»Was?«, kam ich nicht mehr mit. »Ich versteh nicht …«

In diesem Moment schmiss Party-Michi einen monoton stampfenden Discosong an. Die brachialen Bässe fegten mir die Locken glatt, während seltsame Computereffekte dazu eine Melodie fiepten, die diese Bezeichnung nicht verdiente. Mit elektronisch verfremdeter Stimme setzte ein Frauengesang ein – zunächst dumpf und leise, kaum hörbar, dann immer klarer und lauter:

♪♪♪ *Gimme The Luck! – Gimme The Luck! – Gimme The Luck! – Gimme The Luck!* ♪♪♪

Axel und ich starrten uns entsetzt an.

INTSCH-INTSCH-INTSCH-INTSCH-INTSCH! INTSCH! INTSCH-INTSCH-INTSCH-INTSCH-INTSCH-INTSCH!

Der unmenschliche Bass vibrierte durch unsere Körper, synchronisierte meinen Herzschlag medizinisch bedenklich mit dem Stampfbeat. DAS kam dabei heraus, wenn Steve Cock zwei Tage und Nächte durcharbeitete?? Bringt ihn zum Schlafen – für IMMER!! Unser werter Herr Starproduzent hatte wirklich ganze Arbeit geleistet: Selbst Axel und ich hatten unseren eigenen Song erst nach fast einer halben Minute erkannt. Als meine Stimme einsetzte, wäre ich am liebsten schreiend davongerannt: Der Gesang war so bearbeitet, dass ich klang wie ein schwuler Roboter. Als Axel mich elektronisch jodeln hörte, konnte er vor Verblüffung ein Grinsen nicht unterdrücken. Ich selbst fand das alles andere als zum Lachen, wedelte wild mit den Armen.

»AUS! AUS!! AAAAAAAAAAAUS!!!«

Michi drehte den Steve-Cock-Mix etwas runter.

»Damit treten wir nicht auf!«, stellte ich klar. »Das ist nicht mehr unser Lied!«

Aus den Boxen ertönte der Sprechpart des Songs. Im Original lässig von mir vorgetragen, hatte der Cock-Sucker hier besonders brutal zugeschlagen. Über den stumpfen Technobeat hörte ich einen kastrierten Papa Schlumpf quietschen:

♪♪♪ *Ja, Sonja – es ist wahr: Ich hab Glücksdiabetes …* ♪♪♪

»Was ist dein Problem?«, war Michi angenervt. »Ihr habt ’ne hammermäßige Nummer am Start, kapier das mal! Ihr müsst nur noch ’ne geile Show abliefern … Was meinst du, wie das erst abgeht, wenn nachher Maria und Leticia dabei sind?!«

»Wer sind Maria und Leticia?«, fragte Axel.

Das wollte ich auch gerne wissen.

»Eure Tänzerinnen …«, antwortete Sven. »Ihr braucht was fürs Auge.«

»Tänzerinnen??«, bekam ich fast einen Schlaganfall. »TÄN-ZER-INNEN?!?«

Sven nickte.

»Zwei rattenscharfe Luder.«

»Flattern schneller mit dem Arsch als ’n Kolibri mit den Flügeln!«, fing auch Kollege Thomas an zu sabbern.

Mir platzte endgültig der Kragen.

»Es reicht! Ich ruf den Harald an!!«

Es sollte wie eine Drohung klingen, was ziemlich lächerlich war: Harald Holtz hatte alles schließlich selbst eingefädelt. Trotzdem: So ging es ja nun nicht. Ich zog mein Handy, rief sein Büro an. Nach ein paar Mal Klingeln meldete sich Sekretärin Gerda.

»Universe Records, Gerda Klein, Personal Femal Assistent Of Chief Creative Double Executive Consulting …« – Gerda holte Luft – »… Senior Manager Harald Holtz, was kann ich für Sie tun?«

»Hier bin ich!«, meldete ich mich scharf. »Holen Sie Harald an den Hörer!«

»Herr Holtz ist beschäftigt. Ist es was Dringendes?«

»Ja! Stellen Sie mich durch!«

»Kann ich ihm nicht was …«

»Stellen Sie mich durch!!«

Ich war echt stinkig. Gerda am anderen Ende der Leitung zögerte kurz.

»Kleinen Moment…«, parkte sie mich zur sanften Melodie von »Girl From Ipanema«. Auch die konnte mich nicht beruhigen. Plötzlich ein Klicken, die Wartemusik brach ab.

»Der Glücksdiabetiker!«, hörte ich die übertrieben gut gelaunte Stimme von Harald Holtz. »Ich grüße dich! Wie schaut's aus? Seid ihr gut angekommen?«

»Geht so… Wir haben hier 'n kleines Problem.«

Sven, Thomas und Party-Michi lauschten neugierig.

»Wir haben gerade gehört, was Steve Cock aus unserem Lied gemacht hat!«, sprach ich ins Handy, suchte dabei nach einer ruhigen Ecke.

»Überirdisch, oder? Schwänzchen ist und bleibt 'n Magier.«

»Wir haben damit ehrlich gesagt unsere Schwierigkeiten…«, verschwand ich in den Toiletten, um ungestört zu sein.

»Noch mal, was?«, fragte Harald Holtz, als hätte er mich schlecht verstanden. Sein Ausatmen verriet, dass er sich wieder eine seiner Zigarren gönnte.

»Wir finden den Mix irgendwie… ja, wie soll ich das nennen?«, setzte ich mich in einer der Kabinen auf den Klodeckel. »Irgendwie… missinterpretiert, verstehst du?«

Er verstand ganz und gar nicht.

»Ich habe keine Ahnung, was du meinst.«

»Steve Cock hat daraus schlimmsten Kindergarten-Techno gemacht!«, wurde ich deutlicher. »Wir sind hier fast tot umgefallen… Was soll das??«

»Augenblick mal!«, entgegnete Harald Holtz. »Erstens: Schwänzchen hat lange, lange gefeilt, um die enttäuschte Zerbrechlichkeit in deiner Stimme zu transportieren – so brillant ist ihm das bisher nur gelungen bei H.P. Baxxter von Scooter …«

Hyper Hyper!

»… und zweitens: Was wollt ihr denn – Platten verkaufen oder euch nachts auf der Parkbank mit Feuilleton-Lob zudecken? Das Ding gehört in die Charts, und zwar nach ganz oben!«

»Herrgott, Harald – das kann ja wohl nicht angehen… Ich hab unseren EIGENEN Song nicht erkannt!«

»Da siehst du mal, was Schwänzchen noch alles rauskitzelt aus so 'ner Nummer.«

»Waaas?? Das ist nicht dein Ernst!«

Ich hörte Harald Holtz genervt ausatmen.

»Du, wenn's euch nicht gefällt: Es zwingt dich niemand.«

»Harald ...«

»Nein, ehrlich: Wenn ihr unbedingt euren eigenen künstlerischen Weg gehen wollt – ich hab dafür volles Verständnis. Tut euch keinen Zwang an ... Aber eines musst du mir versprechen.«

»Was?«

»Sag Bescheid, wenn ich euch irgendwo mit eurer ehrlichen, handgemachten ... wie hast du das neulich so schön genannt? Ach ja: AUTHENTISCHEN Musik sehen kann – nachts um zwei im Offenen Kanal oder wo auch immer so was gespielt wird ... Das will ich als euer größter Fan auf gar keinen Fall verpassen.«

Ruhig bleiben. Jetzt nicht provozieren lassen.

»Wer weiß, vielleicht hast du sogar Glück und deine kleine Ex-Freundin ... wie heißt die noch mal?«

»Sonja ...«, half ich Holtz auf die Sprünge. Ekelpaket. Der Name kam doch sogar im Lied vor.

»Sonja, richtig, richtig. Vielleicht kriegt die das sogar zufällig mit. Ich mein, gut, machen wir uns nichts vor: höchstwahrscheinlich nicht, aber ... Hey, am Ende hört irgendwo ihr neuer Freund den Song, und DER erzählt ihr das! Abends kuschelnd im Bett oder so ... Deine Sonja wird total beeindruckt sein!«

Harald Holtz pustete wieder aus. Fast meinte ich, sein Zigarrenqualm kroch durchs Handy. Zumindest wurde mir genauso übel.

»Warum sagst du so was? Ich hab den Song geschrieben, um Sonja zurückzugewinnen ... DARUM geht es mir – und um nichts anderes!«

Ich hörte, wie jemand die Toiletten betrat.

»Was glaubst du denn, wobei ich dir helfe?«

»Aber doch nicht mit diesem Chartschrott!«

»Chartschrott? Ich verrat dir mal was, Kleiner: Frauen finden an Stars nicht attraktiv, WOFÜR sie berühmt sind – Frauen finden an Stars attraktiv, DASS sie berühmt sind ... Merk dir den feinen Unterschied.«

Die Schritte kamen näher.

»Versetz dich mal in eine Frau!«, fuhr Holtz fort. »Schreiende Groupies überall – vor dem Hotelzimmer, vor den Hallen, tausende Frauen, die ALLES geben würden für eine einzige Nacht mit ihrem Superstar – und die EINE glückliche Auserwählte an seiner Seite, genau DIEJENIGE, für die er sich entschieden hat… Was für ein Gefühl ist das wohl für diese Frau?«

Das war leider einfach.

»Wahrscheinlich nicht das schlechteste…«, gab ich zu, drückte gegen die angelehnte Klotür. Sie schwang auf: Draußen stand Axel.

»Das will ich meinen!«, antwortete Holtz. »Und weißt du, was das Beste daran ist? DU könntest deiner Sonja dieses Gefühl geben. DU könntest ihr Star sein. Genau das willst du doch, oder?«

Ich erwiderte nichts. Axel drängelte sich neben mich auf den zu kleinen Toilettendeckel.

»Ey!«, zischte ich.

»Immer noch Holtzkopf?«, flüsterte Axel.

Ich nickte.

»Es gibt Chancen im Leben, die kommen nur ein einziges Mal…«, hörte ich es aus dem Handy. »Entweder man packt sie, oder man lässt sie für immer sausen. Das liegt ganz bei dir.«

Axel wollte mithören, beugte sich an mein Ohr.

»So, jetzt muss ich aber los zum Termin – du wirst dich schon richtig entscheiden, bist ja 'n kluges Kerlchen. Wir reden in Ruhe, wenn ihr zurück seid.«

»Moment Harald, lass uns …«

KLICK! – Tut-Tut-Tut!

Aufgelegt. Ich ließ das Handy sinken.

»Und? Was meint er?«, wollte Axel wissen.

Ich knurrte. Was für eine linke Bazille, dieser Holtz. Wenn man das so leichtfertig sagen durfte – schließlich hatten selbst Bakterien ihren Stolz.

»Das mit der Kaspermucke ist sein Ernst?«

Ich stand auf, atmete durch.

»Sieht so aus.«

Axel lehnte sich auf dem Klodeckel gegen die Wand.

»Die haben den Arsch offen, da passt 'n Blauwal durch.«

»Mm-Hm …«, brummte ich gedankenverloren.

»Stell dir das mal vor, Alter: Wir beide als die Technodeppen vom Dienst!«

»Mm-Hm.«

»Dass die echt geglaubt haben, wir machen uns zum Vollhorst … Sind die jetzt VÖLLIG durchgeknallt oder was?«

»Mm-Hm.«

Axel schaute mich misstrauisch an.

»Kannst du dazu auch noch was anderes sagen als ›Mm-Hm‹?«

»Mm-Hm … äh, ich meine: ja, klar.«

»Halt, halt, halt!«, las Axel plötzlich in meinem Gesicht wie in einem Horrorbuch. »Wir MACHEN uns doch nicht zum Vollhorst, oder? Oder, Alter??«

Wie heißt es so schön: Keine Antwort ist auch eine Antwort. Axel sprang vom Klodeckel, schüttelte den Kopf.

»Nee … NEE!! Vergiss es, kommt nicht in Frage! Auf keinen Fall!«

»Glaubst du, MIR gefällt das? Ich find's genauso scheiße wie du … Aber was sollen wir machen? So 'ne Chance kommt nie wieder.«

»Was denn für 'ne Chance? Die, uns zu den größten Idioten aller Zeiten zu machen??«

»Und wenn's tatsächlich 'n Hit wird?«, wandte ich ein. »Überleg mal, was dann rausspringt … Auch finanziell.«

»Hier springt nur EINER raus – und das bin ich. Den Scheiß kannst du dir allein antun.«

»Du willst …? Das geht nicht, Axel! Ich brauch dich dabei – ohne dich schaff ich das nicht!«

»Wieso, hast du nicht richtig hingehört? Es gibt nicht mal mehr Schlagzeug in der neuen Mongoversion!«

»Ich brauch dich auch nicht als Schlagzeuger.«

»Sondern?«

»Als Freund.«

»Alter … Jetzt nicht DIE Tour.«

»Bitte lass mich nicht hängen.«

»Vergiss es.«

»Bitte! Bitte! Bitte!«

Axel schmiss sich zurück auf den Klodeckel. Ich merkte: Hier half nur noch die ganz große Vorstellung. Ich tat, als würde ich eine unsichtbare zweite Haut herunterziehen, vom Oberkörper über die Hüfte, schließlich erst über das linke Bein, dann über das rechte. Das imaginäre Etwas knüllte ich zusammen, pfefferte es als Höhepunkt meiner Pantomime in die Ecke. Wahrscheinlich fing es draußen in El Arenal gerade in Strömen an zu regnen – denn ich war mir sicher: Marcel Marceau weinte im Clownhimmel Tränen der Ergriffenheit.

»Was war das?«, fragte Axel nicht ganz so ergriffen.

»Das da!«, zeigte ich in die Ecke. »Das ist meine Selbstachtung, die ich hier lasse – weil ich jetzt rausgehe und mich zum Vollhorst mache … Ob mit dir oder ohne dich!«

Nur ein Filmmusik-Orchester hätte in dieser Toilette mein bewegendes Solo noch perfekter gemacht. Wenn Axel sich davon nicht erweichen ließ, hatte er ein Herz aus Granit.

»Dann viel Spaß …«, blieb er auf dem Klodeckel sitzen.

»Ich geh da raus!«, wiederholte ich. »Wirklich!«

»Okay.«

»Versuch nicht, mich aufzuhalten!!«

»Mach ich doch gar nicht.«

Verdammt! Ich drehte mich um, schlich langsamen Schrittes zurück ins Oberbayern, darauf wartend, dass Axel hinterherlief. Jetzt komm schon, alter Freund – du hast mich lange genug gequält. Ich weiß genau, dass du mich nicht im Stich lässt. Leg endlich von hinten die Hand auf meine Schulter und sag was wie: »Das stehen wir gemeinsam durch!« Knallhart hetero, doch mit der zärtlichen Note eines schwulen Aufeinanderachtgebens.

So verließ ich einsam und allein die Toiletten.

Die anderen warteten noch immer an der Bühne. Thomas und Party-Michi starrten mich an, Sven telefonierte.

»Ja, Herr Holtz … genau … natürlich … auf jeden Fall, da können Sie sich drauf verlassen …«

Harald Holtz? Ich dachte, der hatte einen ach so dringenden Termin. Diese Oberpetze Sven. Oder hatte umgekehrt Holtz angerufen, nachdem er mich abgewürgt hatte?

»Da kommt er gerade … alles klar … ja, selbstverständlich sag ich Bescheid … Wiederhören, Herr Holtz!«

Sven steckte das Handy weg, schaute mich mit den anderen an. Ihr Anblick bereitete mir Magenirritationen.

»Was ist jetzt?«, fragte Party-Michi ungeduldig.

»Wir können's ja mal versuchen ...«, presste ich mühsam durch die Zähne. »Was muss ich tun?«

Michi griff sich das Mikro, drückte es mir in die Hand.

»Du als Frontmann nimmst das hier und Axel ... Wo ist der?«

Ach ja. Richtig. Da war noch was.

»Axel ... ähm ... also ... Axel ist nicht mehr dabei.«

»Wieso? Was soll das heißen??«

Sven und Thomas war die Angst vor einem Anschiss von Harald Holtz anzumerken. Pech gehabt. Ich konnte Axel schließlich nicht zwingen.

»Er wollte sich einfach ...«

»... noch kurz frisch machen, bevor er die Hütte rockt!«, beendete eine mir wohlbekannte Stimme den Satz. Ich drehte mich um, sah Axel aus dem dunklen hinteren Teil des Raumes hervortreten. Ich warf ihm einen dankbaren Blick zu.

»Dafür hab ich was gut ...«, zischte er mir zu.

Party-Michi klatschte in die Hände.

»So, Beeilung jetzt – ich hab meine Zeit nicht gestohlen! Wir spielen das mal durch, um zu sehen, ob ihr's kapiert.«

»Was soll ich machen?«, fragte Axel.

»Stell dich hinters Keyboard, und hau auf die Tasten. Ist eh nicht angeschlossen ... Hauptsache 'ne geile Show.«

Party-Michi wandte sich an mich:

»Das gilt für euch BEIDE! Immer in Bewegung bleiben – und ganz wichtig: mit dem Publikum kommunizieren! Kriegst du das hin?«

»So schwer wird's nicht sein ...«

Michi schaute mich an wie einen Sechsjährigen, dem er erklären musste, dass es den Weihnachtsmann gar nicht gab.

»Kleiner, ich will dir keine Angst machen – aber der Laden ist heute Abend voll bis an die Decke ... Das dauert keine zehn Sekunden, und dir flatscht die erste Riesentitte ins Gesicht.«

»So 'ne Brust von 'ner süßen Urlauberin stört mich nicht.«

»Hab ich was von FRAUEN-Titte gesagt?? Guck dir die Speck-Euter von den Typen da draußen mal an!«

Mir zog sich alles zusammen.

»Los jetzt!«, drängelte Michi. »Gleich kommt mein Getränkelieferant – oder wollt ihr, dass die Leute bei eurem Auftritt auf'm Trockenen sitzen? Dann gnade euch Gott …«

Party-Michi ging zum Soundboard, schmiss erneut den Krach an, der einst unser Lied gewesen war. Während der schreckliche Beat vor sich hin stampfte, sollte ich mich dazu irgendwie bewegen. Ich umklammerte verkrampft das Mikro, tapste herum.

»Gib Gas!«, brüllte Michi. »Und mach dich locker!!«

Blöd rumeiernd wurde mir klar: Es gab nur eine einzige Lösung – ich musste mich fallen lassen. Erst wenn du allen Stolz verloren hast, bist du frei, allen Scheiß zu tun. Und so geschah es, dass ich auf einmal die Arme hob und mit dem Mikro in der Hand zum stupiden Hämmern des Songs mitklatschte.

»Sehr schön!«, rief Thomas, begutachtete das Ganze aus Sicht des noch fehlenden Publikums. Kollege Sven honorierte meine ersten Schritte als Musikhure auf Malle mit dem erigierten Daumen der Anerkennung.

♪♪♪ *Gimme The Luck! Gimme The Luck! Gimme The Luck!* ♪♪♪

INTSCH-INTSCH-INTSCH-INTSCH-INTSCH-INTSCH!

Ich drehte mich zu Axel um: Er machte hinter seinem Keyboard keinen glücklichen Eindruck, lieferte trotzdem pflichtbewusst die erwartete Show. Der Arme. Wenn ich ihn hier schon reingezogen hatte, war es meine Pflicht, mich mindestens zu genauso viel Engagement zu überwinden. Besondere Gelegenheit bot der Knopf an meinem Mikro – den konnte ich immer dann drücken, wenn ich über das Vollplayback hinweg schreien wollte. Von »wollen« konnte zwar keine Rede sein, doch ich probierte es während der Trockenübung trotzdem aus:

♪♪♪ *GLÜCKSDIABETES IN THE AAAAAAAAAAAIR!!!* ♪♪♪

Ich rannte im Kreis, tat, als würde ich unsichtbare Hände abklatschen, hüpfte wie ein hyperaktiver Flummi und kreierte den auch für Grobmotoriker zu meisternden Glücksdiabetes-Tanz. Ich ließ keinen Dreck aus. Längst ekelte ich mich vor mir selbst, noch mehr als sonst, doch Sven, Thomas und Party-Michi gefiel es. Genau das wollten sie haben. Die volle Dröhnung bis zum letzten scheußlichen Ton.

INTSCH-INTSCH-INTSCH-INTSCH-INTSCH-INTSCH!

♪♪♪ *Mein Glücksinsulin! – Mein Glücksinsulin!* ♪♪♪

INTSCH-INTSCH-INTSCH-INTSCH-INTSCH-INTSCH!

»Das war gut!«, lobte uns Party-Michi, als der Song zu Ende war. »Sehr gut sogar… Hätte ich euch nach der ganzen Rumzickerei gar nicht mehr zugetraut.«

Ich fühlte mich schmutzig, hätte meinen Mund am liebsten mit Sagrotan ausgespült.

»Damit stürzt ihr sogar den König von Mallorca!«, waren auch Thomas und Sven begeistert.

»Wir wollen's nicht übertreiben…«, rückte Michi den politischen Ausblick für Mallorca zurecht. »Aber wie gesagt: Ihr wart gut.«

»Was ist jetzt mit diesen komischen Tänzerinnen?«, wollte ich wissen.

»Maria und Leticia? Die kommen nachher mit dem Flieger.«

»Müssen wir dann NOCH mal proben?«, fürchtete Axel.

Thomas schüttelte den Kopf.

»Die Mädchen sind Profis. Deren Choreo steht.«

»Und wir sollen synchron mitwackeln oder was??«

»Glaubt mir – so schnell wie Maria und Leticia schwingt ihr eure Hintern nicht mal mit Arschschüttelfrost… Macht einfach dasselbe wie eben, dann passt das schon.«

Das lag ganz im Auge des Betrachters: Mir selbst passte das Ganze hier in etwa wie eine eingelaufene Jeans von Kate Moss.

Party-Michi begleitete uns zum Ausgang, schüttelte Axel und mir die Hand. Sein Glauben an uns schien durch die Performance von eben wiederhergestellt.

»Wir sehen uns nachher… Das wird eure Nacht!«

»AUF-MA-CHEN! AUF-MA-CHEN! AUF-MA-CHEN! AUF-MA-CHEN! AUF-MA-CHEN! AUF-MA-CHEN! AUF-MA-CHEN! AUF-MA-CHEN!«

»Freeeeesse!!«, brüllte Michi dem noch immer um Einlass flehenden Suffkopf mit der Pauke zu. »Wir öffnen um 22 Uhr, klar? Zwei-und-zwan-zig Uhr!«

Der Typ verstummte, schaute mit großen glasigen Augen. Dann:

»AUF-MA-CHEN! AUF-MA-CHEN! AUF-MA-CHEN! AUF-MA-CHEN! AUF-MA-CHEN! AUF-MA-CHEN! AUF-MA-CHEN! AUF-MA-CHEN!«

Party-Michi verschwand wieder in seiner Hütte. Zu viert latschten wir in der heißen Sonne die Promenade herunter. Wo war ich hier reingeraten??

»AUF-MA-CHEN! AUF-MA-CHEN! AUF-MA-CHEN! AUF-MA-CHEN! AUF-MA-CHEN! AUF-MA-CHEN! AUF-MA-CHEN! AUF-MA-CHEN!«

Mit einem Taxi fuhren wir ins Hotel, um uns frisch zu machen. Axel und ich hatten ein Doppelzimmer im Grand Hotel Residencia – und der vollmundige Name versprach nicht zu viel: Die Plattenfirma hatte sich nicht lumpen lassen. Alles vom Feinsten. Hätte meine schäbige Mini-Wohnung in Köln diesen Luxus gesehen, wäre sie vor Scham in sich zusammengefallen. Das tolle Zimmer schaffte es sogar, meinen Ärger über den Technomix vorübergehend zu betäuben. Was sich beim Wiedertreffen mit Thomas und Sven im Foyer schnell änderte.

»Wir gehen ein, zwei Stündchen an den Strand ...«, wollten wir uns abseilen.

»Ihr geht nirgendwo hin. Wir drehen jetzt.«

»Was?«

»Wir drehen mit Exclusiv!«

»Explosiv?«

»Nicht Explosiv!«, korrigierte Sven. »ExCLUsiv! Das Starmagazin mit Frauke Ludowig!«

»Was wollen die über uns machen?«

»Ist kein Bericht nur über euch – ihr werdet in so 'n großes Mallorca-Feature eingebaut. Die müssten jeden ... ach, da kommen sie schon!«

Ich schaute raus, sah aus einem schwarzen Van drei Typen in »Ich bin beim Fernsehen!«-Proletenjacken aussteigen, auf denen hinten riesig das RTL-Logo prangte. Hallo, Hallo, Hallo, grüßt euch, IHR Glücksdiabetiker? WIR Fernsehen! Danke, bitte, los jetzt. Und ehe wir's uns versahen, saßen wir auch schon in dem Van und fuhren zum Drehort. Der ausgerechnet belebtesten Stelle der ganzen Strandpromenade.

»Ihr wollt doch nicht genau HIER drehen, oder?«, fragte ich einen der Fernsehleute, die das Equipment ausluden. »Ist doch die Hölle los ...«

Er hievte die Kamera auf seine Schulter.

»Na, gerade deshalb.«

»Passt auf, ihr beiden – wir machen das folgendermaßen!«, erklärte der zweite Exclusive. »Wir bauen den Beitrag nach dem Motto: die Großen und die Kleinen auf Mallorca, die alten Hasen und die jungen Wilden ... Versteht ihr?«

Axel und mich verband harmonische Einigkeit:

»Nö.«

Der Exclusiv-Typ schaute uns genervt an.

»Na, auf der einen Seite ihr! Ihr wollt auf Mallorca richtig durchstarten ...«

Da wusste er mehr als wir.

»... und auf der anderen Seite das El-Arenal-Urgestein Jürgen Drews! Mit dem drehen wir direkt nach euch weiter ...«

Der Redakteur stoppte eine vorbeiziehende Truppe Touris:

»Wartet mal, wir brauchen eure Hilfe!«

Die deutschen Suffköpfe blieben stehen, entdeckten Kamera und Mikro:

»Fernsehen? RTL?? Geeeeeeeeeeeeeeeeeeeeeeeeeeeeeeeil!«

Der Redakteur zeigte auf Axel und mich. Mir schwante Böses.

»Das sind Die Glücksdiabetiker – die treten heute im Oberbayern auf.«

»Kooooorreeeeekt!!«

Die Malle-Touris hielten Axel und mir ihre Flossen zum Abklatschen hin. Wir taten unsere dreckige Pflicht. Flatsch. Flatsch. Flatsch. Ich wischte meine Hand an der Hose ab, während der Redakteur die Touris einwies.

»Ihr lauft ganz zufällig vorbei, und dann betteln die beiden, dass ihr zu ihrem Auftritt kommt ...«

»Was??«, protestierte ich. »Muss das sein?«

»Eigentlich habt ihr schon was vor ...«, erklärte er einfach weiter. »Aber dann versprechen sie: ›Ey, das wird mega-mega-mega-geil!‹, und ihr seid überredet!«

Er drehte sich um zu seinen Kollegen:

»Bereit?«

Die beiden anderen nickten.

»Gut, dann können wir!«, scheuchte der Redakteur die Touris aus dem Bild. »Geht ’n paar Schritte zurück und kommt wieder her ... Und nicht in die Kamera schauen!«

Axel und mir trichterte er ein:

»Wie gesagt, ihr versprecht denen: ›Das wird mega-mega-mega-geil!‹«

Der Scorsese des Exclusiv-Teams gab den Touris ein Zeichen. Axel und ich wussten nicht, wie uns geschah. Der Kamera- und Tonmann liefen um uns herum, hielten das traurige Schmierentheater fest.

»Hey Leute, bleibt mal stehen!«, mimte ich so schlecht, dass ich bei GZSZ mit Kusshand engagiert worden wäre. »Wir präsentieren heute Abend unsere erste Single live im Oberbayern – kommt ihr?«

Ich staunte über mich selbst, wie ich immer schmerzfreier wurde. Ich war vermutlich schon jetzt in einem Stadium, in dem ich nie wieder Aspirin brauchen würde.

»Och … Nööööööööööööööööö!«

Im Gegensatz zu uns spielten die Touris überragend gut, waren ja auch Method Actor in konsequentester Form: Auf diese Glanzrolle als debile, hirnlose Malle-Idioten hatten sie sich seit ihrer Geburt 24 Stunden am Tag vorbereitet. Oscarreife Leistung.

»Ey, das wird megageil!«, übernahm Axel den Höhepunkt der Szene, worüber ich sehr dankbar war.

»STOP!!!«

Der schreiende Exclusiv-Redakteur kam rüber.

»Das müssen wir noch mal drehen!«

»Wieso? War doch in Ordnung.«

Der Redakteur schaute Axel scharf an.

»War es NICHT … Du musst dich schon ungefähr daran halten, was wir absprechen!«

»Hä? Hab ich doch gemacht.«

»Wieso sagst du dann: ›Ey, das wird megageil!‹?«

Axel verstand die Welt nicht mehr.

»Das wolltest du doch!«

Der Redakteur vergewisserte sich beim Rest der Runde:

»Wollte ICH, dass er sagt: ›Ey, das wird megageil!‹ …?«

Der Kameramann schüttelte den Kopf.

»Wollte ICH, dass er sagt: ›Ey, das wird megageil!‹ …?«

Der Tonmann schüttelte den Kopf.

»Wollte ICH, dass er sagt: ›Ey, das wird megageil!‹ …?«

Sven und Thomas schüttelten die Köpfe. Damit war seine empirische Beweisführung abgeschlossen.

»Ihr sollt sagen: ›Ey, das wird mega-mega-MEGA-geil!‹«, erklärte er Axel. »Ein einzelnes kleines ›mega‹ ist echt zu mickrig … Der dramatische Konflikt muss deutlich werden!!«

Er schickte die Touris zur Ausgangsposition.

»Wir machen das noch mal!«

Alles lief wie beim ersten Versuch, diesmal aber passte Axel bei seinem Einsatz besser auf:

»Ey, das wird mega-mega-mega-mega-geil!«

»STOOOOOOOP!!!«

»Was ist jetzt schon wieder?«

»›Mega-mega-mega-mega-geil‹?«, traute der Redakteur seinen Ohren nicht. »Viermal ›mega‹?? Nun übertreib doch nicht so! Das nimmt uns ja kein Mensch ab … Noch mal: ›mega-mega-mega-geil‹! Dreifach reicht völlig aus!«

Grummelnd bohrte Axel seinen Zeigefinger in meine Brust.

»Wir tauschen die Rollen, Alter … ICH mach den ersten Anquatscher!«

Wir drehten die Szene ein drittes Mal. Blut und Wasser schwitzend zählte ich im Kopf bei den »megas« mit, und diesmal war der Exclusiv-Redakteur zufrieden. Die Touris auch. Nicht zuletzt, weil jeder von ihnen zum Dank ein Freibier bekam.

»Lasst 'n Foto machen, falls ihr berühmt werdet!«, umzingelten sie Axel und mich, drückten uns grob an sich, damit wir komplett aufs Bild passten. Von allen Seiten legten sich Schweißarme um unsere Schultern, einer der Touris schüttete mir Bier über den Kopf. Während Sven, dem die Kamera in die Hand gedrückt worden war, sich gewissenhaft in die Bedienung einarbeitete, den optimalen Bildausschnitt suchte, bekam ich gerade genug Luft für einen einzigen Gedanken:

»Drückabdrückabdrückababdrückabdrückababdrückabdrückab!«

Als das Foto endlich im Kasten war, ließen die Urlauber von uns ab. Die Gruppe hochbegabter Amöben verabschiedete sich. Vorläufig.

»Wir sehen uns nachher im Oberbayern … Das wird 'ne geile Party mit euch Partydiabetikern!«

»GLÜCKS-Diabetiker!«, korrigierte ich.

»Bis später, Partydiabetiker!!«, zogen die Touris ab.

Für Axel und mich ging der Dreh weiter. Wir stellten mit Urlaubern weitere Szenen, die den kranken Hirnen der Exclusiv-Leute entsprangen. Einmal mussten wir uns sogar mit einer besoffenen Schar hinstellen und den Refrain unseres Liedes singen. Bis sie zumindest die ersten vier Zeilen einigermaßen beherrschten, bedurfte es Geduld und Mühe in verschwenderischem Maße. Dafür aber interpretierte unser gut aufgelegter Chor den Glücksdiabetes-Song besonders emotional:

♪♪♪ *Das Testergebnis war leider positiv*
SCHA-LA-LA-LA-LA!!!
Darum bin ich natürlich negativ
SCHAAAAAAAAAA-LA-LA-LA-LA-LA!!!
Kein Gesunder versteht es:
Glücksdiabetes!
HEEEEEEEEUTE ABEND – DIIIIIIABETES!
HEEEEEEEEUTE ABEND – DIIIIIIABETES! ♪♪♪

Axel und ich waren gestrandet auf der Horror-Insel der langgezogenen Vokale. Wir mussten die Promenade auf und ab gehen, so tun, als würden wir angeregt Pläne schmieden, Mallorca zu erobern. Manchmal sprangen Touris vor die Kamera und brüllten irgendeinen Scheiß. Dann mussten wir unseren eigenen noch einmal drehen. Und das alles in dieser verfluchten Hitze. Ich wusste nicht im Detail, was ich in meinem früheren Leben angestellt hatte, um das hier zu verdienen – aber ich musste mindestens Stalin gewesen sein.

»Das reicht!«, schaute der Redakteur endlich auf die Uhr. »Da basteln wir was draus … Wir müssen jetzt weiter zu Onkel Jürgen.«

Der Kameramann und sein Tonkollege räumten das Equipment in den Van.

»Sollen wir euch am Hotel absetzen?«, bot der Redakteur an.

Sven und Thomas wollten mitfahren. Axel und ich nicht.

»Können wir hierbleiben?«, fragte ich unsere Wachhunde. »Wir würden gerne noch an den Strand … Kraft tanken für nachher.«

Thomas und Sven beratschlagten sich kurz.

»Meinetwegen …«, erlöste uns Thomas. »Dann treffen wir uns Punkt Mitternacht am Oberbayern, klar?«

»Okay.«

»Du lässt dein Handy an!«

»Natürlich.«

Die Truppe stieg in den Van, knallte die Türen zu. Der Kameramann am Steuer drückte aufs Gas, fuhr fast einen hackevollen Urlauber um, der ihm vors Auto torkelte. Kaum war der Van um die Ecke, holte ich mein Handy heraus und schaltete es ab.

»Was machen wir jetzt?«, fragte Axel.

Ich konnte mich nur wiederholen.

»Kraft tanken für nachher.«

Damit steuerte ich zielstrebig den nächsten Bierstand an.

Als wir Stunden später am Oberbayern eintrafen, hatte ich verführt von einer Melange aus Frust, Lampenfieber und nackter Angst bereits ein locker machendes Bierchen intus. Natürlich nur ein einziges, schließlich war ich die Disziplin in Person. Gut: zwei, wenn man so pingelig war, das Bier zum Nachspülen mitzurechnen. Drei mit dem, das ich aus reiner Höflichkeit zum Anstoßen mit Axel gehabt hatte. Das vierte jedoch hatte ich wirklich nur noch getrunken, weil meine Zwangsneurose mich nötigte, immer mit einer geraden Zahl an Bieren aufzuhören. Genau deshalb auch hatte mich mein anderer Tick, mir alles immer selbst kaputtzumachen, mit einem fünften weit zurückgeworfen. Das sechste Bier hatte das Gleichgewicht zum Glück wiederhergestellt. Da waren die zwei Caipis zur Selbstbelohnung nur angemessen gewesen. Wie gesagt: Ich hatte bloß ein einziges Bierchen gehabt. Und dafür war ich verdammt gut drauf.

»Rein in den Schuppen!«, weckte der Alk in mir ungeahnte masochistische Kräfte. Wir waren früh dran, von Thomas und Sven noch nichts zu sehen.

»Sollen wir nicht auf die beiden warten?«, fragte Axel, der es im Gegensatz zu mir bei einem einzigen Bier nach konventioneller Zählweise belassen hatte.

»Quatsch!«, klopfte ich gegen mein Handy in der Tasche. »Die Idioten rufen schon an, wenn sie aus'm Mastdarm von Harald Holtz wieder raus sind … Komm!«

Entschlossen ging ich voran ins Oberbayern. Axel folgte zögernd.

Drinnen war es voll. SEHR voll. Sauerstoff? War aus und kam auch nicht mehr rein. Axel und ich positionierten uns etwas abseits, verfolgten das Treiben auf der Bühne. Ein bekanntes Gesicht machte kräftig Stimmung: Party-Michi höchstpersönlich. Auch als DJ-Anheizer schien er hier eine feste Größe zu sein, zumindest zollte ihm das »Party-Michi! Party-Michi!«-schreiende Publikum begeistert Tribut. Gestern Nacht hatte irgendeine Miss-Wahl stattgefunden, deren Gewinnerin Party-Michi noch mal auf die Bühne holte. Ihr offizieller Adelstitel: »Miss Oberbayern«. Das durchgeschwitzte T-Shirt, das eh mehr preisgab als verdeckte, streifte die junge, aufstrebende Luderfachkraft bald aus. Stolz präsentierte sie das Autogramm, das ihr gestern Dschungelcamp-König Costa Cordalis gegeben hatte – auf der einen Titte das »Costa«, auf der anderen das »Cordalis«. Die Brustwarzen bildeten jeweils das »O«. Die volle Dosis Fremdschämen war angebracht, doch die Faszination des Grauens hielt mich fest in ihrem Bann.

»Bist du sicher, dass du das tun willst?«, fragte Axel neben mir.

»Was meinst du?«, schaute ich Miss Oberbayern zu, wie sie ihre Eltern stolz machte. Sofern Mama Stripperin und Papa Zuhälter war.

»Was ich meine??«, erkannte Axel mich kaum wieder, zeigte zur Bühne. »Ich meine DAS da natürlich! Da willst du wirklich rauf?«

Ich verfolgte weiter den Auftritt von Miss Oberbayern. Sie ließ jetzt auch noch die fransigen Jeansshorts fallen – einen Abend vor Costa Cordalis auf ihren Brüsten hatte Matthias Reim auf ihrem Arsch unterschrieben.

»Was ist eigentlich los mit dir?«, gab Axel keine Ruhe. »Glaubst du nicht, dass du dich langsam in was reinsteigerst?«

Ich schaute ihn gereizt an.

»Willst du kneifen oder was? Ich dachte, das hätten wir geklärt!«

»Ich kneif kein bisschen, Alter! Ich mein nur, dass du vielleicht mal darüber nachdenken solltest …«

»Was?!«, unterbrach ich ihn. Der Alkohol tat mir definitiv nicht gut.

»Hör zu …«

»Ich hör ja zu, Axel – ich HÖR zu! Aber ich VERSTEH leider nichts! Also wenn du mir irgendwas zu sagen hast, dann formuliere es bitte so, dass man's auch KAPIERT!«

»Reg dich doch nicht so auf.«

»Ich reg mich nicht auf!!«, regte ich mich auf.

»Klar regst du dich auf … Alter, ich hab nur Angst, dass du dich in was verrennst, das du endlich abhaken solltest.«

»Aha!«, rief ich lauter, als es Unschuldige zu tun pflegten. »Schon klar – DAHER weht der Wind! Du glaubst, ich mach das alles noch wegen Sonja??«

»Ich hab Sonja zwar gar nicht erwähnt ... Aber da sie dir komischerweise sofort dazu einfällt: Ja, genau das glaube ich.«

Ich schaute Axel mit einem lächerlichen »Lächerlich!«-Gesicht an.

»Etwa nicht, Alter?«

»Pfffff!«, winkte ich ab. »Natürlich nicht!«

Der Alk in Kombination mit der Scham ergab eine hochexplosive Mischung. Ich wollte nicht zugeben, dass Axel recht hatte.

»Wieso dann?«

»Na, für ... für den Erfolg, den Ruhm, fürs Geld! Für irgendwas – aber ganz bestimmt nicht mehr für Sonja! Gott, das ist jetzt schon wer weiß wie viele Wochen her ... Irgendwann muss man der Realität ins Auge schauen, sonst macht man sich ja lächerlich!«

»So 'n Zufall – so was Ähnliches wollte ich auch gerade sagen ... Mit dem Unterschied, dass ich es DIR nicht abnehme.«

»Ich bin über Sonja LÄNGST weg!«, versicherte ich Axel. »Die Trennung hat dir und mir 'nen potentiellen Hit geschenkt, mit dem wir hoffentlich 'n paar schnelle Euro machen, aber das war's dann auch. Das zwischen Sonja und mir ist aus. Vorbei. Passé. Finito. Over. Voorbij...«

Jetzt machte sich bezahlt, dass ich mich auf eine solch entlarvende Situation lange im Vorfeld vorbereitet hatte.

»... Bitti. Koniec, kropka. кончено. 结兎了 ...

»Hör auf, was soll das Theater??«, unterbrach mich Axel. Ich hätte mein entschiedenes »Aus und vorbei!« noch auf 26 weiteren Sprachen draufgehabt. »Alter, du brauchst nicht versuchen, mir irgendwas vorzumachen.«

»Ich mach dir nichts vor!«

Axel stöhnte.

»Na gut. Dann eben nicht.«

»Glaubst du mir nicht?!«, ritt ich mich immer tiefer in die Scheiße.

»Doch, doch.«

Ich ließ meinen Finger durch den überfüllten Discoraum schweifen.

»Jede Frau hier könnte mich über Sonja hinwegtrösten ... JEDE!«

»Ist in Ordnung!«, versuchte Axel mich zu beruhigen. »Ich sag nichts mehr. Tut mir leid.«

»Du glaubst mir WIRKLICH nicht!! Weißt du was: Ich werd's dir beweisen ... Jetzt sofort auf der Stelle!«

Lass es. Um Himmels willen, lass es. Gezeichnet: deine Vernunft.

»Schau genau zu!«, war sie nach Diktat verreist, so dass in Vertretung der Alkohol meine Taten steuerte. Ich tauchte ab in die Oberbayern-Menge, verschaffte mir einen Überblick. Um mich herum feierten unzählige Frauen mit viel Promille und wenig Selbstwürde. Eine ließ sich gerade Sangria in ihr Shirt schütten, zwei Typen mit darunter steckenden Köpfen stillten ihren Durst. Bäh. Mit diesen Ballermann-Weibern wollte ich keinen Körperkontakt, mit keiner Einzigen. Eine aber musste ich wählen, um Axel meine falsche Freiheit zu beweisen – und zwar schnell. Schon steuerte ich notgedrungen auf das kleinste Übel in Blond hin, als ich sie gerade noch neben der Theke entdeckte: ein überraschend natürliches Mädchen, sich so wild durchs lange schwarze Haar wuschelnd, dass ihr Gesicht kurz dahinter verschwand. In ihrem »White Stripes«-Shirt nippte es an einer Cola, schaute gedankenverloren in den Raum. Keine Ahnung, wie die an diesen Ort geraten war, aber für meinen dämlichen Beweis war sie super. Schon einige Schritte vor meinem Ziel bemerkte das Mädel mich heraneilenden Irren, schaute misstrauisch, was ich vorhatte. Ihre Intuition sollte sie nicht täuschen.

»'Tschuldigung ...«, murmelte ich, bevor ich meine Lippen auf die ihren presste, damit Axel drüben sah, wie ich auch ohne Sonja perfekt klarkam. Keinen Moment später legte das Mädchen ihre Hand auf meine Wange. Allerdings nicht zärtlich, sondern mit Anlauf.

KLATSCH!!!

Die Ohrfeige traf mich hart wie der Crash mit einem Doppeldecker-Bus. Stechender Schmerz pulsierte durch meine linke Gesichtshälfte. Für einen Moment sah ich das wütende Mädchen nicht nur doppelt, sondern gleich dreifach. Junge, hatte die einen Schlag drauf.

»SPINNST DU?!«, fuhr sie mich an. Aus ihren braunen Augen schossen Blitze in meine Richtung.

»Ich wollte meinem Freund Axel was ...«

Da war sie auch schon weg.

»... beweisen, sorry!«, beendete ich den Satz ins Leere. Meine Wange fing an, heiß zu brennen. Durch die Guinnessbuch-verdächtige Ohrfeige kam ich wieder halbwegs zu Sinnen. Ich suchte nach dem Mädchen, wollte mich entschuldigen, konnte sie aber nirgendwo entdecken.

Beschämt schlich ich zurück zu Axel.

»Mach's kurz, okay?«, rieb ich mir die Wange. »Du hast dir deinen Spott verdient, also genieß ihn – aber glaub mir: Ich fühl mich auch so schon wie 'n Depp …«

»Was ist passiert?«

Ich schaute Axel überrascht an.

»Wie? Hast du's nicht gesehen?«

»Die Idioten haben mir die Sicht versperrt … Was?«

Ich überlegte einen Moment.

»Ähm … nichts. Gar nichts.«

»Was ist mit deiner Wange?«

Ich hörte auf zu reiben, senkte die Hand. Axel musterte mein Gesicht. Dem Brennen nach zu urteilen, leuchtete es so rot, dass Patienten mit verspanntem Nacken sich auf Rezept hätten davorsetzen können.

»Alter!«, dämmerte es Axel. »WAS hast du da drüben angestellt?«

»Ich hab sie nur ganz kurz berührt!«, ging ich rasch in die Offensive. »Nicht mal 'ne Sekunde lang!«

»Und dafür kriegst du gleich eine gelangt?«

Ich rieb wieder meine Wange.

»Es könnte daran gelegen haben, dass es mit meinen Lippen war …«, gab ich kleinlaut zu. »Ist aber nur 'ne Theorie.«

Axel schüttelte verständnislos den Kopf.

»Du musst dich zusammenreißen, echt. Sonst macht dein Verstand noch winke-winke.«

»Ich weiß. Ich hab 'n bisschen viel gebechert, fürchte ich.«

»Fürchte ich auch … Sah die Perle wenigstens gut aus?«

Ich nickte.

»Zeig sie mir mal unauffällig. Die Frau, die dir so 'n Ding verpasst, muss ich sehen.«

Ich ließ den Blick durchs überfüllte Oberbayern wandern.

»Unauffällig!«, erinnerte mich Axel. »Kopf runter, sonst sieht Lady Rocky ihre Hand glühen.«

Ich ließ den Hohn über mich ergehen, gab das Suchen aber schnell auf.

»Sie ist weg.«

In diesem Moment packte mich eine Hand grob am Arm.

»HIER steckt ihr!«, gehörte sie Sven, der uns mit Thomas böse anschaute. »Wir suchen euch seit über ’ner halben Stunde!! Wir haben doch gesagt: Handy anlassen!«

Ich zog mein Nokia halb aus der Hose, sah, dass ich vergessen hatte, es wieder einzuschalten.

»Ups!«, ließ ich es wieder reinrutschen. »Ist noch … im Extra-Stromsparmodus.«

Ich stieß auf. Sven schaute mich misstrauisch an.

»Hast du getrunken?«

»Getrunken?«, tat ich überrascht. »Ich? Wie … Büüüüüürp! … wie jetzt?«

»Hauch mich mal an!«, beugte Sven sich vor. Ich pustete ihm ins Gesicht, versuchte, die Luft wie ein ausgebildeter Opernsänger aus dem Bauch zu holen. Ich hatte mal gehört, dass die es so schafften, selbst Alkoholmessgeräte zu überlisten. Doch leider war ich kein ausgebildeter Opernsänger – ich war nur ein unausgebildeter Stimmungssänger hier auf Mallorca.

»Euch kann man nicht allein lassen!«, wurden Thomas und Sven stinkiger als mein Atem. »Ihr kommt sofort mit … Maria und Leticia warten schon.«

»Wer?«

Sofort, nachdem ich blöd gefragt hatte, fiel es mir selbst wieder ein. Um Gottes willen. Das hatte ich schon fast vergessen.

»Die Arschwackel-Weiber, ich brech ab …«, sagte ich zu Axel, während wir nach hinten verschleppt wurden. »Das fehlt mir jetzt gerade noch!«

Thomas und Sven brachten uns in den Backstage-Bereich. Auf dem Weg dorthin übte ich freundliche Mimik für die blöden Tanztussis, wähnte meine Physiognomie halbwegs im Griff. Als wir jedoch das Zimmer betraten, in dem sie warteten, widerfuhr mir das größte Gesichtszugunglück der Geschichte.

»Das ist Leticia …«, stellte Thomas uns die blonde Schönheit zur Linken vor. Leticia trug ein rosa »Hello Kitty«-Shirt, strahlte unbeschwert und sah sehr sympathisch aus.

»Hallo!«, kam sie sofort auf uns zu, streckte ihre Hand aus. Ich begrüßte Leticia, worauf sie auch Axel die Hand hinhielt. Der starrte Leticia an wie in Trance.

»Hallo?«, lächelte sie amüsiert, legte ihren Kopf zur Seite und winkte vor seinem Gesicht. »Guckuck! Jemand da?«

»Hi …«, hauchte Axel so leise, dass man es über die von draußen reindröhnenden Bässe kaum hörte. Was war jetzt mit DEM los?? Ich hob helfend Axels Arm, führte seine Hand in die von Leticia. Kam mir ganz gelegen. Hauptsache, ich konnte das Mädchen daneben möglichst lange ignorieren.

»Und das ist Maria!«, machte Thomas mir einen Strich durch die Rechnung.

Ich atmete durch, drehte mich zu dem anderen Mädchen.

»Freut mich …«, tat ich möglich locker. Fiel mir schwer.

»Mich auch!«, antwortete Maria mit mehrdeutigem Tonfall, gab mir die Hand, die ziemlich warm war. Vielleicht lag es an ihrer guten Durchblutung, vielleicht auch nur daran, dass dieses schwarzhaarige Mädchen im »White Stripes«-Shirt damit noch vor wenigen Minuten die Atome meiner Wange ins Schwingen gebracht hatte. Kein Wunder, dass mir beim Betreten des Zimmers die Miene entgleist war.

Es war das Mädel, das mir eine verpasst hatte.

»Was hast du für 'n rotes Gesicht?«, fragte Maria scheinheilig, schaute mir fest in die Augen.

»Ähm …«, schielte ich rüber zu den anderen. »Das ist … äh … gesunde Hautfarbe. Hat in meiner Familie jeder. Genetisch.«

»Nur auf der linken Seite? Komische Gene habt ihr … Sieht bestimmt lustig aus bei euch auf'm Familientreffen.«

Keine Frage: Dieses Mädchen quälte mich extra. Ich konnte es ihr nicht verübeln.

»Wenn DU auftauchst, garantiert …«, antwortete ich.

Ich fürchtete, Axel würde aufklären wollen, dass ich mächtig eine gelangt bekommen hatte, doch er schien gar nicht zuzuhören. Stattdessen starrte er weiter mit halboffenem Mund Leticia an.

»Habt ihr euch schon mal getroffen?«, verwirrte Thomas und Sven meine Konversation mit Maria. Sie schaute mich an.

»Nur ich ihn.«

Die beiden verstanden gar nichts mehr.

»Na ja … Egal. Ihr beschnuppert euch jetzt mal, wir holen euch rechtzeitig hier ab. Wenn ihr Fragen habt – fragt einfach Maria und Leticia.«

Thomas wandte sich an die Mädchen:

»Passt uns gut auf die beiden auf!«

Sven und er verschwanden. Von draußen hörte ich die Bässe stampfen. Hier im Hinterzimmer war eine peinliche Stille auf Expansionskurs. Axel wirkte weiter unansprechbar, starrte Leticia an, als würde er nicht mal mehr blinzeln. Lag es also an mir.

»Tja«, versuchte ich, das Gespräch in Gang zu bringen. »Da stehen wir nun.«

»Da stehen wir nun …«, nickten Maria und Leticia.

Und schon wieder peinliche Stille. Ein echter Blindgänger.

»Ihr macht das hier öfter? Thomas und Sven scheinen euch ja richtig zu vertrauen.«

»Die Plattenfirma bucht uns regelmäßig …«, erklärte Leticia. »Sechs-, siebenmal im Monat sind wir bestimmt hier.«

Maria, die Schlaghand Gottes, nickte. Ich wich ihrem Blick aus.

»So oft? Für wen tanzt ihr denn alles?«

»Jürgen Drews, Michael Wendler, Tim Toupet, Willi Herren, DJ Ötzi …«, zählte Leticia mit erfrischender Leichtigkeit die führenden Namen des Terrors auf.

»Unfassbar!«, staunte ich. »Da hätten wir uns längst die Kugel gegeben, oder, Axel?«

Er starrte weiter Leticia an.

»Oder, Axel??«, wiederholte ich lauter.

»Du hast wunderschöne Augen!«, murmelte er.

»Äh … ja gut, mich persönlich stört dieses rote Äderchen, aber grundsätzlich hast du natürlich …«

»Doch nicht DU, Alter!«, unterbrach mich Axel. Er lächelte Leticia an, als seien seine Mundwinkel festgetackert.

»Oh, danke schön!«, lächelte sie geschmeichelt zurück. »Das ist lieb von dir …«

Ich schaute zwischen den beiden hin und her. Nun verstand ich auch Axels seltsamen Blick. Ausgerechnet jetzt musste Amor Amok laufen. Was für ein Timing.

»Wegen gleich …«, lenkte ich das Gespräch aufs Wesentliche.

»Thomas und Sven haben uns erzählt, dass ihr wahnsinnig gut mit dem A… also, dass ihr ausgeprägt professionelles Rhythmusgefühl am unteren Rumpfende besitzt. Worauf müssen Axel und ich denn achten, während ihr…«

»Du hast auch eine wunderschöne Nase!«, schmachtete Axel weiter. Leticia wurde ein wenig rot. Ich kam mir vor wie ein Statist in der BRAVO-Fotolovestory.

»Also, noch mal!«, setzte ich erneut an. »Wenn wir gleich zusammen auf der Bühne stehen, wie…«

»Du hast auch einen wunderschönen…«

»Mund, einen wunderschönen Mund!«, vollendete ich Axels Kompliment. »Ja, ich glaube, wir haben das Prinzip verstanden… Leticia hat einen wunderschönen Mund.«

»Namen!«, korrigierte Axel, wandte den Blick keinen Moment von seiner Angebeteten. »Leticia hat einen wunderschönen Namen! Le-ti-ci-a! Da ist jede süße kleine Silbe zum Knuddeln!«

Leticia war so gerührt, dass sie und Axel sich inzwischen um die Wette anstrahlten.

»Darf ich das Mädchen mit den wunderschönsten Augen, der wunderschönsten Nase und dem wunderschönsten Namen der ganzen Insel zu ’ner Cola einladen?«, baggerte Axel. »Dein Mund ist natürlich AUCH wunderschön!«

Na also. Hätte mich auch schwer gewundert.

»Axel bitte – jetzt hör mal ’nen kleinen Moment…«

»Gerne!«, lächelte Leticia.

Die beiden gingen zur Tür.

»Wo wollt ihr hin??«

Da waren Leticia und Axel schon rausgeschwebt.

»Was war DAS denn gerade – Liebe auf den nullten Blick?!«, war ich fassungslos. »Die können doch nicht einfach so abhauen! Ich werd wahnsinnig hier!«

Entnervt rieb ich mir durchs Haar.

»Jetzt komm mal wieder runter…«, verstand Maria die Panik nicht. »Das wird schon alles gut. Leticia und ich machen das nicht zum ersten Mal.«

»Aber wir!«, stellte ich klar. »Und gut wird hier GAR nichts mehr! Es geht höchstens noch darum, dass es ’n klitzeklein bisschen weniger schrecklich wird … Die hauen einfach ab, ich fass es nicht … Hätte ich wenigstens mal früher gewusst, dass die ›Du hast so schöne Augen‹-Nummer bei euch Frauen tatsächlich funktioniert – das hätte mir mehr Körbe erspart, als ich bald in der Klapse flechten muss …«

»Es wird dich wundern, aber nicht ALLE Frauen sind verzaubert, wenn wildfremde, alkoholisierte Männer sie ungefragt abschlabbern.«

Ich schaute Maria an. Okay. Reiß dich zusammen.

»Wegen vorhin … Ich bin normal nicht so. Im Gegenteil, ich bin eigentlich ganz altmodisch: vor Intimkontakt immer erst unterhalten und so.«

»Ist das so?«, tat Maria überrascht.

»Gentleman-Ehrenwort!«, hob ich die Finger. »Ich bin darin sogar so gut, dass die meisten Frauen NUR mit mir quatschen wollen.«

Maria ließ mich so einfach nicht davonkommen.

»Das war verdammt unverschämt …«

»Auf jeden Fall! Und falls es dir Genugtuung verschafft: Dein Schlag hat echt gesessen.«

»Das will ich auch hoffen.«

»Darauf kannst du Gift nehmen!«, rieb ich meine Wange. »Im Moment fühlt's sich an, als ob 'ne Herde Ameisen mit Rasierklingen an den Füßen drüberkrabbelt. Vorhin war's mehr so, als würde 'ne Dampfwalze rüberfahren, vor und zurück, immer wieder … Wenn du willst, halte ich dich über den Schmerz auf dem Laufenden. Ich fürchte, bei DEM Schlag sind noch einige Assoziationen drin.«

»Ich bitte darum.«

»Akzeptierst du denn meine Entschuldigung oder nicht?«

Maria schaute mich streng an.

»Vielleicht … Unter zwei Voraussetzungen!«

»Die wären?«

»Erstens: Du versuchst zur Versöhnung nicht, mir deine Zunge in den Hals zu rammen.«

»Ich geb mein Bestes … Und zweitens?«

»Zweitens: Du musst dich erst mal entschuldigen! Ich hab nämlich noch nichts gehört.«

»Oh, stimmt!«, fiel mir auf. »Entschuldigung … Und Entschuldigung. Das erste ›Entschuldigung‹ dafür, dass ich noch nicht Entschuldigung gesagt hatte. Und das zweite ›Entschuldigung‹ die EIGENTLICHE

Entschuldigung … Kannst du aber auch umdrehen, das bleibt sich gleich, glaube ich.«

Machte ich Dinge mitunter ein wenig zu kompliziert? Die einen sagten so, die anderen so.

Maria ließ mich einen langen Moment schmoren.

»Okay …«, sagte sie schließlich. »Schwamm drüber.«

Ob sie es ehrlich meinte oder ihren Ärger nur professionell überspielte, wusste ich nicht. Ich fühlte mich trotzdem ein wenig besser.

»Spitzenband übrigens!«, zeigte ich auf ihr »White Stripes«-Shirt. »Trägst du das gleich auch beim Auftritt?«

»Beim Auftritt?«, belustigte Maria meine Frage. »Nee, wir ziehen uns natürlich noch um.«

»Schade. Mir gefällt das Shirt besser.«

»Du hast unsere Kostüme doch noch gar nicht gesehen.«

»Das ›White Stripes‹-Shirt ist besser!«, war ich mir sicher. »Hast du gehört von deren kürzesten Konzert der Welt?«

»Na klar … Jack White kommt auf die Bühne, spielt 'ne einzige Note und geht wieder.«

»Ein Cis!«, nickte ich. »Ich hab 'n Live-Bootleg von dem Konzert. Top-Soundqualität, kann ich dir brennen.«

Ein Jammer, dass auch UNSER Auftritt nicht nur eine Sekunde dauern würde. Ungeduldig schaute ich zur Tür, wartete auf Axel und Leticia.

»Kommen die noch mal wieder?? Das ist doch völliger Irrsinn hier … Wir können doch nicht einfach so gemeinsam auf die Bühne!«

»Es wird alles gut …«, versprach Maria. »Keine Panik.«

Ihr Wort durch Gottes Ohrenschmalz. Mit einem Stöhnen vergrub ich mein Gesicht in den Händen.

Axel kehrte mit Leticia doch noch zurück. Thomas und Sven holten ihn und mich irgendwann ab. Wir warteten bereits am Bühnenrand auf unseren Auftritt, während die Mädchen sich noch umzogen.

»Was für 'ne Frau, oder?«, fragte Axel und meinte natürlich Leticia.

»Die ist sehr nett …«, nickte ich.

»Nett? Die ist der Wahnsinn!!«, korrigierte Axel, schickte gleich darauf einen Winker nach rechts. Ich drehte den Kopf, sah Maria und Leticia in ultraknappen Kostümen zu uns rüberkommen. Unglaublich, dass sich aus so wenig Stoff ein komplettes Outfit schneidern ließ.

Das war nicht mehr ein Hauch von Nichts, das war schon der Hauch eines Hauches von Nichts. Ich beobachtete, wie Axel beim Anblick von Leticia in diesem Kostüm warm ums Herz wurde. Genau genommen etwas tiefer. Nicht weiter verwunderlich.

»Holla!«, sagte ich zu Maria. »Ihr seht ja wirklich … puh …«

»Pass auf, was du sagst, sonst fängst dir NOCH eine!«, drohte Maria, lächelte aber dabei.

»Nein, nein – ihr seht … toll aus. Ehrlich.«

»Leute, alle mal hergehört!«, schrie Party-Michi auf der Bühne. »Jetzt kommen zwei Supertypen, die sind zum ersten Mal hier … Was rufen wir denen zur Begrüßung zu?!«

Ohrenbetäubend schallte es durch die Disco:

♪♪♪ OOOOOOOOOBERBAYERN!!! DEEEEEEEIN ZUHAUSE!!! ♪♪♪

»Heute Nachmittag haben die beiden mich angefleht: ›Party-Michi, hör zu: Euer Publikum ist einfach das allergeilste, hier MÜSSEN wir auftreten!!‹«

Grölen im Publikum. Grübeln bei mir: Hatten Axel oder ich wirklich so etwas gesagt?

»Die zwei heizen ein, da brennt die Muschi … Hier geht jetzt die Party ab, bis der Arzt kommt: Riesenapplaus für die kaputtesten, krankesten Typen in ganz Arenal – DIEEE GLÜÜÜCKSDIAAABEEETIKEEER!!!«

Im selben Moment wurde das Playback abgefeuert, der hämmernde Universalbeat, auf den man ein Medley der schönsten Ballermann-Hits der letzten fünf Millionen Jahre hätte singen können. Während beim dressierten Oberbayern-Publikum der Pawlow'sche Mitklatschreflex einsetzte, liefen Maria, Leticia, Axel und ich auf die Bühne. Etwas abseits der Meute entdeckte ich das Exclusiv-Team vom Nachmittag, das zum Filmen gekommen war. Ebenso erkannte ich einige Touris, mit denen wir gedreht hatten. Es lag sicher auch am noch immer wirksamen Alkohol, dass ich inzwischen weich genug war, die Nummer knallhart durchziehen.

♪♪♪ *OOOOOOOH, WIE IST DAS SCHÖÖÖN – GLÜÜÜÜÜCKS-INSULIN!* ♪♪♪

♪♪♪ *OOOOOOOH, WIE IST DAS SCHÖÖÖN – GLÜÜÜÜÜCKS-INSULIN!* ♪♪♪

♪♪♪ *OOOOOOOH, WIE IST DAS SCHÖÖÖN – GLÜÜÜÜÜCKS-INSULIN!* ♪♪♪

Das war reimtechnisch zwar nicht lupenrein, doch selbst die sicher zahlreichen promovierten Linguisten im Publikum drückten beide Augen zu, brüllten während des Intros mit. Ich rannte und hüpfte in der kleinen Bühne herum, ließ meinen Kopf an schweißnasse Körper drücken. All das gefilmt von unzähligen Handykameras, deren Aufnahmen wohl nur wenige Stunden später als belastendes Beweismaterial bei YouTube auftauchen würden. Schon nach Sekunden stand fest: Es war das mit Abstand beste Publikum, das wir hier im Oberbayern je gehabt hatten.

Der von Steve Cock hinzugefügte Techno-Frauengesang setzte ein. Maria und Leticia, die in ihren knappen Kostümen eine heiße Choreo hinlegten, bewegten synchron die Lippen.

♪♪♪ *Gimme The Luck! – Gimme The Luck! – Gimme The Luck!* ♪♪♪

Ich drehte in der Zwischenzeit weiter durch:

♪♪♪ *GLÜ-GLÜ-GLÜ-GLÜCKSDIABETES! GLÜ-GLÜ-GLÜ-GLÜCKS-DIABETES! GLÜ-GLÜ-GLÜ-GLÜCKSDIABETES!* ♪♪♪

INTSCH-INTSCH-INTSCH-INTSCH-INTSCH-INTSCH!

♪♪♪ *Ich hab dir einen Brief geschrieben*
Was hat mich dazu bloß getrieben?
Jetzt weine ich Rotze
Ich nannte dich … nicht nett! ♪♪♪

Das »nicht nett!« ertönte zwar aus den Boxen, wurde jedoch überbrüllt vom Publikum, das lieber mit dem bösen Wort den Reim vervollständigte. Was dem ursprünglichen Text ein klitzeklein wenig seiner Subtilität nahm.

INTSCH-INTSCH-INTSCH-INTSCH-INTSCH-INTSCH!

♪♪♪ *Wir haben gestritten den ganzen Tag*
Über Gott, die Welt, deinen Brotbelag
Meine speckige Wampe
Ich nannte dich … ♪♪♪

♪♪♪ *SCHLAMPE!!!* ♪♪♪ schallte es donnernd über das »nicht nett!« durch die Disco. Keine Frage: Hier pflegte man seinen Partyspaß etwas geradliniger. Ich bediente dieses Bedürfnis, verkündete zwischen zwei Strophen:

♪♪♪ *ICH BIN DER KRANKE VON MALLORCA! – BIN DER PATIENT VON ARENAL!* ♪♪♪

Axel starrte zu mir rüber, als hätte ich mich verwandelt in den Unglaublichen Hulk. Trotzdem zog auch er die Nummer standhaft durch – was ihm sicher leichter fiel, weil Leticia und Maria genau vor ihm tanzten. Um diesen Ausblick war Axel zu beneiden. Auch ich hätte den beiden am liebsten nur beim Wirbeln zugeschaut. Aber ich musste ja weiter die besengte Showsau geben.

INTSCH-INTSCH-INTSCH-INTSCH-INTSCH-INTSCH!

♪♪♪ *Das Testergebnis war leider positiv*
Darum bin ich natürlich negativ
Kein Gesunder versteht es:
Glücksdiabetes!
Schwerkrank und noch nicht mal ein Attest
Komm zurück und, oh, halt mich ganz doll fest!
Bist ein Wunder der Medizin:
Mein Glücksinsulin!
Mein Glücksinsulin!
Mein Glücksinsulin! ♪♪♪

INTSCH-INTSCH-INTSCH-INTSCH-INTSCH-INTSCH!

Während der Beat der Apokalypse die wenigen Gehirnzellen erschlug, die noch zuckten, riss ich mir als Schlusseinlage übermütig das Hemd vom Leib, warf es genau auf den letzten Ton ins johlende Publikum. Als ich an mir runtersah und bereute, meine Röllchen zum Gassigehen rauszulassen, hätte ich es am liebsten wieder zurückgeholt. Dafür war es zu spät: Die Touris hatten das gute Stück bereits zerfetzt. Ich zog den Bauch ein, passte auf, mich nicht mehr zu Maria und Leticia umzudrehen.

»DAAAAANKE OOOOOBERBAAAAAYERN!!!«, schrie ich ins Mikro, fügte mit JFK-Akzent hinzu: »ISCH BIN EIN OBERBAYER!!!«

Riesenjubel in der ganzen Disco. Irgendwo hörte ich eine vertraute Stimme zum Takt einer ebenso vertrauten Pauke lallen:

»ZU-GA-BE! ZU-GA-BE! ZU-GA-BE! ZU-GA-BE! ZU-GA-BE!«

Gleich darauf wurde der Jubel noch viel lauter – obwohl ich gar nichts mehr gemacht hatte. Bevor ich kapierte, was los war, kniff mir von hinten jemand keck in den Bauch. Ich fuhr erschrocken herum: Da stand ein schwarzhaariger Kerl mit purpurnem Umhang und schiefer Plastikkrone vor mir. Ich erkannte das Gesicht sofort. Es war kein Geringerer als … Jürgen Drews!!

»Aus meinem Volk soll niemand frieren!«, hielt er ein T-Shirt hoch.

Vorne aufgedruckt lachte breit sein Konterfei, darunter stand in krummen und schiefen Kinderbuchstaben:

ICH WILL ZU ONKEL JÜRGEN!

Grinsend wischte Drews sich die schwarze Mähne aus dem Gesicht. Ich versuchte zu begreifen, was hier vor sich ging: ICH und der König von Mallorca auf einer Bühne?? Das war ja wie für die Rätselseite einer TV-Zeitschrift: »*In diesem Satz hat das Leben einen kleinen Fehler eingebaut – finden Sie ihn?*«

»Jetzt zieh schon an!«, versuchte Jürgen Drews mir das geschmacklose Fanshirt anzudrehen. Glaubte dieser Wahnsinnige tatsächlich, ich würde in seinen Onkel-Jürgen-Lappen schlüpfen? Er tat es – und seine Untertanen verlangten dasselbe:

»AN-ZIEH-EN! AN-ZIEH-EN! AN-ZIEH-EN! AN-ZIEH-EN!«

Das volle Volk hatte gesprochen. Und ich selbst nicht länger Luft, den Bauch einzuziehen. Verdammt. Mir blieb keine andere Wahl: Ich riss Drews das Shirt aus der Hand, streifte es widerwillig über. Wie ein Blödmann stand ich in seinem »ICH WILL ZU ONKEL JÜRGEN!«-Fetzen auf der Bühne.

»Yeeeeah, endlich!«, war Jürgen Drews begeistert. »Freunde, jetzt schaut euch mal unseren geilen Glückstheoretiker an!«

»Glücks-DIA-betiker!«, korrigierte ich.

»PARTY-Diabetiker!«, korrigierte ein Schreihals aus dem Publikum wiederum mich.

»Scheißegal …«, nervten Drews die Details. Er zeigte auf mich. »Hauptsache, unser Partytheoretiker sieht jetzt endlich richtig gut aus, oder?!«

Das Publikum rastete aus. Jürgen Drews nahm Maria und Leticia in den Arm, ging mit seinen Schlagerflossen auf Forschungsreise.

»Na, ihr beiden Hübschen – soll der König von Mallorca euch heute Nacht mal sein Gemach zeigen …?«

Seine Hand näherte sich gefährlich Leticias Hintern.

»Pfoten weg, Alter!«, warnte ihn Axel. »Sonst hast du gleich 'n GRAB im Kornfeld!!«

Das komplette Oberbayern wieherte los, kriegte sich kaum wieder ein. Während Axel tosenden Beifall erntete, ließ Jürgen Drews sich nichts anmerken, lachte selbst am lautesten mit. Mich konnte er damit freilich nicht täuschen. Hier auf Mallorca war ich wie dieser kleine

Rotzlöffel in »The Sixth Sense« – ich sah nicht nur geistig tote Menschen, ich durchschaute auch ihren Herrn und Gebieter. Und obwohl er gute Miene zum bösen Spiel machte: Dass Axel ihm kurz die Show gestohlen hatte, gefiel Onkel Jürgen nicht. Ganz und gar nicht. Angestrengt lachend gab er Party-Michi einen Wink. Dieser verstand sofort, drückte einen Knopf. Es ertönten die ersten Takte von »Also sprach Zarathustra«:

Däää-Däää-Däääääääää – DÄDÄÄÄÄÄÄÄÄÄÄÄ!!! – BUM-BUM-BUM-BUM-BUM-BUM-BUM-BUM-BUM-BUM-BUM!!!

Das bombastische Intro wirkte prompt: Jürgen Drews hatte wieder die volle Aufmerksamkeit. Der Ekstase des Publikums nach waren die klassischen Klänge seine feste Auftrittsmusik. Zum Glück musste Richard Strauss das nicht mehr miterleben.

»Husch, husch!«, scheuchte Drews uns weg. »Ihr hattet eure 15 Sekunden – jetzt ist der König dran … Schaut gut zu, da könnt ihr noch viel lernen!«

Während wir die Bühne freigaben, legte der bereits schwitzende Jürgen Drews seinen Königsmantel ab. Die Plastikkrone behielt er auf.

»Lllllllllllladies and Gentlemeeeeeen!«, rief Party-Michi ins Mikro. »Diesen Mann brauch ich nicht mehr vorzustellen: Er ist Onkel Jürgen! Er ist der Mann, der sein Bett im Kornfeld aufschlägt! Er hat alles im Griff – und vor allem, Freunde: Er ist der einzig wahre … König von Mallorca!! JÜÜÜÜÜRGEEEEEN DREEEEEWS!!!«

Kaum war das Intro verklungen, ließ Onkel Jürgen mit heiserer Stimme das ganze Haus wissen:

♪♪♪ *Ich bin der König von Mallorca! – Ich bin der Prinz von Arenal! – Ich hab zwar einen in der Krone! – Doch das ist mir scheißegal! – So scheißegal!* ♪♪♪

Während der König weiterkrächzte, beschloss unsere kleine Vierer-Opposition einstimmig: Wir brauchten frische Luft. Jürgen Drews besang bereits die Vorzüge seiner Schlaf- und Pimperstätte im Kornfeld, als wir uns zwischen den feiernden Urlaubern endlich zum Ausgang vorgearbeitet hatten. Dort wurden wir abgefangen von Thomas und Sven. Ich befürchtete Schlimmes, doch sie kamen in friedlicher Absicht.

»Mördershow!«, beglückwünschte uns Thomas.

»Wie zwei alte Hasen!«, stimmte Sven zu. »Ich hab Herrn Holtz schon auf die Mailbox gesprochen, damit er morgen früh sofort Bescheid weiß.«

»Sind wir jetzt fertig?«, interessierte mich mehr.

Erleichtert sah ich Svens Nicken.

»Ihr könnt feiern gehen … Super Auftritt, Jungs. Von euch Mädchen natürlich sowieso – wie immer.«

»Dann verschwinden wir jetzt!«, sagte ich schnell. »Wir sehen uns morgen früh im Hotel.«

Genau genommen schon HEUTE früh. Wir hatten inzwischen drei Uhr morgens.

♪♪♪ *Ein Bett im Kornfeld – Das ist immer frei! – Denn es ist Sommer – Und was ist schon dabei? – Die Grillen singen – Und es duftet nach Heu – Wenn wir träumen …* ♪♪♪

Raus! Raus!! RAUS!!!

Dem Oberbayern entkommen, schlenderten wir zu viert die Promenade entlang. Es war kühler, viel angenehmer als noch vor ein paar Stunden. Wir liefen runter zum Strand. Maria und Leticia zogen im Sand ihre Schuhe aus. Ich selbst hatte zu große Angst, in von der Dunkelheit versteckte Reviermarkierungen aus Tourikotze zu treten. Wir suchten ein ruhiges Plätzchen, setzten uns ans Wasser. In meinen Ohren rauschte das Meer. Vielleicht auch noch das Oberbayern. Wahrscheinlich beides. Ich atmete tief die gute Luft ein, um mich selbst zu überzeugen: Noch bist du da. War wichtig, das ab und zu mal gegenzuchecken.

»Das Leben ist wie ’n Bett im Kornfeld …«, wurde ich melancholisch.

»Warum?«, malte Maria neben mir mit ihrem großen Zeh im Sand.

»Kaum hat man’s sich bequem gemacht, kommt der Mähdrescher.«

»Wenigstens müsst IHR euch nicht von Onkel Jürgen begrapschen lassen!«, entgegnete Leticia. Axel stand prompt in ihren Diensten.

»Wenn dich der Schlager-Zausel noch mal angrabbelt, ruf mich an! Dann komm ich hergeflogen und bring ihm Manieren bei!«

»Aaah, mein großer Beschützer!«, war Leticia halb amüsiert, halb gerührt. Sie legte ihren Kopf auf seine Schulter. Fast wäre sie in den Sand gekippt, so schnell schmolz Axel dahin.

»Jürgen Drews, ich fass es nicht …«, kam ich über meine Begegnung der dritten Art kaum weg. »Waren wir mit unserem Song nicht schon genug gestraft?«

»Wieso?«, fragte Leticia. »Ich mag das Lied.«

»Nett von dir, aber ihr braucht nicht höflich sein. Wir finden den Mix selbst scheiße.«

»Der Text ist irgendwie süß!«, fand Maria. »Zumindest, wenn du nicht gerade einen machst auf: ›Glü-Glü-Glü-Glücksdiabetes! Glü-Glü-Glü-Glücksdiabetes!‹«

Maria ging mit der Stimme runter, ahmte mich mit über dem Kopf klatschenden Händen nach. Es war zum Totlachen. Wenigstens für die anderen.

»Ganz so bescheuert seh ich dabei NICHT aus!«, stellte ich klar.

»Doch.«

»Doch.«

»Doch.«

»Doch?? Kommt, ihr verarscht mich …«

»Nein.«

»Nein.«

»Nein.«

Ich war entsetzt.

»Echt?? Das ist ja furchtbar … Hoffentlich zeigen die davon nichts in diesem blöden Bericht bei Exclusiv!«

»Explosiv?«

»ExCLUsiv!«, korrigierte ich Maria. »Das Starmagazin mit Frauke Ludowig … Ich weiß auch nicht genau, was der Unterschied ist. Das eine ist über kaputte Normalos, glaube ich, und das andere über kaputte Promis.«

Axel und ich erzählten den Mädchen von unserem Dreh am Nachmittag. Plötzlich fiel mir auf, dass ich noch immer das dämliche »ICH WILL ZU ONKEL JÜRGEN!«-Shirt trug.

»Moment!«, verschwand ich kurz, drehte das T-Shirt auf links, damit man den Aufdruck nicht mehr sah.

»So ist besser …«, kehrte ich zurück zu den anderen, deutete hinten aufs Waschetikett. »50% Baumwolle und 50% Polyester – genau wie Onkel Jürgens Hirn.«

Ich schaute auf die Uhr: schon nach vier. Heilige Scheiße.

»Ich muss ins Bett.«

»Quatsch!«, rief Axel. »Lasst uns noch irgendwo zusammen hin.«

»Ich hau ab ins Hotel …«, musste ich ihn enttäuschen. »Sonst bin ich morgen platt.«

»Komm schon, Alter!«

Ich schüttelte den Kopf. Jeder Versuch, mich zu überreden, war vergebene Mühe. Alles unter sechs Stunden Schlaf, und ich sah aus wie Amy Winehouse mit schwerer Grippe.

Maria zog sich gähnend die Schuhe an.

»Ich schaff's auch nicht mehr.«

Axel verzog das Gesicht.

»Na toll … Macht ihr jetzt ALLE schlapp?«

Leticia schaute ihn an.

»Ich bin noch dabei, wenn du Lust hast.«

Ob Axel Lust hatte? Na sicher hatte Axel Lust. Lust in all ihren Spektralfarben. Sofort schien es ihn nicht mehr zu stören, dass wir uns verabschiedeten.

»Sehen wir uns morgen noch?«, fragte ich die Mädchen. »Wann fliegt ihr zurück?«

»Erst Samstag. Ab Donnerstag tanzen wir für Micki Krause.«

»Für den auch?? Jesus, ihr macht mir Angst …«

Ich stand auf, klopfte den Sand von meinen Klamotten.

»Kommt ihr mit hoch?«, fragte ich Axel und Leticia. Kamen sie nicht. Die beiden wollten sich jetzt doch lieber am Strand den Sonnenaufgang anschauen. Schon klar. Knick Knack.

Maria und ich gingen zurück zur Promenade. Ich schaute mich orientierungslos um.

»Was ist?«, fragte Maria.

»Ich muss erst mal gucken, wo ich überhaupt hin muss.«

»Ihr seid doch im Grand Residencia, oder?«

»Ja.«

»Dann haben wir denselben Weg. Nimmst du 'n Taxi?«

»Wie weit ist das?«

»Zehn Minuten. Maximal 'ne Viertelstunde.«

»Dann gehen wir zu Fuß!«, schlug ich vor. »Oder?«

Maria nickte. So latschten wir durch El Arenal im Morgengrauen.

»Da haben sich ja zwei gefunden …«, zeigte ich über meine Schulter zurück zum Strand. »Ich hatte schon Angst, die würden mit gewissen paarungsorientierten Aktivitäten gar mehr nicht abwarten, bis wir weg sind.«

»Da hat's gefunkt!«, nickte Maria.

»Eins sag ich dir: Auch wenn wir uns erst 'n paar Stunden kennen – ich seh Axel an, dass das für ihn MEHR ist als 'ne schnelle Affäre... Also wenn deine Freundin Leticia das nur ausnutzt und ihm das Herz bricht, dann bekommt ihr es mit MIR zu tun!«

»Ist ja niedlich...«, amüsierte sich Maria. »Ich dachte immer, solche Warnungen kriegt nur ihr Typen von uns Frauen.«

»Hey, bei 'ner echten Männerfreundschaft gilt derselbe hohe Moral-Codex wie bei euch!«

»Wie lange kennt ihr euch schon?«

»Das ganze Leben. Unsere Eltern sind befreundet.«

»Cool.«

»Und ob!«, nickte ich. »Wir haben uns in allen schweren Krisen des Lebens beigestanden: SEIN erster Zahn, MEIN erster Zahn... Unsere sadistische Klassenlehrerin in der Vierten... Die Pubertät... Gerade erst meine schlimme Trennung von Son...«

Ich stockte. Zu viel Information.

»Ja?«, wartete Maria.

»Äh... von... von Sonnenblumenöl. Meine Trennung von Sonnenblumenöl! Ich darf keins mehr essen, hat mein Arzt gesagt. Reagiere allergisch darauf... Grausam... Bin froh, dass Axel mir in dieser dunklen, schweren Stunde beisteht.«

Maria schaute verwundert.

»Nicht Sonja?«

»Wie kommst du auf DEN Namen??«

»Singst du in eurem Lied.«

»Ach so... nee, nee, das ist nur das lyrische Ich!«, behauptete ich. »Das hat mit mir nichts zu tun.«

»Und wie seid ihr hier hergeraten?«

»Lange Geschichte... Das war auf jeden Fall mal 'n schöner Song. Nicht so 'n Ballermann-Scheiß, wie wir ihn vorhin abziehen mussten.«

»Steve-Cock-Mixe sind der Horror...«, verstand Maria. »Aber die Leute kaufen das wie blöde.«

»Leider. Wieso macht IHR das hier?«

»Wir? Ticia und ich finanzieren mit dem Tanzen unser Studium. Sie studiert Sport, ich bin an der Stage School in Hamburg.«

Wir kamen an einer Deppen-Disco vorbei, deren Musik bis auf die Straße hinausdröhnte. Ich hörte Glas splittern. Maria deutete auf das Gebäude daneben.

»Hier ist unser Hotel.«

»Da seid ihr einquartiert??«, war ich schockiert.

Maria nickte.

»Ist okay… Sieht schlimmer aus, als es ist. Ticia und mich stört's nicht.«

Ich bekam ein schlechtes Gewissen wegen unserer Nobelunterkunft. Sollte ich versuchen, ein weiteres Zimmer auf Plattenfirma-Kosten klarzumachen? Ach nee, würde eh nicht funktionieren.

»Pass auf!«, erklärte Maria. »Du musst noch 'n Stück geradeaus … bis die große Kreuzung kommt… da gehst du rechts und dann noch mal links. Dann siehst du das Grand Residencia schon.«

Oder doch? Oder nicht? Oder doch? Oder doch nicht?

»Findest du hin?«, hörte ich Maria. Wie war das: geradeaus, links, rechts? Immer der Nase nach?

»Tschuldigung, ich war in Gedanken woanders … Kannst du mir das noch mal erklären?«

Maria zog einen Kuli aus ihrer Tasche.

»Hast du 'n Zettel?«

Ich schüttelte den Kopf, worauf sie sich meine Hand griff wie eine Wahrsagerin. Zum Glück malte Maria darin nur den Weg auf.

»Besser?«

Ich nickte.

»Geh unterwegs nicht verloren. Schlaf gut.«

»Du auch.«

Maria umarmte mich zum Abschied, nahm noch mal meine vollgemalte Hand. Sie ergänzte auf dem Unterarm ihre Handynummer.

»Ruft ihr an, bevor ihr abreist?«, fragte Maria. »Dann können wir uns vielleicht noch treffen.«

»Machen wir …«, versprach ich. »Bis morgen.«

»Bis morgen.«

Maria verschwand zwischen den Touris in ihrem Hotel. Ich folgte der Karte, die sie mir in die Hand gemalt hatte. Selbst ich, für den Orientierung zu den übersinnlichen Kräften zählte, fand damit sicher ans Ziel.

Im Hotel angekommen, ging ich sofort aufs Zimmer, versuchte zu schlafen. Klappte nicht – in meinem Kopf war noch immer Kirmes. Ich stand wieder auf, fuhr runter und besorgte vom Mann an der Rezeption eine Schlaftablette, die ich gleich am Tresen schluckte. Zurück im Bett merkte ich, wie das chemische Sandmännchen zur Spätschicht antrat. Erleichtert empfing ich die herrliche Müdigkeit. Was für ein Tag. Was für eine Nacht. Endlich schlafen. Durch den feinen Mittelspalt des Fenstervorhangs drang bereits Licht. Wegschlummernd kam mir noch in den Sinn, ob ich das »Nicht stören!«-Schild raushängen sollte, damit mich nicht schon bald ein reinplatzendes Zimmermädchen aus dem Land der Träume wieder auswies. Der nur unwesentlich später einsetzende Schlaf nahm mir die Entscheidung ab.

Keine putzwütige Reinigungsfurie wagte es, mich zu wecken. Dafür irgendjemand am anderen Ende des klingelnden Telefons auf dem Nachttisch. Noch halb im Schlaf griff ich nach dem Hörer, der mir aus der Hand glitt und auf die Erde knallte. Ich tastete über den Teppichboden, bis ich den Hörer fand, ihn ans Ohr hielt.

»Mmmmmmmmmmm …«, brummelte ich hinein. Das hieß übersetzt so viel wie: »Hallöchen, einen wunderschönen guten Morgen! Wer bereitet mir die frühe Freude an diesem jungen, noch so herrlich unschuldigen Sommertage?«

»Aufstehen!«, hörte ich Svens Stimme. »Sonst wird's zu knapp mit eurem Flieger.«

»Mmmmmmmmmmm …«, antwortete ich etwas tiefer. Das wiederum hieß übersetzt: »Leck mich am Arsch!« Eine Doppelbedeutung, die selbst Muttersprachler leicht durcheinanderbrachten.

»Wir sitzen beim Frühstück. Beeilt euch, die bauen in 'ner halben Stunde ab.«

Der schreckliche Sven legte auf. Ich scheuerte den Hörer so lange übers Telefon, bis er wieder richtig drauflag. Mühsam quälte ich mich aus dem Bett, schlurfte zum Fenster. Dort wählte ich die harte Tour zum Wachwerden – nur was für die John Waynes unter den Morgenmuffeln: Ich packte den Vorhang und zog ihn mit einem kräftigen Ruck auf. Im selben Moment hüllte die hereinfallende Sonne mich in gleißendes Licht. Meine Pupillen schrumpften auf Quarksgröße.

»AAAAAAAAAAAAAAAAAAAAAAAAAAAAAAAAAAAALTER!!!«

Der laute Protest kam von Axel, der sich in dem anderen Bett reflexartig das Kopfkissen übers Gesicht zerrte. Wann war DER denn zurückgekommen?

»Wir müssen aufstehen.«

»Mmmmmmmmmmm!«, brummelte Axel. Ich ahnte, welche der beiden möglichen Bedeutungen galt.

»Es gibt nur noch 'ne halbe Stunde Frühstück…«, gähnte ich.

Das überzeugte Axel schon eher. Während ich mich anzog, reckte und streckte er sich in seinem Bett mit Lauten, die selbst einen Tyrannosaurus Rex verjagt hätten.

»Und? Wie war's noch mit Leticia?«

Ich versuchte, die Frage beiläufig klingen zu lassen. So als ob es mich eigentlich nicht interessierte. Uneigentlich war ich äußerst wissbegierig.

»Schön!«, antwortete Axel.

»Schön?«

Er nickte.

»Schön.«

»Was heißt ›schön‹?«

»Schön heißt schön.«

Schön, dass wir drüber gesprochen hatten. Axel kroch unter seiner warmen Bettdecke hervor. Ein kleiner Schritt für die Menschheit, aber ein verdammt großer für Axel.

»Jetzt erzähl mal!«, startete ich einen weiteren Versuch.

»Sei nicht so neugierig… Sag lieber, was noch abgegangen ist bei dir und Maria.«

»Was soll da abgegangen sein? Nichts natürlich.«

»Und was ist DAS da?«

Er zeigte auf meinen vollgekritzelten Arm.

»Sie hat mir den Weg zum Hotel aufgemalt. Und ihre Nummer.«

Axel schaute mich kommentarlos an.

»Was? Wir hatten keinen Zettel!«

»Schon klar … Und was hast DU ihr aufgemalt? Das gilt offiziell als erotisches Body-Painting, Alter!«

»Blödmann. Jetzt zieh dich an, sonst ist das Frühstück weg.«

Diese Drohung nahm Axel ernst. In Windeseile streifte er seine Klamotten über. Gemeinsam fuhren wir nach unten, um über die Reste des Buffets herzufallen.

Wir beeilten uns mit dem Auschecken, so dass Sven und Thomas uns vor der Fahrt zum Flughafen ein kurzes Abschiedstreffen mit Maria und Leticia gewährten. Ich fand es schade, dass wir nur wenig Zeit hatten. Ich mochte Maria und Leticia, und dass mir Mitmenschen sympathisch waren, kam so selten vor, dass ich die Gesellschaft solch rar gesäter Exemplare ungern gleich wieder verlor. Wir versprachen uns zwar, in Kontakt zu bleiben, aber das entpuppte sich ja meist als elendes Gesülze. Aus den Augen, aus dem Sinn. Was sollte man zwischenmenschliche Beziehungen künstlich hochjubeln: Sie kamen und gingen, so lief es nun mal. Das war in 99,9 Prozent der Fälle von der Natur gut und sinnvoll eingerichtet – aber eben schade, was Maria und Leticia anging. Bei Thomas und Sven, die auf Mallorca blieben, fiel uns der Abschied deutlich leichter. Um es noch freundlich auszudrücken.

Als wir im Flieger zurück nach Köln saßen, unsere Wachhunde endlich los waren, packte Axel ein als Reiseproviant geschmiertes Brötchen aus. Während er neben mir schmatzte, versuchte ich, trotz Handyverbots letzte Energiereserven aus meinem Nokia herauszukitzeln. Vergeblich. Akku leer und kein Ladegerät. In diesem Moment lief eine Stewardess an unseren Sitzen vorbei.

»Hallo?«, hielt ich sie an.

»Ja, bitte?«

»Haben Sie kurz 'n Stift für mich?«

Ich übertrug Marias Nummer von meinem Arm auf Axels Brötchenserviette.

»Danke!«, gab ich der Stewardess ihren Kuli zurück, steckte die Serviette weg. Dann starrte ich aus dem Flugzeugfenster.

Kaum war ich zurück in meinem kleinen Kölner Drecksloch, entdeckte ich das Blinken des Anrufbeantworters. Kurz dachte ich, das Gerät sei kaputt: Es zeigte elf Mitteilungen an. So viele Anrufe hatte ich in meinem ganzen Leben noch nicht gekriegt. Sonja?? Träum weiter. Gespannt hörte ich den Anrufbeantworter ab:

»*Nachricht – 1 – vom – 24.8. – um – 13 – Uhr – 30*«
»HEY!«
»*Nachricht – 2 – vom – 24.8. – um – 13 – Uhr – 31*«
»SCHWABBEL!«
»*Nachricht – 3 – vom – 24.8. – um – 13 – Uhr – 32*«
»SCHWING!«
»*Nachricht – 4 – vom – 24.8. – um – 13 – Uhr – 33*«
»DEINEN!«
»*Nachricht – 5 – vom – 24.8. – um – 13 – Uhr – 34*«
»FETTEN!«
»*Nachricht – 6 – vom – 24.8. – um – 13 – Uhr – 35*«
»ARSCH!«
»*Nachricht – 7 – vom – 24.8. – um – 13 – Uhr – 36*«
»ZUM!«
»*Nachricht – 8 – vom – 24.8. – um – 13 – Uhr – 37*«
»WORKOUT!«
»*Nachricht – 9 – vom – 24.8. – um – 13 – Uhr – 38*«
»ABER!«
»*Nachricht – 10 – vom – 24.8. – um – 13 – Uhr – 39*«
»DALLI!«
»*Nachricht – 11 – vom – 24.8. – um – 13 – Uhr – 40*«
»DALLI!«
»*Ende – der – Nachrichten.*«

Mein guter Doktor Hart – immer liebevoll besorgt, dass ich den Trainingsplan konsequent einhielt. Ich hatte selbst Schuld: Ich war jetzt ganze drei Tage nicht im Studio gewesen. Umgerechnet ewig lange 72 Stunden oder 4 320 Minuten oder gar unglaubliche 259 200 Sekunden – klar, dass Doktor Hart sich Sorgen machte. Zum Glück hatte er bis 23 Uhr auf, so konnte ich nachher noch hinfahren und doppelt harte Trainingsbuße tun. Fünfzig Rosenkränze stemmen. Vergib mir, Doc.

Ich räumte gerade das »ICH WILL ZU ONKEL JÜRGEN!«-Shirt zu meinen Klo-Putzlappen, da fiel mein Blick auf die Uhr: War nicht schon Exclusiv-Zeit?? Ich lief ins Wohnzimmer, schaltete hastig RTL ein. Noch bevor meine Bildröhre sich aufgeheizt hatte, hörte ich schon die liebreizende Stimme von Starmagazin-Elfe Frauke Ludowig. Als wenige Sekunden später das Bild erschien, faselte Schauspieler-Schauspieler Wayne Carpendale irgendwas über »Let's Dance«, intonierte jedes Wort so tiefgründig, dass die Weisheit von mindestens acht Klosteraufenthalten in Tibet und gefühlten 700 Jahren Lebenserfahrung rüberkommen sollte. Schwer auszuhalten. Ob ich den Beitrag über uns schon verpasst hatte? Ein Blick auf den RTL-Videotext zeigte: Die Sendung lief seit einer halben Stunde. Vielleicht wollte das Schicksal mir die mediale Aufbereitung meines Elends ersparen. Doch dann erschien wieder Frauke Ludowig, verlas die Anmoderation auf solch unnachahmliche Art, wie es nur eine Frauke Ludowig konnte:

»Die EINEN sind schon ganz oben – die ANDEREN wollen noch dorthin: Auf der Partyinsel Nummer eins, Mallorca, herrscht ein knallharter Kampf ums Publikum. Wir haben uns dort umgesehen und Stars und Sternchen begleitet ... Ein Bericht von Steffen Stöffel.«

Das Unheil nahm mit 25 Bildern pro Sekunde seinen Lauf. Der Beitrag war ein buntes Potpourri der Peinlichkeiten – ein Konzentrat all dessen, was ich hatte verdrängen wollen: Die schämenswerte Touri-Anquatsche war genauso drin wie Ausschnitte von unserem Auftritt im Oberbayern. Ich musste mir dabei zusehen, wie ich übermütig mein Hemd vom Leib riss. Sogar wie Onkel Jürgen uns von der Bühne scheuchte, wurde gezeigt.

»Der König spricht ein Machtwort!«, hörte ich den Sprecher. »Da leisten selbst Die Glücksdiabetiker Gehorsam ... Doch man darf nicht vergessen: Über die Herrschaft in El Arenal entscheidet einzig und allein das Publikum – und so träumen die beiden weiter: irgendwann gekrönt zu werden zu den NEUEN Königen von Mallorca ...«

Die letzten Sekunden zeigten Axel und mich die Promenade entlang in die Abendsonne gehen. Mit einem hellen »PLING!« wackelten zwei goldene, nachträglich schlecht draufmontierte Kronen auf unseren Köpfen. Damit ging Exclusiv in die Werbepause. Fassungslos starrte ich auf den Fernseher, da klingelte mein Telefon. Ich schaute aufs Display: 089 – Münchener Vorwahl. Aus München kannte ich niemanden. Ich ließ es weiterklingeln, bis der Anrufbeantworter ansprang:

»*Hallo, ich bin leider nicht da – falls Sie nicht Sonja sind, legen Sie bitte SOFORT auf. Danke .... Sonja??? Ich hab nur 20 Sekunden Ansage, darum muss ich schnell reden, aber bleib UNBEDINGT dran, ich bin bestimmt zu Hause und hab nur das Klingeln nicht gehört! Wahrscheinlich sitz ich gerade auf'm Pott oder so, also bleib bitte, BITTE dran, ich heb garantie... TÜÜÜÜT!*«

Jemand, der sich eindeutig nicht an meine Anweisungen gehalten hatte, sprach aufgeregt nach dem Pfeifton:

»Moin, hier ist Basti! Basti-Spasti, du weißt schon!«

Sebastian? Sebastian Rieder?? Von dem hatte ich seit mindestens fünf Jahren nichts mehr gehört. Was rief der ausgerechnet jetzt an?

»Ich hab dich gerade im Fernsehen gesehen – Mann, du bist ja richtig berühmt!! Ich wollte mich schon EWIG wieder melden, hab aber jetzt erst deine Nummer wiedergefunden ...«

Welch ein Zufall. Wie das wohl passiert war. Wahrscheinlich war Basti während des Exclusiv-Berichts versehentlich gestolpert, auf die Tastatur seines Computers gefallen und hatte dabei in einer glücklichen Fügung des Schicksals zufällig genau die Buchstabenfolge www.telefonbuch.de und meinen Namen ins Eingabefeld gepresst. Seltsam? Aber so steht es geschrieben ...

»Meld dich mal, ich wohn jetzt in München. Vielleicht können wir uns treffen! Meine Nummer ist: 089 ...«

Basti sprach sie aufs Band, wiederholte die Nummer gleich noch einmal. Kaum hatte er aufgelegt, klingelte es erneut.

»Rate, wer hier ist ... Annika! Annika Scholz! Ich wollte endlich mal durchrufen ...«

Die auch noch. Ich ließ Annika genau wie Basti meinen Anrufbeantworter schänden. Und so ging es weiter: Die Geister längst vergangener Tage krochen versammelt durch die Telefonleitung.

»Lass uns wieder zusammen um die Häuser ziehen ... Wie in alten Zeiten!«

»Meld dich!!«

»Ich hab erst neulich gedacht: Wie schade ist es, dass man sich so aus den Augen verliert!«

»Meld dich!!«

»Ich weiß, ich hab 'n bisschen länger nichts von mir hören lassen – aber ich hab die letzten 15 Jahre immer gedacht, DU rufst mal an! Nie rufst du an, dauernd muss ICH anrufen!«

»Meld dich!!«

»Wir sollten unbedingt den Kontakt auffrischen, war doch immer so lustig damals!«

»Meld dich!!«

»Eben sag ich zu meiner Frau: ›Kerstin, ich bin jetzt befreundet mit 'nem echten Star!‹ Kennst du Kerstin überhaupt schon?? Wir haben vor drei Jahren geheiratet ... Warte, ich hol mal unsere Süße ans Telefon ... Anna-Lena! Anna-Leeeeeeeeeeeeeeeeeeeeena!! Komm schnell her, da ist der Anrufbeantworter von Papas altem Freund am Telefon – sag mal was!«

»Meld dich!!«

Mein heißgelaufener Anrufbeantworter stand kurz vor dem Kollaps. Ich ließ sie alle draufsprechen. Was sollte ich mir wünschen: dass Sonja den peinlichen Exclusiv-Bericht gesehen oder dass sie ihn NICHT gesehen hatte? Ich wusste es nicht genau. Auf jeden Fall war Sonja so ziemlich der einzige Mensch, dessen Anruf ausblieb. Bis mein AB schließlich mit elektronischer Stimme kapitulierte:

»*Speicher – voll.*«

VI

»… Jetzt machen wir ein kleines bisschen Werbung – und danach sind sie endlich hier zu Gast: Die Glücksdiabetiker!! Also: dranbleiben …«

»… Die Hits der Achtziger und Neunziger und das Beste von heute – das gibt's nur bei uns! Und jetzt kommen unsere vier Megahits am Stück – diesmal dabei: viermal hintereinander DIE Sommerhymne des Jahres: Die Glücksdiabetiker mit dem Glückdiabetes-Song …«

»… Julia, 13, hat eine Mail geschickt – sie schreibt: ›Hallo Glücksdiabetiker, ich bin euer allerallerallerallerallerallergrößter Fan – habt ihr eigentlich eine Freundin?‹ Und Nele, 15, möchte von euch wissen: Woher kommt der Name ›Die Glücksdiabetiker‹? …«

»… Für den Glücksdiabetes-Song auf dein Handy schicke ›KRANK‹ an die 112 …«

»… Hallo und Herzlich willkommen zu Beckmann! Heute bei mir zu Gast: Die Glücksdiabetiker – sie sprechen erstmals ausführlich über Erfolg und Ruhm, Liebe, Hass auf Kerner, Glück, Sinn des Lebens, Gott und den Tod …«

»… Für 50 Euro möchte ich von Ihnen wissen: ›Welche medizinischen Fälle brechen momentan alle Chartrekorde?‹ Sind das A: Die Glückstheoretiker? B: Die Glückspathetiker? C: Die Glücksdiabetiker? Oder D: Die Partydiabetiker? …«

»Vorsicht!«, rief ich dem Umzugshelfer zu, der den LP-Karton brutal auf den Fliesenboden meiner neuen Wohnung knallte. Mein kostbares Vinyl!

»Wohin damit?«

Der Grobian lehnte sich so fest auf den Karton, dass dieser ein wenig eindrückte. Seine Kollegen standen bereits mit den nächsten Sachen in der Tür. Während ich die schwitzenden Umzugsleute dirigierte, saß ich auf der brandneuen Ledergarnitur in meinen 120 Quadratmetern Erstbezug. Penthouse. Fünf Zimmer. Zwei Bäder. Offener Kamin. Noch Fragen?

»Wo wird der Schrank aufgebaut?«

Ich zeigte ins Schlafzimmer. Während der Umzugshelfer mit einem Kollegen die Bretter reintrug, konnte ich es noch immer kaum glauben: Ich war tatsächlich raus aus meinem alten Drecksloch. Selbst die verbleibende Kündigungsfrist hatte die Plattenfirma bezahlt. Ob die Kinnlade von Herrn Eggers, seit heute ganz offiziell mein Ex-Nachbar, je wieder hochfahren würde? Sogar sein Monster-Dackel hatte beim Abschied mit den braunen Knopfaugen gestarrt, als verstand er die Welt nicht mehr. Mir tat mein Nachmieter schon jetzt leid. Sofern man für die schimmelige, laute und überteuerte Bude überhaupt einen neuen Dummen fand. Nicht mein Problem – ich war raus aus der Nummer. Mein alter Mietvertrag lag schon bereit, um ihn feierlich im Kamin zu verbrennen. »Time To Say Goodbye« singend würde ich die Asche in alle Himmelsrichtungen verstreuen. Großen Gefühlen war man schuldig, sie groß zu zelebrieren.

Während die Umzugsmänner alles hochbrachten, die neuen Möbel aufbauten, erkundete ich zum wiederholten Male die riesigen Zimmer. All dieser Platz!! Ich trat raus auf die Dachterrasse, blickte über die Stadt. In der Hightech-Küche streichelte ich zärtlich über den hochmodernen Induktionsherd. Er erkannte per Infrarot, wenn ein Topf überzukochen drohte, stellte die Hitze automatisch runter. Genial. Das musste ich unbedingt jeden Abend dem Bringdienst-Boten zeigen. Ja, war ich wahnsinnig, dieses Kunstwerk von Küche durch Kochen zu entweihen?? Da kam höchstens eine Samtkordel an goldenen Pfosten vor, damit Besucher gegen Eintritt staunen durften. Im Gegensatz zu meinem alten Rattenstall konnte ich hier ja mal jemanden einladen. Genug Leute, die plötzlich unbedingt mit mir zu tun haben wollten, gab es jedenfalls. Was sich in ein paar Wochen doch alles ändern konnte …

»Ey, isch hab disch gesehen bei The Dome 24!«, quatschte mich einer der Umzugshelfer an.

»Mm-Hm …«, nickte ich.

»War geeeeil!«

»Ja. Danke.«

»Ey, wie isses bei The Dome 24?«

Gute Frage. Wohl nicht viel anders als bei The Dome 23 und The Dome 25. Letztere Aufzeichnung war bereits morgen – schon wieder mit uns. Zum Glück wusste das dieser Umzugshelfer nicht.

»Ey, isch hab gesehen, da war auch die Sandy von die No Angels!«

Ich nickte.

»Kennst du die Sandy? Isch mein so persönlisch und so??«

Ich verneinte. Der Umzugstyp wippte grinsend mit dem Kopf wie ein Wackeldackel.

»Geeeeeeeeeile Alte, die Sandy! Die würd isch gern mal …«

Er vollendete den Satz pantomimisch mit vor- und zurückgestoßenem Becken.

»Der Karton kommt da hinten hin!«, erinnerte ich ihn an seine Arbeit. Während der Umzugshelfer endlich weitermachte, klingelte mein Handy. Auf dem Display sah ich Axels Namen.

»Hey!«

»Alter, wie läuft's? Playboy Mansion schon fertig eingerichtet?«

»Schön wär's. Die Umzugstypen sind elend langsam …«

In diesem Moment lief der Chef der Truppe an mir vorbei.

»… gewesen bei Stefan, hatte er erzählt – aber DIE hier?! Wow!! Schneller als die Feuerwehr!«, baute ich schnell an. Ich Fuchs, ich. »Kommst du nachher?«

»Logo, das lass ich mir doch nicht entgehen. Um sechs?«

»Lieber um sieben. Die lassen sich hier echt Zeit …«

Der Umzugshelfer-Chef kam zurück.

»… um schon VOR dem Hochtragen genau zu überlegen: Wie geht's am schnellsten? So fixe Jungs hast du noch nicht gesehen!«

Puh.

»Dann um sieben. Ich erwarte, dass du mir Hugh-Hefner-mäßig im Bademantel die Tür öffnest!«

»Erwarte nicht zu viel … Sagst du den Mädels Bescheid?«

»Mach ich.«

»Super!«, freute ich mich. »Ich geh vorher noch joggen, und dann weihen wir die Bude standesgemäß ein.«

»Lauf 'ne Runde für mich mit … Bis gleich, Alter!«

Axel legte auf. Kaum steckte ich das Handy weg, eilte der Helfer von vorhin aufgeregt auf mich zu.

»Ey, war das die Sandy von die No Angels??«

»Nein, das war NICHT die Sandy von die No Angels …«, musste ich ihn in aller grammatikalischer Fragwürdigkeit enttäuschen.

»Eine von die geilen Tänzerinnen von euch?«

Ich schüttelte den Kopf.

»Auch keine von die geilen Tänzerinnen von uns.«

»Ey, wie heißen die?«, ging der Umzugshelfer mir mächtig auf die Nüsse.

»Maria und Leticia.«

Er grinste über beide Backen.

»Geeeeeeeeeile Alten, die Maria und Leticia! Die würd isch genau wie die Sandy gern mal …«

Er stellte den Karton in seinen Händen ab, um erneut die Fick-Pantomime vorzuführen. Exakt 34 Sekunden lang – ich schielte extra auf meine Armbanduhr. So einer wusste jetzt, wo ich wohnte. Na, schönen Dank. Ich zog mich schnell um.

»Ich bin kurz weg … Ich nehm mein Handy mit, falls was ist!«, rief ich den Umzugshelfern zu, die eventuelle Trennungsängste perfekt verbargen. Ich verließ die Wohnung und machte mich auf Richtung Rhein.

Ich trug die Kapuze meines grauen Pullis eng ums Gesicht geschnürt, als ich die Domplatte hinauflief. Mein Blickfeld war so eingeschränkt, dass ich Tauben aufscheuchte, die genau auf Nasenhöhe zur flatternden Keimschleuder wurden. So vermummt hier langzurennen, war lebensmüde. Es unvermummt zu tun, wäre es ebenso gewesen. Ich joggte am Dom vorbei, näherte mich dem Brunnen am Meridian, wo eine Horde Halbstarker abhing. Aus ihrer aufgedrehten Krachbox dröhnte ein Beat, der mir nur allzu vertraut war.

INTSCH-INTSCH-INTSCH-INTSCH-INTSCH-INTSCH!

♪♪♪ *Gimme The Luck! – Gimme The Luck! – Gimme The Luck!* ♪♪♪

Ich senkte den Kopf, als ich an der Truppe vorbeilief. Das waren die Gefährlichsten – die witterten einen immer als Erstes. Seit der Glücksdiabetes-Song sich auf der Pole Position der Charts festgekrallt hatte, wir täglich in irgendwelchen dämlichen Fernsehshows rumhampelten, erkannte mich jeder Hans und Franz ab geistiger Mittelschicht abwärts. Erst vorgestern hatten Axel und mir nach 3 1/2 Stunden Aufzeichnung für »Der große Promi-Puff« mit Hugo Egon Balder und Hella von Sinnen Dutzende solcher Gratwanderer zur geistigen Behinderung aufgelauert. Wir zogen diese Gestalten geradezu magisch an, waren danach sogar fast zu spät zur »Ultimativen Chartshow« mit Oliver Geißen gekommen, dort vor Erschöpfung beinahe vom Sofa gekippt. Grauenvoll.

Ich lief am Römisch-Germanischen Museum vorbei, über die Philharmonie hinweg. Noch schnell die Ministufen runtergetapst, dann war ich am Rheinufer. Meine Joggingstrecke ging bis zur Mülheimer Brücke und auf der anderen Seite zurück. Ich hatte dank Doktor Hart meine Fitness ziemlich verbessert. Anfangs war es die Hölle gewesen. Am schlimmsten für Untrainierte, die sich in freie Sport-Wildbahn wagten, waren diese dürren Typen im »Triathlon Köln«-Shirt, die leicht und beschwingt wie eine Gazelle nach dem Kacken an einem vorbeihüpften. Am besten noch mit einer munteren Melodie auf den Lippen. Doch selbst die konnten mich nicht mehr schocken. Ich rannte am Rheinufer entlang, schwitzte das Gift der letzten Fernsehauftritte aus. Nicht weit von meinem Wendepunkt kam mir ein ebenso joggendes Mädchen entgegen. Ihre prallen Tomaten hüpften unter einem rosafarbenen T-Shirt, auf dem eine große Spritze gedruckt war. Im Kolben schwammen lauter rote Herzchen. Der fett darüber stehende Bandname war bei diesem Motiv nur noch Formsache. Reflexartig wich ich nach rechts aus, rutschte fast den Steinhang abwärts. Ich kriegte gerade noch die Kurve und rannte unerkannt an dem Mädchen vorbei. Meine Pulsuhr zeigte eine neue persönliche Zwischenbestzeit. Wenigstens etwas.

Eigentlich hatte ich komplett durchlaufen wollen, doch was ich auf dem Nachhauseweg am Hauptbahnhof entdeckte, bremste mich aus.

Ich stoppte, ging rüber zu dem frisch geklebten Plakat. Mit riesigen Köpfen grinsten Axel und ich in die Stadt hinein:

DIE GLÜCKSDIABETIKER – SICK OF LUCK TOUR!

Irgendein Blödmann hatte mir ein Hitlerbärtchen gemalt. Wohlgemerkt: nur mir – Axel war verschont geblieben. Keine Narbe, kein schwarzer Zahn, keine Brille, gar nichts. Aber ich: ausgerechnet des Führers Schenkelbürste! Wütend rubbelte ich mit dem Ärmel über die Stelle, bekam das Edding-Bärtchen nicht ab. Als nichts half, pulte ich das Stückchen Plakat über meiner Lippe ab. Dort prangte jetzt eine weiße Stelle. Immer noch besser als vorher.

»DAS ISSER!!!«, brüllte eine helle Stimme. Ich fuhr herum, sah eine Grundschulklasse auf mich zurennen:

♪♪♪ *KEIN GESUNDER VERSTEHT ES – GLÜCKSDIABETES!!!* ♪♪♪

Heiliger Bimbam!! Blitzschnell nahm ich die Beine in die Hand und flüchtete in den Bahnhof. Ich rannte die Halle entlang, wollte durch den anderen Ausgang fliehen. Als von dort eine zweite Schulklasse auf mich zugestürmt kam, steckte ich in der Falle. Panisch türmte ich in die Internationale Presse, hielt mir eine aufgeschlagene FAZ vors Gesicht. Dahinter steckte eben NICHT immer ein kluger Kopf – aber: Es war meine Rettung. Nachdem die Schüler, die mein Manöver verpasst hatten, einige Minuten im Bahnhof herumgeirrt waren, gaben sie schließlich auf und zischten ab. Ich ließ die Zeitung weit genug sinken, um drüberzuschauen: Keiner von den blutrünstigen Zwergen mehr zu sehen. Das war richtig knapp gewesen. Ich musste besser aufpassen. Mit extra eng zugezogener Kapuze schlich ich aus dem Bahnhof.

In meiner neuen Wohnung telefonierte der Chef der Umzugstruppe gerade im Flur.

»Ja, ja, dieser Glücksdiabetiker ist 'n arrogantes Arschloch …«

Er sah mich reinkommen.

»… hab ich immer gedacht – aber jetzt, wo ich den kennengelernt hab: saunetter Typ, ehrlich.«

Die anderen Umzugshelfer waren vertieft in meine Fanpost. Peinlich ertappt fühlte sich keiner. Sie lasen in Ruhe zu Ende, stopften die Post dann zurück in den überquellenden Karton. Ich klappte den

Deckel zu, damit der Gestank der parfümierten Briefchen sich nicht weiter ausbreitete.

»Bitte mal gucken, ob alles okay ist!«, steckte der Chef sein Handy ein. »Dann würden wir jetzt verschwinden.«

Wir machten einen Rundgang durch die Zimmer. Ich hatte nichts zu beanstanden. Selbst der Raum hinten rechts, das Highlight der ganzen Wohnung, war wie gewünscht hergerichtet. Axel würde Augen machen.

»Sehr gut …«, drückte ich den Umzugshelfern 20 Euro Trinkgeld in die Hand. Vollends zufrieden waren sie damit noch nicht.

»Ey, gibst du misch die Nummer von die Sandy?«, fragte der Typ, mit dem ich den The-Dome-Diskurs geführt hatte. Da jeder Versuch sinnlos war, ihm zu erklären, dass ich Sandys Nummer nicht besaß, schrieb ich ein paar Zahlen auf, von denen ich hoffte, dass sie mit keinem real existierenden Anschluss verbanden. Danach machten die Umzugshelfer den Abflug.

Als es kurz vor sieben klingelte, rannte ich zur Tür. Auf dem angesprungenen Monitor erschien Axel.

»Ich kann dich sehen …«, fistelte ich mit Psychopathen-Stimme in die Sprechanlage.

»Mach auf, Alter!«

Ich drückte den Schlüsselknopf, sah Axel noch reingehen, bevor das Bild erlosch.

»Cooles Haus, oder?«, begrüßte ich ihn oben am Fahrstuhl.

Axel nickte gestresst, betrat eilig meine Wohnung.

»Mich haben gerade wieder welche zermatscht … Warum sind immer die fanatischsten Fans so unfassbar fett??«

Er zog sein T-Shirt hoch, strich vorsichtig über blaugrüngelbe Flecken. Mir lief es kalt den Rücken runter.

»Die sind dir hoffentlich nicht hierher gefolgt?«

»Ich glaub nicht. Diese Fan-Brummer sind zwar kräftig, können aber wenigstens nicht so schnell rennen … Hast du irgend ’ne Salbe oder so was?«

Ich schüttelte den Kopf.

»Kann dir höchstens ’ne Kopfschmerztablette geben.«

»Besser als nichts.«

Ich schmiss in der Küche eine Runde Aspirin plus C, obwohl Axels

Schmerz bereits beim begeisterten Prüfen meines Hightech-Kühlschranks nachließ. Kein Wunder, der war mindestens dreimal so groß wie das klimatisierte Bakterienhotel in meiner alten Wohnung. TFT-Display, Ice-Crasher und No-Frost-Technik – nie wieder Eisgletscher im Tiefkühlfach, auf denen man die Alpinen Skiweltmeisterschaften hätte veranstalten können. Axel nickte anerkennend, hielt sein Glas mit dem sprudelnden Aspirin wie zum Toast hoch.

»Nicht schlecht, Herr Folterknecht! Ich merk schon: Hier werd ich mich sehr wohlfühlen … Zeig mal den Rest von deinem neuen Château.«

Ich führte Axel durch die Zimmer.

»Korrekte Hütte!«, war er angetan. »Echt vom Feinsten … Was ist DA drin?«

»Das ist der Beamer-Raum …«, hatte ich mir das Beste bis zum Schluss aufgespart. Ich öffnete die Tür, deutete Axel, dass er vorangehen sollte. Als er im Raum stand, drückte ich den Lichtschalter: Die Sternenhimmel-Decke strahlte mit den Kinolampen an der Wand, die meine gerahmten Filmplakate beleuchteten. Dazu flackerte die Neon-Leuchtschrift im Cinemaxx-Look sich kurz warm, strahlte dann im vollen Glanz. Eine nicht ganz günstige Sonderanfertigung, aber ihren Preis wert. Axel blickte auf die rosa leuchtenden Buchstaben:

ZOMBIEMAXX

»Zombiemaxx?«, ließ er sich auf einen der vier Kinositze fallen. »Alter, mit deinem Zombie-Fetisch solltest du unbedingt mal zum Arzt gehen … Aber ansonsten: Amtlich, dein Heimkino!«

Mich freute, dass es Axel gefiel. Der würde erst Augen machen, wenn bei unserer ersten Kinosession plötzlich der Mann mit der Eisbox reinkam. Einen Studenten auf Abruf hatte ich bereits klargemacht. Zehn Euro die Stunde, inklusive Eiskonfekt, Magnum und Cornetto.

DINGEL-DINGEL-DINGEL-DING!

»Sind das schon Maria und Leticia?«, war ich überrascht. »Ich dachte, die kommen erst um 20 Uhr irgendwas …«

Wir gingen zur Tür. Tatsächlich: Auf dem Monitor sahen wir die Mädchen unten stehen.

»Hey!«, grüßten wir sie durch die Sprechanlage. »Fünfter Stock – Fahrstuhl ist geradeaus durch.«

Wenige Momente später stiegen die beiden oben aus, schauten begeistert.

»Wow!! Was – für – ein – Haus!«

Axel und Leticia fielen sich in die Arme, gaben sich einen langen Kuss. Ich begrüßte Maria. Danach begrüßte Leticia mich, und Maria begrüßte Axel. Als schließlich Axel und ich uns begrüßten, merkten wir, dass wir langsam durch waren.

»Kommt rein ...«, bat ich sie in die Wohnung. Axel trug den kleinen Koffer, den Leticia dabeihatte. Sie übernachtete bei ihm. Maria wohnte die zwei Tage in Köln im Hotel.

Leticia schlang sich um Axels Hals.

»Ich hab so lange genervt, bis wir 'nen Zug früher genommen haben ... Ich konnt's nicht länger aushalten!«

Die beiden versanken erneut in einen solch leidenschaftlichen Kuss, als hätten diverse Weltkriege sie für Jahrzehnte getrennt. In Wahrheit hatten sie sich zuletzt vor zwei Tagen gesehen. Seit Maria und Leticia als Tänzerinnen fest dazugehörten, trafen wir uns dauernd. Wenigstens EIN Vorschlag, den Harald Holtz für gut befunden hatte.

»Was riecht hier so komisch?«, schnupperte Maria.

Der Karton mit der parfümierten Fanpost. Ich versuchte, den Deckel fester zuzuklemmen, stellte eine andere schwere Kiste oben drauf. Die süßliche Wolke verzog sich trotzdem nur langsam.

»Ich muss das endlich zum Sondermüll bringen!«, stöhnte ich. Mir graute schon davor, was morgen bei The Dome 25 alles dazukam. Wenigstens all die selbstgenähten Kuscheltiere nahm das Waisenhaus. Keine Ahnung, wie die Betreuer den Kindern erklärten, was genau ein »Glücksdiabetes-Bär« war.

»Habt ihr schon gesehen?«, schmiegte Leticia sich an Axel. »Ihr hängt riesengroß am Bahnhof.«

»Weiß ich.«

»Irgendjemand hat dir 'n Hitlerbart gemalt.«

»Waaaas? Den hab ich doch vorhin abgekratzt!«

»Hast du?«

»Ja klar!«

»Hmm … Dann ist er jetzt wieder dran.«

»Diese Schmierfinken!«, regte ich mich auf. »Gibt's denn nur Idioten auf dieser Welt?? Heute auch die Umzugstypen, das hättet ihr sehen müssen … Schmeißen die LPs rum, als sei das wertloser Schrott!«

Mich überkam der Zwang, meine Platten zu prüfen. Ich öffnete den Karton, den der Helfer besonders hart hatte fallen lassen. Entsetzt schaute ich rein:

»Ich fass es nicht … Ausgerechnet die Kiste mit den GANZ raren Sachen!«

Zitternd zog ich meine »Heaven Knows I'm Miserable Now«-Maxi von den Smiths heraus. Ich holte die schwarze Scheibe aus der Hülle, suchte sie auf Beschädigungen ab. Wenn an dieser Japan-Pressung auch nur das Geringste dran war, würde ich den Umzugstypen bis ans Ende der Welt und zurück jagen.

»Zeig uns doch mal deine neue Wohnung!«, bat Maria.

»Seht ihr irgendwo was??«, sorgte ich mich um die Platte. »Das Ding ist meine Altersvorsorge …«

Maria nahm die Maxi-LP in die Hand, betrachtete sie gründlich.

»Die ist absolut heil.«

»Wirklich?«

»Wirklich!«, schob Maria das Vinyl vorsichtig zurück in die Hülle, packte sie wieder in den Karton. »Gibst du uns jetzt die Tour?«

»Tour, Tour, Tour!«, forderte auch Leticia. »Neue Wohnung, Tour für die Besucher – das ist die Regel …«

»Die Regel, Alter!«, hielt Axel sie im Arm. »So sieht's aus.«

Ich hätte die Platte am liebsten zum Weiterprüfen wieder rausgeholt, kämpfte aber erfolgreich dagegen an und schloss den Karton. Während ich die Mädchen und Axel – Letzteren schon ein zweites Mal – von Zimmer zu Zimmer führte, kam ich ins Grübeln, ob ich Maria hätte anbieten sollen, hier zu übernachten. Sah es unhöflich aus, weil ich so viel Platz hatte? Hoffentlich nicht. Erstens war das bestellte Gästebett noch nicht geliefert, und zweitens waren wir kein Paar wie Leticia und Axel.

»Und hier ist der Beamer-Raum …«

Ich hatte kurz überlegt, den Mädchen mein privates Zombiemaxx gar nicht zu zeigen, weil es vielleicht angeberisch wirkte. Abgesehen davon würde es mich vor den beiden endgültig zum asexuellen Ober-Nerd abstempeln.

»Cool, ›Invasion der Werwolf-Vampirzombies‹!«, entdeckte Maria das Filmplakat.

»Den kennst du?«, war ich erstaunt.

»Na klar! Den hab ich so oft gesehen, dass ich's nicht mehr zählen kann … Das ist der ›Citizen Kane‹ unter den Horrorfilmen!«

Wow. Ich persönlich zog zwar vor zu sagen: ›Citizen Kane‹ ist der ›Invasion der Vampirzombies‹ unter den Dramen – aber: wow.

»Maria kennt das alles!«, rief Leticia, die mit Axel in den Kinosesseln Platz genommen hatte. »Selbst mit mir wollte sie schon ihr Horrorzeug gucken. Viel zu gruselig.«

»Das hat ein guter Horrorfilm so an sich …«, entgegnete Maria. »Aber wir mussten ja leider nach 10 Minuten ausschalten und stattdessen deine kitschige Romantic Comedy mit Jennifer Aniston schauen.«

Sie drehte sich wieder zu mir.

»Ticia hat zwei Packungen Taschentücher vollgeheult.«

»Hey, der Film war total schön …«, verteidigte sich Leticia. »Ich hab den letzte Woche noch mal mit Axelchen geguckt – der musste genauso weinen!«

Überrascht schaute ich rüber zu Axel, der tief in seinem Kinositz versank.

»Schmeiß dein Kino doch mal an …«, wechselte er schnell das Thema. »Wir wollen was sehen.«

»Au ja!«, bekräftigte Leticia. »Aber nichts mit Horror. Was Nettes.«

»Meine DVDs sind noch nicht ausgeräumt … Ich guck mal.«

Ich lief raus, wühlte in den Kartons und kam mit drei Streifen zurück.

»So, Wunschfilm der Woche!«, verkündete ich. »Und keine Beschwerden auf den billigen Plätzen – das ist alles, was ich auf die Schnelle gefunden habe … 100% horrorfrei!«

Ich hielt die DVDs nacheinander hoch.

»Ich hab ›Rififi‹, ›Der Mann ohne Vergangenheit‹ von Kaurismäki und … äh ja, den hat mir mein Bruder zum Geburtstag geschenkt: ›Was Frauen wollen‹ mit Mel Gibson … Gut: Der IST technisch gesehen 'n Horrorfilm.«

»›Was Frauen wollen‹ hab ich schon so oft geguckt …«, legte Leticia ihren Kopf auf Axels Schulter. »Aber ›Rififi‹ klingt lustig.«

»Eigentlich ist er eher unlustig. Mit Gangstern.«

»Der Film, in dem ’ne halbe Stunde keiner spricht?«, fragte Maria.

»Genau!«, nickte ich. »Kennst du den?«

»Hab ich vor Ewigkeiten mal im Programmkino gesehen. Der ist super.«

»Ja komm!«, rief Axel von seinem Sitz. »Dann schmeiß diesen Fiffi-Stummfilm rein, wenn der so witzig ist!«

»Hört ihr überhaupt zu? Der ist nicht witzig.«

Ich hielt die »Rififi«-DVD erneut hoch, damit Axel und Leticia sich das Cover anschauten. Sie warteten jedoch nur schmusend, dass es endlich losging.

Ich schaute Maria an.

»Hab ich die beiden ausreichend gewarnt?«

Sie nickte.

»Und hast du Lust, den zu gucken?«

Maria nickte erneut, ging rüber zur Mini-Kinoreihe. Nachdem ich alles angeschmissen und das Licht gelöscht hatte, nahm ich auf dem letzten freien Sitz neben ihr Platz. Zum schwarzweißen Vorspann ertönte der stimmungsvolle »Rififi«-Titelsong. Ich drehte den Kopf zu Maria.

»Viel Spaß.«

»Danke. Dir auch.«

Dann waren wir im Film-Noir-Land.

Axel und Leticia fanden »Rififi« klasse. Was wohl daran lag, dass sie mit so ziemlich allem beschäftigt waren – nur nicht, den Film zu schauen. Faszinierend, was die menschliche Zunge anatomisch so alles hergab. Während der stillen 32-Minuten-Szene hörten Maria und ich es neben uns so laut schmatzen, dass wir uns kurz amüsiert anschauten. Als ich nach dem grandiosen Autofahrt-Finale das Licht anschaltete, taten die beiden freilich unschuldig.

»Top-Film!«, hielt Axel den Daumen hoch.

Leticia nickte.

»Richtig toll.«

Maria musste lachen.

»Jetzt tut doch nicht so, als hättet ihr irgendwas mitbekommen!«

Axel und Leticia schauten uns an wie die doppelte Unschuld vom Lande.

»Wieso? Es ging um … um … um die Bösen!«

»Und um die … äh, Guten!«, ergänzte Leticia.

»So ungefähr …«, erlöste ich die beiden. »Ich bin ja schon froh, dass ihr euch nicht aufgefressen habt. Um ehrlich sein: Als sie den Geldschrank offen hatten, dachte ich kurz, jetzt sei es so weit.«

Maria, Axel, Leticia – für mich nur noch »Die Gottesanbeterin« – und ich gingen in die Küche. Solch ein guter Film machte guten Hunger. Ich zog mein Handy aus der Tasche.

»Was wollen wir bestellen? Chinesisch? Indisch? Italienisch?«

»Wieso bestellen? Lasst uns doch zusammen kochen …«, schlug Leticia vor.

»Au ja, das ist gut!«, fand Maria. »Das machen wir!«

Auch Axel war sofort Feuer und Flamme.

»Genau, Alter – wir weihen deine neue Angeber-Küche ein!«

Feine Schweißtropfen benetzten meine Stirn.

»Meint ihr wirklich?«, sah ich meinen jungfräulichen Induktionsherd schon besudelt und beschmutzt. »Das alles hier ist brandneu – das wisst ihr, oder?«

»Äh … ja, das wissen wir. Und?«

»Und … Und vielleicht sollten wir die Küche deshalb BEHUTSAM an ihre Aufgaben heranführen. Damit sie sich nach und nach einleben kann … Vielleicht erst mal nur Wasser heiß machen oder so.«

Ich lehnte mich an den Herd, streichelte ihn hinter meinem Rücken. Ruhig, Brauner.

»Los geht's!«, fielen die drei wie Hunnen über meine Küche her. Maria öffnete den Kühlschrank. Leer.

»Ich hab noch nichts hier.«

»Dann kaufen wir schnell ein.«

»Ist aber schon nach 20 Uhr.«

»Der Rewe vorne hat auf bis zehn!«, wusste Axel.

Die Lockerung der Ladenöffnungszeiten zwang mich in die Knie.

»Also gut … Dann kochen wir eben.«

Verzeih, brandneue Küche. Du musst viel zu schnell erwachsen werden.

Maria und Leticia kamen mit zwei großen Plastiktüten vom Einkauf zurück. Oben schaute eine Stange Porree heraus. Hoffentlich hatte der Rewe um die Ecke nicht die gleiche historische Obst- und Gemüsetheke wie mein alter Stamm-HL-Markt. Während die Mädchen auspackten, ich über Lebensmittel staunte, von deren Existenz ich bis dato nicht mal was geahnt hatte, drückte Maria mir den Lauch in die Hand.

»Den kannst du schon putzen.«

Ich musterte misstrauisch das Gestrüpp, machte mich aber an die Arbeit. So begannen wir gemeinsam zu kochen. Anfangs fürchtete ich noch jeden Spritzer in meiner tollen neuen Küche. Spätestens jedoch vor dem Kamin, den Teller im Schoß, ließ mich das hinterlassene Schlachtfeld völlig kalt. Ich hatte ja keine Ahnung gehabt, wie fantastisch selbstgemachtes Essen schmeckte. Hoffentlich hörte Doktor Hart am anderen Ende der Stadt nicht mein verräterisches Schmatzen.

»War 'ne gute Idee mit dem Kochen …«, stellte ich kauend fest.

»Hier, passt auf!«, las Leticia gerade aus der BRAVO vor. »›Axel ist der crazy Chaot der Band – immer für einen Spaß zu haben. Seine Freundin ist Tänzerin Leticia.‹«

»Top recherchiert!«, beugte er sich vor, gab ihr einen Kuss.

Leticia deutete auf mich.

»Und bei dir: ›Er ist der sensible Poet der beiden – Tag und Nacht am Grübeln. Der Kopf der Glücksdiabetiker ist im Moment Single.‹«

»Das schreiben die? Echt??«

Leticia reichte mir die BRAVO. Der Quatsch stand da tatsächlich. Ich blätterte weiter, entdeckte in der Heftmitte ein schlimmes Poster von Axel und mir. Auf der Rückseite räkelte sich Sarah Connor bzw. das, was nach der Retusche von ihr übrig war. Ich riss das Poster raus und legte es in den Kamin. Durchs Fenster sah ich, dass es endlich richtig dunkel war.

»Ich glaub, wir können gleich los.«

Axel und ich wollten den Mädchen Kölle bei Nacht zeigen. Zum einen, weil wir uns nur dann noch relativ sicher rauswagten. Zum anderen, weil der Kajalstift der Nacht selbst eine abgewrackte alte Trümmerfrau wie Köln für wenige Stunden halbwegs attraktiv aufbrezelte.

»Sensibler Poet …«, sammelte ich kopfschüttelnd die leeren Teller ein. »So 'n Schwachsinn!«

Es wurde eine tolle Nacht. Wir streiften durch Köln, ohne wirkliches Ziel, einfach so. Vor dem Dom ersponnen wir Gruselgeschichten über Harald den Glöckner – tagsüber erfolgreicher Plattenboss, nachts die Turmglocken läutend mit den abgetrennten Köpfen von John Lennon und Elvis Presley. Beim Bahnhof entfernte ich mit dem eingesteckten Deckweiß das mir neu aufgeschmierte Hitlerbärtchen. Danach malten wir mit den ebenfalls eingesteckten Eddings DJ Bobo auf dem Plakat daneben eine Pimmelnase und ähnlich absurde Gesichtsmutationen. Am geschlossenen Schokoladenmuseum planten wir den größten Schokoraub der Geschichte, komplett lautlos wie die coolen Säue in »Rififi« – nur unsere verschmierten Münder würden uns verraten. Um halb zwei schließlich kamen wir an der Halle des Schreckens vorbei.

»Guckt mal!«, zeigte ich Maria und Leticia die Kölnarena. In wenigen Stunden fand hier die Aufzeichnung für The Dome 25 statt. Eigentlich hätten wir längst ins Bett gehört. Egal. Diese Gruselveranstaltung war es nicht wert, jetzt schlafen zu gehen. Wir liefen zur Wiese, wo manchmal die Großbildleinwand aufgebaut wurde, warfen uns ins Gras. Ich zog im Liegen die Schuhe aus und genoss den Nachthimmel, obwohl ich bei jedem Blinken kurz zusammenzuckte. Die schrecklichen Fernsehshows, in denen wir auftraten, die schlimmen Radiosendungen, die unseren Song spielten – all das wurde schließlich auch per Satellit ins All rausgefunkt. Sollten irgendwo in den unendlichen Weiten des Weltalls höherentwickelte Wesen diesen Schrott empfangen, würden die kommen, um uns den Arsch zu versohlen. Die würden uns quälen, wie WIR sie gequält hatten.

»Was für 'n schöner Himmel ...«, verschwieg ich den bevorstehenden Angriff der Aliens, um den anderen keine Angst zu machen.

Wir hörten es grummeln.

»Oh nein ... Gewitter?«, fürchtete Maria.

»War nur mein Bauch!«, beruhigte sie Axel. »Leute, ich hab Hunger.«

»Wir haben doch vorhin gut gegessen ...«, erinnerte ihn Leticia, gab Axel einen Kuss. Selbst dieser konnte ihn nicht sättigen.

»Da hinten ist 'n Imbiss, da war noch Licht – wenn wir schnell sind, kriegen wir noch was.«

»Ich steh jetzt nicht auf ...«, waren meine Füße nicht verhandlungsbereit.

»Alter, ich verhungere!«
»Dann geh doch hin, und bring uns was mit.«
»So weit kommt's noch … Wenn du was willst, schwing gefälligst deinen Arsch hoch.«
Bevor ich etwas erwidern konnte, klopfte Leticia auf Axels grummelnden Bauch.
»Komm, WIR gehen und holen was!«, schlug sie vor.
Damit war Axel einverstanden, sah angesichts der Uhrzeit wohl auch seine Chancen rasant sinken, überhaupt noch irgendwas Essbares aufzutreiben.
Die beiden standen auf.
»Was möchtet ihr?«, fragte Leticia.
»Ich nichts, danke.«
»Bringt ihr mir 'nen Döner mit?«, erlag ich im Gegensatz zu Maria der bequemen Versuchung.
»Wir gucken, was es noch gibt …«, nickte Leticia. »Bis gleich.«
»Fauler Sack!«, bekam ich von Axel zu hören, dann stiefelten die beiden los. Maria und ich blieben im Gras liegen.
»Da!«, zeigte sie plötzlich in den Himmel.
Ich riss erschrocken den Kopf hoch.
»Ist es so weit?? Die Aliens?!?!«
»Aliens?«, verstand Maria kein Wort. »Quatsch … Hast du's nicht gesehen?«
»Nee, was?«
»'ne Sternschnuppe.«
»Echt? Dann darfst du dir ja was wünschen.«
»Hab ich schon.«
»Was denn?«, kaschierte ich meine Neugier recht stümperhaft.
»Darf man nicht verraten!«, erinnerte mich Maria. »Sonst geht's nicht in Erfüllung.«
»Ach ja, richtig. Hatte ich vergessen.«
Blöde Regel.
»Falls du dir Weltfrieden gewünscht hast, erfahr ich's morgen in den Nachrichten sowieso …«, wollte ich Maria ihren Wunsch entlocken. »Außer bei den RTL2-News vielleicht.«
Maria schüttelte den Kopf.
»Falsch. Hab mir was ganz anderes gewünscht.«

»Dass Teil 14 von ›Invasion der Werwolf-Vampirzombies‹ so perfekt wird wie die ersten 13?«, riet ich weiter. »Oder dass die Classic-Remake-Reihe weitergeht?«

»Auch nicht …«, antwortete Maria. »Aber beides gute Wünsche! ›Der Werwolf-Vampirzombie-Pate‹ war fantastisch – 'ne Schande, dass Coppola den hat verbieten lassen … Hast du auch das Musical in Berlin gesehen?«

»Machst du Witze?? Erste Reihe Mitte – ich hab mindestens fünf Liter von der Bühne gespritztes Kunstblut geschluckt!«

Leise begann ich zu singen:

♪♪♪ *Werwolf, Zombie und Vampir – dreifach Liebes-Elixier …* ♪♪♪

Maria stieg sanft ein:

♪♪♪ *Silberkugel, Knoblauch, Kopfschuss – mit uns beiden ist nie Schluss …* ♪♪♪

Wir schauten uns wissend an. Welch großer Moment der Werwolf-Vampirzombie-Geschichte.

»Das war echt romantisch gemacht!«, kam ich ins Träumen. »Ich hatte bei diesem Song richtig Pippi in den Augen … Hauptsächlich Kunstblut, aber auch Pippi.«

»Ging mir genauso. Auch erste Reihe übrigens, klar.«

»Wer weiß, vielleicht waren wir in derselben Vorstellung … Hey, am Ende saßen wir sogar nebeneinander! Vielleicht warst das kunstblutüberströmte Mädchen neben mir du und der kunstblutüberströmte Typ neben dir war ich!«

Die Vorstellung gefiel mir. Ich setzte mich auf, sah die Kölnarena vor uns. Bei diesem Anblick wurde ich mir wieder des WAHREN Horrorfilms bewusst, des nicht enden wollenden Schockers, der mich mit Abstand am meisten gruselte: mein Leben. Ich musste an den seltsamen Doktor denken. Hier hatte ich die Diagnose bekommen. Beim Robbie-Williams-Konzert.

Ich schaute Maria an, der ich die ganze Geschichte inzwischen anvertraut hatte.

»Ich hab vorgestern versucht, Sonja anzurufen …«, murmelte ich.

Maria saß sofort aufrecht neben mir.

»Das erzählst du erst jetzt? Wie ist es gelaufen?«

»Ich sag doch: Ich hab VERSUCHT, Sonja anzurufen.«

»War sie nicht da?«

»Doch.«

»Aber?«

»Nichts aber. Sie hat abgenommen, und ich hab aufgelegt.«

»Das IST ein Aber!«, korrigierte Maria. »Und zwar ein ganz entscheidendes … Wieso legst du auf?«

»Ich … Ich wusste nicht, was ich sagen sollte.«

Maria gab mir einen sanften Schlag gegen den Kopf.

»Seit Wochen wartest du, dass Sonja sich meldet – und dann ergreifst du endlich selbst die Initiative und legst auf??«

»Ich kapier einfach nicht, wieso Sonja nicht von selbst zurückkommt … Ich bin doch jetzt berühmt … irgendwie jedenfalls. Das war schließlich der ganze Plan.«

Maria schaute mich an.

»Wenn du wirklich noch was von ihr willst, musst DU auf SIE zugehen … Du willst doch noch was von ihr, oder?«

Ich nickte.

»Dann kannst du nicht länger einfach nur abwarten.«

»Ich weiß. Ich weiß.«

Maria hatte ja recht. Allein das Problem: Ich war zu feige. Solange ich wartete, dass Sonja sich meldete, blieb mir zumindest die Hoffnung. In dem Moment, in dem ich von Sonja trotz allem noch IMMER eine Abfuhr kassierte, würde selbst die sich in Luft auflösen.

»Wozu mach ich das alles noch?«, hob ich den Blick zu den Sternen. »Vielleicht such ich nur deshalb nach UFOs, weil ich selbst 'n Alien bin … Ich pass hier nicht hin. Es ist alles schiefgelaufen mit dem Song. Einfach alles.«

Ich überlegte, blickte Maria an.

»Außer, dass wir euch kennengelernt haben. Das war das einzig Gute.«

Sie lächelte.

»Lieb von dir.«

»Ist die Wahrheit … Ich komm mir so verloren vor. Das ist das schrecklichste Gefühl überhaupt: dieses unendliche Verlorensein … Genau wie die letzten Überlebenden im finalen Teil von ›Invasion der Werwolf-Vampirzombies‹.«

»Teil 666?«, wunderte sich Maria. »Der ist doch noch lange hin.«

»Dezember 2365, wenn die den bisherigen Rhythmus beibehalten…«, hatte ich längst ausgerechnet. »Ich hab mir schon mal 'n Ende ausgedacht. Willst du hören?«

Maria nickte.

»Pass auf… Du erinnerst dich an die Zeitmaschine aus Teil 7? Mit der die Werwolf-Vampirzombies zur Geburt Jesu zurückreisen, um den Heiland zu ihresgleichen zu machen?«

»Das fragst du noch?!«

»Tschuldigung – KLAR erinnerst du dich… Also: Diese Zeitmaschine wird zufällig in einem alten Bergstollen von den letzten vier Menschen gefunden.«

»Nur noch vier?«

»Auf dem ganzen Planeten!«, nickte ich. »Alle anderen mutiert zu Werwolf-Vampirzombies. Die letzten vier Überlebenden nutzen ihre einzige Chance: Sie reisen dorthin zurück, wo alles begann…«

»Ins Klon-Geheimlabor der Nazis!«

»Exakt. Zurück nach 1944, um die Zukunft zu retten, um zu verhindern, dass der allererste Werwolf-Vampirzombie je erschaffen wird… Sie halten das Reagenzglas mit den mutierten Zellen auch schon in der Hand, da werden sie von den Nazis überrascht…«

»Unbedingt!«

»Die vier flüchten in ihre Zeitmaschine – aber die spinnt auf einmal! Du darfst nicht vergessen: Das Ding stand über 350 Jahre in diesem Bergstollen… Das ist wissenschaftlich akkurat, ich hab im Internet recherchiert!«

»Sie kommen nicht weg?«

»Doch, doch – weg kommen sie schon… Aber nicht zurück in ihre Zeit, sondern weit in die Vergangenheit! Plötzlich stehen sie vor Milliarden von Jahren auf der Erde – noch ganz warm, wie frisch aus'm Ofen.«

»Wow!«, fieberte Maria mit. »Was dann?«

»Sie kriegen das Ding repariert, kehren zurück in ihre eigene Zeit und vernichten noch gleich in der Höhle, in der sie wieder landen, die mutierten Zellen und die Zeitmaschine… Tadaa, die Welt ist gerettet!«

Maria schaute mich überrascht an, konnte ihre Enttäuschung nicht verbergen.

»Das ist das Ende? Die Welt ist gerettet?«

»Natürlich!«, kostete ich meinen Wissensvorsprung noch einen Moment genüsslich aus. »GLAUBEN sie zumindest ... Denn beim Verlassen der Höhle plötzlich: BAMM!! Eine vorbeihuschende Werwolf-Vampirzombie-Ratte! Oben am Himmel: BAMM!! Eine fliegende Werwolf-Vampirzombie-Taube! Unten im Teich: BAMM!! Ein schwimmender Werwolf-Vampirzombie-Karpfen! Drüben auf der Wiese: BAMM BAMM BAMM!! Hunderte blühende Werwolf-Vampizombie-Gänseblümchen! Wir sehen nämlich erst jetzt die Rückblende: Die vier haben aus Versehen einen Tropfen aus dem Reagenzglas in grauer Vorzeit verschüttet.«

»Du meinst ...?!«

»Ganz genau!«, nickte ich. »Sie waren die letzte Hoffnung der Menschheit und haben stattdessen die KOMPLETTE Evolution verwandelt in Werwolf-Vampirzombies!«

»Jaaaa!«, riss Maria ihre Faust in die Luft. »DAS ist 'n würdiges Ende!!«

»Die vier realisieren, was sie getan haben!«, beschrieb ich die finale Szene. »Die Kamera rast von ihren entsetzten Gesichtern hoch ins All – von allen Kontinenten strömen unzählige kleine Punkte herüber, die Massen an Werwolf-Vampirzombies! Und bevor das Bild für immer schwarz wird, hört man die allerletzten Menschen nur noch schreien ...«

»LAAAAAAAAAAAAAAAAAAAAAAAAAAAAAAAAAAAUFT!!!«

Das schreckliche Gebrüll kam von der anderen Seite der Wiese. Maria und ich drehten erschrocken die Köpfe, spürten die Wiese vibrieren. Erst sah ich nichts, dann kamen Axel und Leticia aus der Dunkelheit gerannt. Den beiden dicht auf den Fersen war eine Gruppe Schattenwesen mit gierig ausgestreckten Armen. Oh nein. Nicht schon wieder.

»LAAAAAAAAAAAAAAUFT!!!«, rief Axel erneut. »LAUFT UM EUER LEBEN!!!«

Maria und ich sprangen auf, ich griff hektisch nach meinen Schuhen. Zeit, sie wieder anzuziehen, blieb nicht. Die Fanmonster hatten Rucksäcke dabei, waren vermutlich für The Dome 25 extra angereist. Einige ließen das Gepäck fallen, um schneller laufen zu können. Trotz Dunkelheit meinte ich, ihre toten Augen zu sehen.

»Wieso passt ihr nicht auf?!«, fuhr ich Axel an, während wir über die

Wiese flüchteten. Staffellaufreif drückte er mir meinen Döner in die Hand.

»Alter, die waren auf einmal da!!«

Wir rannten und rannten – ich auf Socken, in der linken Hand meine Schuhe, in der rechten den Döner, aus dem Salat und Fleischfetzen flogen. Ich nahm im Laufen einen schnellen Bissen. Und während wir mit gefährlich knappem Vorsprung den irren Fans davonliefen, sah ich sie zufällig am Himmel vorbeihuschen: eine Sternschnuppe. Ich rief Maria meine Entdeckung zu, doch unsere Verfolger schrien so laut, dass sie es nicht mitbekam. So durfte diesmal nur ICH mir was wünschen. Gar nicht so leicht, während man von einer Horde wild gewordener Fans gejagt wurde. Kurz vor der Deutzer Brücke hatten wir sie endlich abgehängt. Schwer atmend zog ich die Schuhe wieder an. Axel schnappte gekrümmt nach Luft, schrie vor Seitenstechen lauter als alle Opfer von Jack The Ripper zusammen. Selbst Maria und Leticia waren aus der Puste.

»Ich hab auch eine gesehen …«, keuchte ich Maria zu, während ich meine Schuhe vorsorglich extra fest zuschnürte.

»Was?«

»'ne Sternschnuppe.«

»Wann? Eben?«

Nickend biss ich von meinem Döner ab. Viel Füllung hatte die Jagd nicht überstanden.

»Und hast du dir was gewünscht?«

»Natürlich.«

»Aber nicht verraten!«

»Natürlich nicht.«

Wozu auch? War doch klar, was ich mir am meisten wünschte.

Wir setzten erst Maria an ihrem Hotel ab, danach kamen Axel und Leticia noch kurz mit, um Leticias Koffer zu holen. Bald darauf haute ich mich in die Falle. In meinem großen neuen Bett in meiner noch größeren neuen Wohnung fühlte ich mich sofort wieder einsam. Ich stand noch mal auf, warf drüben das Zombiemaxx-Schild an und ging zurück ins Bett. Durch die offenen Türen drang das rosa Licht in mein Schlafzimmer. Irgendwann erlöste mich der Schlaf für ein paar Stunden.

Wenige Tage nach The Dome 25 empfing Harald Holtz Axel und mich in seinem Büro. Er präsentierte die für uns geschriebenen neuen Songs. Stolz reichte er mir eine Liste des Albums, das wir in den nächsten Tagen einzusingen hatten. Wir kannten noch keinen einzigen dieser Songs. Brauchten wir auch nicht. Die Titel sagten alles.

»Wer hat diese… äh… Lieder geschrieben?«, starrte ich das Blatt an. »Steve Cock?«

Harald Holtz zog an seiner Zigarre, pustete aus.

»Von Schwänzchen sind Track 3 und 5. Und natürlich der Glücksdiabetes-Mix… Der Rest kommt von unseren Songschreibern hier im Haus. Den besten.«

Er sprach tatsächlich von Songschreibern. Nein, er sprach sogar von den BESTEN Songschreibern. Ohne rot zu werden. Ohne auch nur zu blinzeln. Ich reichte den Zettel Axel. Er schaute drauf, gab ihn mir fassungslos zurück. Ich wagte einen weiteren Blick, doch die Titel wurden nicht besser:

„ZU RISIKEN UND NEBENWIRKUNGEN“ – DAS ALBUM

TRACKLIST:

1. **C' Mon Everybody, Let's Get Sick!**
2. **Der Glücksdiabetes-Song**
3. **Hepatitis Sex-C**
4. **Schlaganfall der Sehnsucht (Boom-Boom-Boom! Goes My Head!)**
5. **Ich hab 'ne Blasenschwäche für Dich**
6. **Mr. Hypertonie (Hyper! Hyper!)**
7. **Du bist hart wie Nierenstein**
8. **Küss mir meine Mandeln wund**
9. **2 Cool 4 Sodbrennen (But Not 4 U)**
10. **BONUS TRACK: Windpocken Of Change**

»Das wird DAS Album des Jahres!«, war Harald Holtz sicher. »Die Kranken-Nummer müssen wir melken – bis zum letzten Tropfen! Da ist noch viel, viel Milch drin … Ich versprech euch, das Ding macht Dreifach-Platin!! Lasst euch das von einem Chief Creative Double Executive Consulting Senior Manager sagen!«

Wir wussten nichts zu erwidern. Holtz nahm einen weiteren Zug von seiner Zigarre. Als er bald merkte, dass wir seine Euphorie nicht teilten, wurde er launisch.

»Jetzt guckt nicht, als hättet ihr euch gerade eingenässt!«, schüttelte er den Kopf. »Ich versteh euch nicht … Wir fahren runter ins Studio, da hört ihr euch die Songs mal an! Als zweite Single koppeln wir ›Hepatitis Sex-C‹ aus – die Nummer ist 'n MEGA-Hit, macht richtig Druck … Kommt!«

Wir gingen zum Aufzug. Harald Holtz drückte den Knopf.

»Das mit ›Wetten, dass?‹ wisst ihr, oder?«

»Hä?«

»Hat Steffi noch nichts gesagt?«

Steffi war die Frau, die unsere Termine koordinierte.

»Nein, was?«

»Ihr seid beim nächsten ›Wetten, dass?‹«

Axel und ich schauten uns überrascht an.

»Da macht ihr dicke Backen, was?«, gefiel Harald Holtz unser Staunen. »Größte Show Europas, will ich euch nur mal sagen … Also zieht gefälligst nicht immer solche Gesichter!«

Wir stiegen unten aus. Ich konnte es kaum glauben: »Wetten, dass?« war heilig. »Wetten, dass?« hatte ich schon als kleiner Hosenscheißer mit den Eltern geguckt. Zu »Wetten, dass?« durften nur die Allergrößten. Welch eine Ehre, dass wir dort auftreten sollten. »Wetten, dass?« schaute jeder.

Jeder.

Sonja.

Auf einmal war die Idee da. Und sie war genial. Genial im Quadrat. Ach, was redete ich: genial im Kubik!!

»Ich mach Sonja vor ganz Deutschland 'ne Liebeserklärung!«, flüsterte ich Axel beim Betreten des Tonstudios zu.

»Was?«

»Na, ich erklär Sonja bei ›Wetten, dass?‹ meine Liebe! Live vor versammelter Nation!«

Axel schaute mich an wie einen Gemeingefährlichen.

»Das ist perfekt!«, war ich mir sicher. »Einen größeren Liebesbeweis gibt es gar nicht ... Welcher Normalo kann mit SOLCH einer Nummer auffahren?? Das ganze Land soll erfahren, dass Sonja und ich zusammengehören!«

»Alter, ich mein das nicht böse, aber du musst endlich kapieren, dass ...«

»Was tuschelt ihr da?«, unterbrach Harald Holtz. »Los, hört euch das an!«

Er klopfte Studiomann Klaus auf die Schulter.

»Fahr ab ... Und dreh richtig auf!«

Klaus drückte ein paar Knöpfe. Eine unterirdische Melodie mit ebenso unterirdischem Text ertönte. Als Demo noch eingesungen von irgendeiner Studioassel, doch schon bald ein echter Originalhit der Glücksdiabetiker. Auweia.

»Das ist mal 'ne zweite Single, was?!«, schrie Holtz über den Lärm.

Ich nickte, damit er zufrieden war. In Gedanken war ich bei meiner brillanten Idee. Eine Liebeserklärung an Sonja live bei »Wetten, dass?« Fantastisch. Das würde sie endlich überzeugen. Ich würde doch noch ihr neuer alter Star. Wie damals in der Sansibar auf Sylt, als wir die Flasche Wein als schönstes Paar des Abends bekommen hatten. Wie in den guten Zeiten. Wahnsinn. Ich musste an die Sternschnuppe vor ein paar Tagen denken. Das funktionierte ja tatsächlich!!!

In der Zwischenzeit dröhnte aus den Boxen volles Rohr unsere kommende Single:

♪♪♪ *Hepatitis Sex-C!*
Das hast du im Blut!
Hepatitis Sexy-C!
Das tut mir so gut!
Nanananananana ...
Ich werde gelb vor Lust!
An deiner süßen Brust!
Nanananananana ... ♪♪♪

VII

Eine Riesentraube Fans vor der Sporthalle Böblingen hinderte uns am Durchkommen. Wir waren so dicht umzingelt, dass es mir in unserem Wagen trotz verriegelter Türen unheimlich wurde. Draußen entdeckte ich Grußbotschaften an Axel und mich, konnte bei so manchem Teenager-Mädchen nicht abschließend urteilen, welche Region unter stärkerer Irritation litt – ihre Gesichtshaut oder ihr Geist:

♡ ♡ ♡ Glücksdiabetiker, ihr seid spitze! ♡ ♡ ♡
♡ ♡ ♡ ♡ ♡ ♡ ♡ ♡ ♡
♡ ♡ ♡ Gebt mir vorn und hinten eure Spritze! ♡ ♡ ♡

Von allen Seiten trommelten Hände auf unseren Wagen ein. Hoffentlich waren die Scheiben dick genug, diesem Wahnsinn Paroli zu bieten. Gesichter quetschten sich ans verdunkelte Glas, starrten mit irrem Blick zu uns hinein. Ich zuckte erschrocken auf meinem Sitz zurück, hoffte, dass der Fahrer uns bald aufs VIP-Gelände rettete. Draußen hörte ich die Security brüllen:

»ZUR SEITE!!! ZUUUR ---- SEEEITEEE!!! PLATZ DA!!!«

Als wir endlich weiterfuhren, quietschten besonders hartnäckige Hände die Scheiben entlang, ein Geräusch, das mir Gänsehaut bereitete. Dann waren wir vorübergehend in Sicherheit. Der Fahrer parkte am Halleneingang, wir wurden von einem Mitarbeiter des Teams empfangen, der uns zu den Garderoben brachte. An den Türen hingen bereits die großen Namen des Abends. Ich schaute mich um, ob auf dem Gang schon irgendwelche Über-Promis rumliefen. Noch niemand zu sehen. Meinetwegen sollten die ruhig wegbleiben – dann konnten wir uns nachher neben Gottschalk auf dem Sofa wenigstens ordentlich ausstrecken. Mit genug Zeit für das WIRKLICH wichtige Thema des Abends.

»Ich hab 'n gutes Gefühl!«, sagte ich zu Axel, während man uns zum Gästeraum brachte.

»Deine Live-Liebeserklärung an Sonja?«

Ich nickte.

»Du willst das echt durchziehen?«

»Na klar! Pass bloß auf, dass ich keinen Rückzieher mache – das ist DIE Chance!!«

Axels lautes Ausatmen klang wenig nach Zustimmung.

»Ich helf dir, Alter …«, nickte er. »Ich helf dir, weil wir Freunde sind und du mich darum bittest. Ich glaub trotzdem nicht, dass das richtig ist.«

Axels letzte Worte bekam ich schon nicht mehr wirklich mit. In Gedanken war ich bereits weiter: In wenigen Stunden würden Sonja und ich endlich wieder together forever and never to part sein – das neue Traumpaar der Nation. Wahrscheinlich würden wir in jedem Jahresrückblick sitzen und unsere verrückte Geschichte erzählen müssen. Aber gut, das würden Sonja und ich gerne tun. Als lebendes Vorbild, dass Liebe wirklich ALLES besiegte. Selbst Blödheit.

Unser Gästeraum war nett eingerichtet. Auf dem Tisch stand ein kaltes Mini-Buffet: Schnittchen, frisches Obst und Getränke. Auf der anderen Seite ein Fernseher, der das Geschehen in der Halle zeigte. Die prachtvolle »Wetten, dass?«-Couch war zu sehen, an der Mitarbeiter mit wichtigem Blick vorbeihuschten. Während ich die Bühne bestaunte, bediente Axel sich am Buffet. Ich selbst zeigte Stärke. Heute kam es auf jeden Nanometer flacheren Bauch an.

»Wo bleiben Leticia und Maria?«, wurde Axel ungeduldig.

Ich schaute auf die Uhr.

»Die müssten eigentlich jeden Moment kommen …«

Es klopfte an der Garderobe. Ein Typ mit Headset stürmte herein.

»Kommen Sie mit? Wir machen gleich ’ne Probe!«

Axel stopfte sich schnell noch ein Schnittchen rein. Dann brachte man uns nach unten.

Als wir die Halle betraten, schluckte ich einen geschätzten Liter Speichel vor Ehrfurcht: Die »Wetten, dass?«-Kulisse strahlte in natura noch viel mehr als auf dem Fernseher. Die halbkreisförmige Promicouch war der Wahnsinn. Axel ließ sich mit Wucht auf das riesige Sitzmöbelstück fallen.

»Lässt sich aushalten!«, urteilte er fachmännisch. »Bisschen durchgesessen von den fetten Promi-Ärschen, aber sonst bequem …«

Auch ich setzte mich aufs Sofa, testete schon mal die optimale

Sitzposition für den Talk mit Thommy. Überlegte die Worte, die so schwierig waren. Die richtigen Worte an Sonja.

»Kommen Sie beide rüber?«

Kaum hatte der Aufnahmeleiter gerufen, wurde das Bühnenbild für unseren Auftritt reingerollt. Kurz war ich unsicher, ob mir vielleicht oben jemand heimlich LSD ins Getränk geträufelt hatte. Mit offenem Mund starrte ich auf die von insgesamt zehn Männern gezogene Riesendeko.

»Siehst du … Siehst dasselbe wie ich?«

»Ich weiß nicht …«, traute auch Axel seinen Augen kaum. »Siehst du was richtig Krankes?«

Ich nickte.

»Was richtig, RICHTIG Krankes??«

Ich nickte erneut.

»Dann ja, Alter … Dann ja!«

Wir erhoben uns vom Sofa und gingen rüber. Die überdimensionale Goliath-Spritze mit der Aufschrift **GLÜCKSINSULIN** war bereits angeschmissen, fuhr auf einer motorisierten Schiene auf und ab. Sobald die Nadel unten ankam, stach sie in den Bauch eines riesigen Holzkameraden, dessen hängende Mundwinkel sich in diesem Moment zu einem Lächeln hoben. Kaum fuhr die Nadel wieder hoch, zeigte die Figur ihr altes trauriges Gesicht. Ich kannte solch gigantische Gebilde sonst nur von Jahrmarkt-Geisterbahnen. Für die beweglichen Mundwinkel stand hinter der Kulisse ein Typ, der im richtigen Moment am Seil zog.

»Klasse ausgedacht vom Pitti, was?«, fragte der Aufnahmeleiter stolz.

»Von wem?«

»Pitti! Unser kreativer Mastermind fürs Bühnenbild … Hier, der Bluttropfen an der Nadel – allein daran hat er eine ganze Woche getüftelt!«

Axel streckte die Hand aus.

»NICHT ANFASSEN!!!«, rief der Aufnahmeleiter. »Das ist hochempfindlich!!«

Axel zog seine Finger zurück. Der Typ vom Team beruhigte sich.

»Eigentlich sollten auch noch die Mundwinkel automatisch werden …«, erklärte er. »War leider zu wenig Zeit für die Elektronik.«

»Hey Jungs!«, hörte ich eine vertraute Stimme. Axel und ich drehten uns um: Maria, die gerufen hatte, und Leticia wurden rübergebracht. Ich freute mich, die beiden zu sehen. Axel und Leticia arbeiteten ihr Getrenntsein von ewigen fünf Tagen sofort zärtlich auf. Maria und ich standen vor der riesigen Glücksdiabetiker-Kulisse, starrten wie überforderte Museumsbesucher, die das Kunstwerk nicht kapierten.

»Das ist irgendwie … na ja … also, es IST auf jeden Fall …«, stellte Maria fest.

»Sehe ich ganz genauso.«

»Meinen die das ernst?«

»Anscheinend schon. Das ist 'n echter Shitti … äh, Pitti.«

»Ein was?«

»Ein Pitti … Der macht hier die Kulissen. Wenn hinten einer am Tau zieht, gehen sogar die Mundwinkel hoch.«

Ich zeigte auf das traurige Gesicht des dämlichen Holzriesen. Maria musterte es genauer.

»Sollst DU das sein?«

»Hä??«

»Der sieht aus wie du.«

Na, vielen Dank für die Blumen.

»Jetzt hör mal auf – du kannst mich doch nicht mit diesem … Ding da vergleichen!«

»Alle auf Position, wir proben!«, scheuchte man uns zusammen. Axel und Leticia unterbrachen ihr Speichel-Austauschprogramm, wir nahmen unsere Plätze vor Pittis Kulisse ein.

»Stellen Sie sich bitte genau vor Ihr großes Ebenbild!«, erhielt ich Anweisung. »Damit das optisch gut wirkt mit der Zwillings-Nummer …«

Ich schaute zu Maria, schüttelte den Kopf und rückte rüber, bis ich vor dem Holzheini stand.

»Perfekt!«, rief der Aufnahmeleiter. »Musik ab!«

Das Playback wurde abgefahren. Während der stumpfe Beat durch die Halle dröhnte, performten Axel, Maria, Leticia und ich unsere bewährte Show. Diverse »Wetten, dass?«-Teamleute saßen verstreut in den ersten beiden Zuschauerreihen. Einige schauten gelangweilt zu, andere waren in ihren Ablaufplan vertieft. Das änderte sich erst, als ich hinter mir ein abgrundtief fieses Geräusch hörte. Eines, das ausnahmsweise NICHT zu unserem Song gehörte. Sofort hatten wir die volle Aufmerksamkeit des Teams.

KRRRCHHHHHHHHHHHHHHH!!! -- KRRRCHHHHHHHHHHHHHHH!!!

Ich drehte mich um: Die fahrbare Riesenspritze hing eingeklemmt auf halber Höhe. Sie zitterte mit durch Mark und Bein fahrendem Geräusch von aufeinander kratzendem Metall.

KRRRCHHHHHHHHHHHHHHH!!! -- KRRRCHHHHHHHHHHHHHHH!!!

Mehrere Leute kamen angerannt, schalteten den Motor ab. Gemeinsam versuchten sie, die verhakte Spritze zu lösen. Um nicht untätig danebenzustehen, packte ich vorne mit an.

»Danke, wir schaffen das schon…«, wollte das Team uns keine Umstände bereiten.

»Kein Problem!«, hob ich die Spritze. »Ich helf gerne.«

»Bitte lassen Sie, das ist sehr empfindlich.«

»Ich sag doch: Ich helf GERNE!«

»Vorsicht!«

»Was?«

»NICHT!!«

KLACK!

Autsch. Das roch nach Ärger. Die »Wetten, dass?«-Mitarbeiter starrten auf die abgebrochene Nadel in meiner Hand.

»Äh … oh … oh, oh.«

Ich drehte den langen grauen Stab, spießte dabei aus Versehen fast einen der Mitarbeiter auf. Mit kollektivem Lynch-Blick schaute der Team-Mob mich an.

»Keine Panik!«, trat ich einen Schritt zurück, zeigte beschwichtigend auf die Nadelspitze. »Guckt: Der Bluttropfen hängt noch dran…«

Wütend riss man mir den Stab aus der Hand.

»Ich bring Sie besser wieder hoch!«, knurrte der Aufnahmeleiter. »Wir müssen das jetzt reparieren!«

»Wie läuft's nachher, wenn das Lied vorbei ist?«, fragte ich. »Das haben wir doch noch gar nicht gepro…«

»Herr Gottschalk nimmt Sie mit zur Couch! Das werden Sie ja wohl gerade noch hinkriegen – oder reißen Sie auf den paar Metern die ganze Halle ab?!«

Ich sagte besser nichts mehr. Wir wurden abgeführt.

»Das kriegen die schon wieder hin…«, wollte Leticia mich beruhigen.
»Das sind Profis!«, meinte auch Axel. »Sonst wären die nicht bei ›Wetten, dass?‹«
Hoffentlich. Das würde sonst noch bescheuerter aussehen als sowieso schon. Hätte ich bloß die Finger von der dummen Spritze gelassen. Hätte, würde, könnte. Ich sah beim Verlassen der Halle, wie unsere Kulisse zur Seite gerollt und brennende Mülltonnen reingeschoben wurden. Die waren für Puff Daddy. Oder P. Diddy, Duddy, Doddy, Diddely-Doodely-Do oder wie auch immer er sich im aktuellen Quartal nannte. Während eine bleiche Kabelhilfe die Rolle des noch nicht eingetroffenen Rappers übernahm, zum Playback als falscher Puffy abspackte, ging es an unserer schwerverletzten Kulisse dramatischer zu als bei Emergency Room:
»Gaffa-Tape, schnell!«
»Das sehen die Zuschauer! Wir müssen schweißen, sonst verlieren wir sie …«
»Das schafft die Spritze nicht!«
»Dieses Risiko müssen wir eingehen!!«
Ich hörte jemanden rufen:
»Lasst auf KEINEN Fall Pitti hier rein, bevor das repariert ist!!! Das überlebt er nicht!!«

Der Aufnahmeleiter brachte uns zurück in die Garderobe, zog gleich darauf wütend ab. Die Gesetze der Akustik trugen ein zärtlich nachhallendes »Arschloch!« an meine Ohren.
»Ich glaub, wir machen uns hier nicht gerade beliebt…«
»DU machst dich hier nicht gerade beliebt!«, korrigierte Axel.
»Hey, das mit der Spritze war ’n Versehen!«
»Nicht streiten…«, bat Leticia. »Ihr wollt doch gleich ’nen guten Auftritt hinlegen.«
Ich warf mich in den Sessel. Maria setzte sich neben mich.
»Hast du schon überlegt, was du sagst?«
»Wegen Sonja? Och, so ’n bisschen.«
Als ob ich die ganze letzte Nacht auch noch wegen irgendwas anderem wachgelegen hätte.
Maria guckte mich an.

»Ich weiß, was du denkst!«, sagte ich. »Und ich versteh, dass ihr mich am liebsten von der Aktion abhalten würdet... Aber glaub mir: Das funktioniert diesmal. Ganz sicher.«

Sie antwortete nichts.

»Ehrlich... Ich hab das alles todsicher durchgeplant!«

Maria schaute mich weiter an.

»Dann mach ihr die tollste Liebeserklärung der Welt...«, lächelte sie schließlich. Es war kein überzeugtes Lächeln, aber zumindest ein unterstützendes. Eines, für das ich ihr dankbar war.

Als wir um 20 Uhr, eine Viertelstunde vor Showbeginn, in unserer Garderobe saßen, schmuste Axel mit Leticia. Ich mit meiner Scheißaufregung. Die Mädchen hatten sich in ihrer eigenen Garderobe umgezogen, waren wie wir in der Maske gewesen. Fertig für unseren Auftritt verfolgten wir auf dem Fernseher gemeinsam das Warm-up. Ein Einheizer feuerte das Hallenpublikum an, als ging es hier um Leben und Tod. Zumindest für mich war das durchaus zutreffend. Und dann fiel der Startschuss: Die gelben »Wetten, dass?«-Buchstaben flogen ins Bild, der Sprecher kündigte die Stars des Abends an. Ein Foto von uns wurde eingeblendet:

»Sie geben dem Affen Zucker – Die Glücksdiabetiker!«

Der Kamerakran zischte haarscharf über die Köpfe im Saal, schlug am Ende des Zuschauermeers einen scharfen Haken. Zielsicher flog er auf das Tor zu:

»Und hier ist Ihr Gastgeber: Thomas... Gottschalk!«

Mit weit ausgebreiteten Armen kam er heraus: unser Thommy! Strahlend eröffnete er mit einigen flott aus der Hüfte geschossenen Scherzen die Show, begrüßte den Bürgermeister von Böblingen in der ersten Reihe. Danach erklärte Thommy die Stadtwette.

»Also!«, fasste er zusammen. »Wir brauchen 50 Böblinger, die verkleidet als Sparfüchse zum Marktplatz kommen und Foxtrott tanzend ›Auf de schwäb'sche Eisebahne‹ singen!«

Während ich noch bewunderte, wie die bei »Wetten, dass?« immer auf diese totaaaaal verrückten Ideen kamen, die so liebevoll frech, aber nie boshaft die regionalen Eigenarten aufs Korn nahmen, begrüßte Thommy schon seine ersten Gäste: Antonio Banderas und Catherine Zeta-Jones, die einen gemeinsamen Film promoteten.

Zeta-Jones schaute zauberhaft aus. Schöne Frau. Gottschalk sah das anscheinend ähnlich: Die Show lief gerade mal knapp zehn Minuten, und schon war unklar, ob Thommy ihr das Kleid zurechtzupfte oder doch auszog. Dann verlas er die erste Wette. Ein Schweizer aus Winterthur behauptete, er konnte die Herkunft von 120 Küchenschaben aus ebenso vielen Ländern allein an deren Geschmack erkennen. Sofort entfachte in unserer Garderobe zwischen Axel und mir eine heiße Diskussion:

»Wie soll DAS denn gehen?? Unmöglich!«

»Wieso, Alter? Vielleicht hat der einfach feine Geschmacksknospen.«

»Von wegen … Das ist ’n ganz mieser Betrüger, das spür ich!«

»Seid mal leise!«, brachte Maria uns zur Ruhe. »Die Wette läuft schon …«

Wir schauten wieder auf den Fernseher. Thommy hatte aus insgesamt 120 kleinen Kästchen sechs ausgewählt. In jedem wartete ein Tierchen auf seinen großen Auftritt. Damit der Schweizer wirklich nichts sah, hatte man ihm eine enge Taucherbrille verpasst. Auf den schwarzen Gläsern klebte jeweils eine fette Plastik-Kakerlake.

»Jetzt Konzentration!«, öffnete Thommy das erste Kästchen, hielt es dem Wettkandidaten vor den Mund. Dieser leckte der Schabe über den Panzer. Sie versuchte, sich in die Ecke zu verkriechen, entkam der langen, feuchten Zunge des Schweizers jedoch nicht. Thommy zog das Kästchen weg.

»Dein Tipp?«

Er war offenbar unsicher.

»Könnte ich’s noch mal schmecken, bitte?«

Thommy hielt ihm die Küchenschabe erneut hin. Wieder lutschte der Schweizer Kandidat intensiv an der Kakerlake.

»Das müsste sein … ähhh … pffffffffff … Japan.«

Das Publikum flippte aus.

»Japan ist RICHTIG!«, rief Gottschalk, griff sich gleich den nächsten Schabenkäfig. Der Schweizer brillierte mit seiner Lecktechnik bravourös: Ägypten, Färöer-Inseln, Schweiz (ein Landsmann – gut, der war einfach), Fürstentum Liechtenstein und Aserbaidschan mit Vorfahren mütterlicherseits aus Papua-Neuguinea – obwohl er nur fünf aus sechs Kakerlaken-Nationalitäten hätte erkennen müssen, machte der Kandidat keinen einzigen Fehler.

»Wette klar gewonnen!«, stellte Thommy das letzte Kästchen zurück zu den anderen. Während die »Wetten, dass?«-Buchstaben hüpften, liefen die abgeschlabberten Küchenschaben verstört im Kreis.

»Schiebung…«, murmelte ich. Das war mir alles ein klein wenig ZU perfekt von diesem Wunderlecker. Hoffentlich wurde der Typ, im wirklichen Leben Küchenchef eines Züricher Restaurants, nicht auch noch Wettkönig.

Thommy Gottschalk begrüßte seinen nächsten Star: Oberdiva Madonna. Zwischen zwei Kindershoppingtouren in Afrika durfte sie bei »Wetten, dass?« in Böblingen ihr Kabbala-Blabla loswerden. Dann stieß auch noch Boris Becker dazu. Ein Mann, so angenehm wenig ichbezogen, dass er von sich am liebsten in der dritten Person sprach. Ein Boris Becker war und blieb der Allergrößte. Er bekam die so genannte Kinderwette: Der siebenjährige Tobias wettete, er konnte Gottschalks sämtliche »Mein Lieber!« der letzten zehn Ausgaben »Wetten, dass?« auf die Sekunde genau zuordnen. Niedlich. Und gar nicht so einfach, das waren immerhin über 2000 Stück. Eben ein echter, tapferer Fan, der kleine Tobi.

»Sie müssen nach unten!«

Ich war so in die Sendung vertieft gewesen, dass ich unsere Betreuerin gar nicht hatte reinkommen hören.

»Jetzt schon?«, fragte ich.

Sie nickte.

»Nach der Kinderwette sind Sie dran.«

»Na dann, Freunde – machen wir 'n paar Herzen glücklich!«, mimte ich die coole Sau, folgte mit den anderen unserer Betreuerin. Für meine große Liebeserklärung an Sonja vor der ganzen Nation gab es nur zwei mögliche Ausgänge: Entweder ich war danach endgültig beziehungspleite. Oder ich gewann alles um ein Vielfaches zurück. Das entscheidende Spiel – und ich war All In, Baby!

Die Betreuerin übergab uns einem Kollegen, der uns hinter die Kulissen führte.

»Mein Lieber!«, hörte ich wenige Meter entfernt in der Halle. Totenstille – diesen einen noch, und Knirps Tobias hatte seine Kinderwette gewonnen. Thommy bot ihm an, das gerade eingespielte »Mein Lieber!«

ein weiteres Mal anzuhören, doch das hatte der pfiffige »Wetten, dass?«-Nachwuchsfan nicht nötig:

»Das war aus der Show von heute, 21 Uhr 40!«, vernahm ich die Kinderstimme. »Als ich das ›Mein Lieber!‹ von EBEN geraten habe.«

»Mein Lieber!«, rief Thommy voller Anerkennung. »Respekt … Das ist absolut richtig!!«

Während der Saal den kleinen Tobias feierte, wurden wir an unserer Glücksdiabetes-Deko abgeliefert. Ein kleiner, rundlicher Mann stand bereits dort. Er streichelte zärtlich über die geflickte Riesenspritze, sein uns zugewandter Rücken bebte. Ich hörte ihn schniefen und schluchzen. Es war ein herzzerreißender Anblick: Während aus dem Saal gute Laune und Frohsinn an unsere Ohren drang, kauerte in dieser dunklen Ecke ein trauriges, verletztes Männlein. Vorsichtig ging ich auf die weinende Gestalt zu.

»Sind Sie … Pitti?«

»Hhmmmihmmmmiiiiii!«, brachte er nur ein Wimmern zustande.

»Ähm … War das ein ›ja‹ oder ein ›nein‹?«

»Hhmmmihmmmmiiiiii!«

»Das mit der Spritze tut mir leid, ehrlich …«, legte ich die Hand auf Pittis Schulter. Hysterisch quiekend schlug er sie weg. Maria und Leticia nahmen die weinende Gestalt in den Arm.

»Es war … Es war …«, versuchte Pitti zu sprechen.

»Lassen Sie ruhig alles raus …«, streichelte Leticia ihm über den Rücken.

»Es war … Es war MEIN BABY!!«

Er bekam einen erneuten Weinkrampf. Nun war aber mal gut.

»Bei aller Liebe, Pitti … Das Ding ist repariert, das sieht keine Sau mehr.«

Ich klopfte zur Demonstration gegen die Riesenspritze, worauf die geflickte Nadel sich wieder halb löste. Locker baumelte sie herunter.

Oh.

Oh oh.

»NEEEEEEEEEEEEEEEEEEEEEEEEEEEEEEEEEEEEEEEEIN!!!«

In Todespanik schlug Pitti die Hände an den Kopf, fuhr herum. Das blanke Entsetzen auf seinem Gesicht ließ mich schaudern, würde mich für alle Zeiten in meinen Träumen verfolgen. Pitti rannte davon.

Aus dem Saal hörte ich Thommy witzeln:

»Das war mein Chef – der hat gerade erfahren, wie viel ich überziehe …«

Selbst on air hatte man Pittis Schreien gehört. Peinlich. Noch peinlicher die jetzt auf halb acht hängende Plastiknadel. Die hielten nur noch Gevatter Hoffnung und der liebe Gott mit dem Rest der Konstruktion zusammen. Beide erfahrungsgemäß nicht die zuverlässigsten Zeitgenossen.

»Alter, wieso lässt du nicht die Finger davon?«

»Ich krieg das wieder hin!«, wollte ich die angebrochene Nadel irgendwie reparieren. Draußen verabschiedete Thommy den kleinen Tobias.

»Zu spät …«, hielten Maria und Leticia mich zurück. »Das schaffst du nicht mehr.«

Der Typ, der uns hergebracht hatte, kam hektisch angelaufen.

»Was haben Sie mit Pitti gemacht?? Der sollte doch die Technik überne…«

Er entdeckte die kaputte Nadel.

»Oh – mein – Gottschalk!!«

Es war wie verhext: Egal, ob irrsinnig schöne Beziehungen oder schön irrsinnige Kulissen – alles, was ich anfasste, machte ich kaputt. Wirklich alles. Draußen kündigte Thommy uns an.

»Sie sind dran!«, scheuchte der Typ vom Team uns auseinander. »Schnell!«

Während wir uns aufreihten, schmiss er den Motor an. Die Spritze begann zu fahren, die abgeknickte Nadel pendelte gefährlich. Der »Wetten, dass?«-Mann bekreuzigte sich, bevor er am Seil für die Mundwinkel verschwand. Noch während Thommy uns anmoderierte, wurden wir samt Riesendeko in die Halle gedreht. Als das Publikum uns entdeckte, erhob sich ein Gekreische und Gebrülle.

»… seit Wochen auf Platz eins – bei uns gibt es sie ohne Rezept und Krankenschein!«, feuerte Thommy seinen Finger in unsere Richtung. »Hier sind … Die Glücksdiabetiker!!«

Das Playback wurde abgefahren. Wir zogen unsere Nummer ab wie immer – doch diesmal blendete ich den unerträglichen Deppenbeat und meine verstümmelte Stimme im Kopf einfach aus. Ich stellte mir vor, ich würde das Lied so pur und aufrichtig darbieten, wie ich es ursprünglich geschrieben hatte. Reduziert auf das einzig Wesentliche. Ich sang es hier und heute bei »Wetten, dass?« nur für Sonja – auch wenn sie und die Millionen Zuschauer meine echte Stimme über das Vollplayback nicht hören konnten.

KLONG!!!

Die abgebrochene Nadel fiel herunter, zitterte auf dem Boden nach. Trotz der lauten Musik drang von hinten ein grauenvoller Todesschrei an mein Ohr. Wir performten weiter, als sei nichts geschehen. Die kaputte Riesenspritze fuhr noch immer auf und ab, erreichte aber nicht mehr die Figur. Was den Typen hinten am Seil nicht davon abhielt, die Mundwinkel trotzdem zu bewegen. Um die Panne zu überspielen, schmissen die »Wetten, dass?«-Techniker geistesgegenwärtig die Nebelmaschine an. Dachte ich zumindest, bis ich merkte: Der Qualm kam vom Motor der Spritze. Irgendwie war echt der Wurm drin. Seitlich sah ich schon zwei Typen mit Feuerlöschern bereitstehen. Selbst davon ließen wir uns nicht beirren, brachten unseren Auftritt bis zur letzten Sekunde zu Ende. Frenetischer Applaus erfüllte die Halle.

»Die Glücksdiabetiker!«, kam Thommy mit Blumen rüber, verabschiedete Maria und Leticia mit viel Bussi Bussi und Grabbel Grabbel. Die beiden bedankten sich mit einem kleinen Knicks. Thommy deutete auf die qualmende, kaputte Kulisse.

»Mein Lieber!«, kumpelte er mich an. »Ihr habt ja ’ne bessere Pyro-Show als Rammstein – Respekt! Wenigstens ist dein großer Bruder noch ganz …«

Fürs Protokoll: Wenn mich noch irgendjemand mit Pittis Figur verglich, würde ich ihm dieses Acht-Meter-Ding persönlich rektal einführen. Schnell aufs Sofa.

Thommy brachte Axel und mich zur Promicouch. Wir gaben allen, die bereits dort saßen, wohlerzogen die Hand: Catherine Zeta-Jones, Antonio Banderas, Boris Becker und Madonna. Letztere sparte sich jede Mühe, ihren Arsch auch nur ansatzweise aus Höflichkeit zu heben. Arrogante Zicke. Die war doch bloß frustriert, dass sie sich nicht mehr neu erfinden konnte, weil sie alle Religionen durch hatte. Wir nahmen Platz. Axel machte sich sofort über die Gummibärchen auf dem Glastisch her. Unsere Fans im Publikum kreischten weiter. Ich winkte ihnen zu, worauf sie noch mehr ausrasteten. Thommy strahlte sich einen Wolf, spekulierte darauf, dass unsere Anhänger irgendwann müde wurden. Da kannte er sie schlecht.

»Kinder, beruhigt euch!«, verlor auch er irgendwann die Hoffnung. »Der Onkel Thomas will sich mit den beiden ganz kurz unterhalten…«

Unsere Fans krakeelten noch lauter. Zum Überbrücken beugte Thommy sich vor zu Madonna, deutete auf Axel und mich.

»Schon zwei fesche Buam, unsere Glücksdiabetiker, oder?«

Madonna wartete auf die Übersetzung in ihrem Ohr.

»Yeah … absolutely …«, antwortete sie gelangweilt mit den leersten Augen, die ich je gesehen hatte.

»Ihr merkt: Böblingen liegt euch zu Füßen!«, sagte Thommy, als schließlich doch etwas Ruhe im Saal einkehrte. »Wie ist es denn so als neue Superstars?«

Jetzt kam es darauf an. Da Axel eh gerade den Mund voll Gummibärchen hatte, beschloss ich, Thommys Vorlage direkt zu verwandeln. Die Nation sollte Zeuge meiner großen Worte an Sonja werden. Ich atmete durch und legte los:

»Weißt du, Thommy – um diesen ganzen Berühmtheits-Quatsch geht's mir gar nicht. Ich hab das Lied nur geschrieben, weil ich damit …«

»Mein Lieber, kleinen Moment!«, gab er mir einen Klaps aufs Bein, beugte sich mit unendlich klagender Stimme vor. »Madonna, you have to go …«

Madonna, die auf dieses Stichwort nur gewartet zu haben schien, sprang erleichtert vom Sofa auf.

»Yes, sorry … I have to get my plane.«

Als Schauspielerin war sie schon immer miserabel gewesen. Zumindest ihre Übersetzerin legte viel Verve in die gefühlvolle Interpretation von Madonnas innerer Zerrissenheit:

»Ja, sorry … Ich muss meinen Flieger kriegen.«

Vor lauter Verzweiflung, vorzeitig die Show verlassen zu müssen, bebte Madonnas Kiefer. Auf jeden Fall hätte man ihr unterdrücktes Gähnen so deuten können. Thommy bekam einen Strauß Blumen rübergeworfen, den er Madonna überreichte.

»It was a pleasure to have you here!«

Madonna marschierte schnellen Schrittes ab – natürlich ohne sich von uns zu verabschieden. Endlich war die weg.

»Du wolltest gerade was sagen…«, erinnerte sich Gottschalk. »Bitte!«

»Genau, Thommy!«, öffnete ich vor versammelter Fernsehnation mein Herz. »Ich möchte diese Gelegenheit nutzen, um hier und jetzt, vor allen zehn Millionen Zuschauern, meiner großen …«

»Augenblick!«, hob Gottschalk den Finger. »ZWÖLF Millionen im Schnitt sind's schon… Manchmal sogar noch mehr.«

»Meinetwegen auch ZWÖLF Millionen! Jedenfalls möchte ich meiner großen Liebe, der Traumfrau meines …«

»Österreich und Schweiz kommen natürlich auch noch dazu… Aber egal, ich will dich nicht unterbrechen – was wolltest du sagen?«

Jetzt nicht die Nerven verlieren. Hilfesuchend blickte ich rüber zu Axel, der Antonio Banderas mit einem klatschenden Schlag auf die Hand klarmachte, wem das letzte Gummibärchen in der Schale gehörte. Noch mal von vorne.

»Ich möchte einfach meiner …«

»Mein Lieber, ich krieg schon wieder Zeichen – wir müssen zu eurer Wette kommen… Immer, wenn man sich gerade so schön unterhält!«

Hmmmrrrppphhh!!

»Jetzt schieb die Wette schon rüber, Blondie!«, rief Axel im Zuckerrausch, hielt die leere Schale hoch. »Und füllt hier vielleicht mal jemand nach? Wozu drückt HARIBO euch die Millionen denn ab??«

»Diese Wette ist genau was für euch!«, versprach Thommy. »Ihr wisst: Es gibt außer Glücksdiabetes noch viele andere Gründe, eine Spritze zu kriegen. Zum Beispiel kommt jetzt bald wieder die böse Grippezeit …«

Ich nickte Thommy an, ohne zu wissen, worauf er hinauswollte. Ich wusste nur: Die Chance von eben war vertan. So eine Kacke!!

»Ihr werdet gleich verstehen, was ich meine …«, senkte Thommy den Blick auf sein Kärtchen. »Ich les euch die Wette erst mal vor: Martin Simanski aus Bad Salzuflen wettet, dass er es schafft, seinem Kollegen Karl-Heinz Eggers eine medizinisch einwandfreie Grippeimpfung zu verpassen.«

Hä?

»Das allein wäre noch nichts Besonderes …«, fuhr Thommy fort. »Aber – und jetzt kommt's, aufgepasst: Martin schleudert die Spritze in den Po von Karl-Heinz mit einer Baggerschaufel aus zehn Metern Entfernung!«

Die Baggerwette? Die Königin unter den Wetten bekamen WIR?? Trotz der widrigen Umstände war ich geschmeichelt.

Thommy stand vom Sofa auf.

»Denkt in Ruhe nach, was ihr tippt … Ihr braucht euch nicht sofort zu entscheiden, ich stell euch die beiden erst mal vor.«

Er schritt zum anderen Teil der Bühne, wo die Wettkandidaten im Bagger reingefahren kamen und aus dem gelben Ungetüm kletterten. Es folgten die Details, was Martin und Karl-Heinz aus Bad Salzuflen genau vorhatten: 1. Die kleine Spritze mit dem Grippeimpfstoff wurde vorne in die Schaufel geklemmt. 2. Baggerführer Martin schleuderte sie mit einem gezielten Ruck wie einen Dartpfeil nach vorne. 3. Zehn Meter weiter nahm Karl-Heinz die Spritze mit entblößtem Gesäß in Empfang. So zumindest die Theorie. Die Nadel musste, das betonte Thommy streng, auf jeden Fall im Fleisch der Pobacke halten, damit die Wette als gewonnen galt.

»Ihr könnt gerne rüberkommen, um euch ein Bild zu machen …«

»Danke, ich denk, wir haben das kapiert!«, antwortete ich. Sollten wir den Arsch von Karl-Heinz auf dessen Konsistenz überprüfen??

»Gut, dann sind wir jetzt gespannt auf euren Tipp … Was glaubt ihr: Schaffen die beiden das oder nicht?«

Alle Blicke richteten sich auf Axel und mich. Diese Situation hatte ich befürchtet. Wenn ich mir Martin und Karl-Heinz aus Bad Salzuflen so anschaute, diese beiden Launen der nordlippischen Natur, war weder mein erster noch mein zweiter Gedanke: So sehen Gewinner aus. Wer aber bei »Wetten, dass?« eiskalt »Das schaffen die NIE!« zu sagen wagte, war natürlich das Arsch der Nation.

»Was glaubst du?«, fragte ich Axel, schindete mit Pseudoberatschlagen etwas Zeit.

»Kriegen die hin!«

Mist. Ich wollte nicht allein als Buhmann dastehen.

»Meinst du wirklich?«

»Klar, schaffen die!«

»Ehrlich? Überleg doch noch mal ...«

»Alter, der feuert dem das Ding 1A in den Arsch!«

»Bist du GANZ sicher??«, schaute ich Axel vor Millionen Zuschauern an den Fernsehern scharf an. Boris Becker strich mit seinem Arm an der Hose entlang, damit das Hemd hochrutschte und den Blick unauffällig freilegte auf seine Armbanduhr.

»Ich möchte euch ja nicht hetzen ...«, wurde auch Thommy ungeduldig. »Aber alles über Mitternacht hinaus erklärt IHR meinem Chef.«

»Die schaffen das!«, verkündete Axel endgültig, erntete dafür lauten Sympathie-Applaus. Die Wettkandidaten schauten dankbar zu ihm herüber. Dieses hinterhältige Kameradenschwein.

»Du sagst, sie schaffen es!«, wiederholte Thommy, wandte sich an mich. »Und du?«

»Jaaaaaaa ... weißt du ... pffffff ...«, eierte ich rum. »Ich WÜNSCHE den beiden, dass sie es schaffen! Ganz klar!! Aber das klingt so unmöglich ... Ich kann das einfach nicht richtig ... NICHT falsch verstehen! Ich gönne es euch von Herzen, ganz tief hier drin, gar kein Thema ... aber ... nee ... nee ... Ich drück euch natürlich trotzdem beide Daumen!«

Der letzte Satz war Pflicht. Wieso ich ihnen beide Daumen drücken sollte, wo ich doch GEGEN sie setzte, wusste in Wirklichkeit kein Mensch. Aber das hier war schließlich nicht die Wirklichkeit. Das war »Wetten, dass?«.

»Du glaubst also nicht, dass sie es schaffen?«

»Na, na, na!«, korrigierte ich Thommy entschieden. »Soooo hab ich das nun auch nicht gesagt ... Aber ja, ich sag nein!«

Im Gegensatz zu Axel erhielt ich keinen Applaus. Dafür enttäuschte Blicke von Martin und Karl-Heinz, denen ich mit meinem Misstrauen das Bad Salzuflener Herz brach.

»Du sagst ja, du nein!«, fasste Thommy zusammen. »Das heißt: Einer von euch beiden muss GARANTIERT ran ... Für denjenigen, der seine Wette verliert, haben wir uns was Schönes überlegt!«

Der Wetteinsatz. Ich war gespannt.

»Schaut mal hier ...«, zog Thommy zwei Badewannen auf Rollen in die Halle. Er hielt seinen Finger in die linke, leckte ihn genüsslich ab. Ich bekam plötzlich ein ungutes Gefühl.

»Wir haben uns gedacht: Einen unterzuckerten Glücksdiabetiker kann man nur auf eine einzige Art wieder aufpäppeln – mit süßen Perlen der Liebe!«

Thommy grinste über beide Backen, das Publikum fing an zu lachen. Ich schaute auf den Monitor: Die Badewannen waren randvoll – die eine mit quietschbunten Kügelchen, die andere mit einer milchigen Flüssigkeit, die aussah wie … nein, bei aller Liebe: Das mochte selbst ich mir nicht vorstellen.

»Derjenige von euch, der verliert, steigt zuerst in den Zuckerguss und danach in die Liebesperlen!«, erklärte Thommy. »Wir möchten euch von Kopf bis Fuß glücklich eingehüllt sehen!«

Während er durch die bunten Kügelchen wühlte, jubelte das Publikum über den Wetteinsatz. Ich versuchte mein Entsetzen, so gut es ging, zu überspielen.

»Wir sollen … wie jetzt?! Mit Klamotten oder wie stellt ihr euch das vor??«

Thommy zeigte nach draußen.

»Ihr dürft euch vorher hinten umziehen … Wir haben fesche Badehosen, von mir persönlich ausgesucht!«

Axel und ich blickten uns an. Spätestens jetzt musste klar sein: Das war kein harmloses Spiel mehr. Wir waren verraten und verkauft – einen von uns beiden wollten sie darreichen als Menschenopfer für die Unterhaltung. Zur Bespaßung des Volkes in die Wanne voll Elefanten-Ejakulat zwingen und danach mit den krebsfarbstoffverseuchten Kugeln panieren. Während wir uns anstarrten, genau dies begriffen, verschwand jeder Funke von Freundschaft aus unseren Blicken. Für die Dauer der Wette würde uns nur ein einziges Gefühl verbinden: existentielle Feindschaft. Hier kämpfte jeder für sich allein.

Thommy ging mit großen Schritten zurück zum Bagger. Dort stieg Wettkandidat Martin in die Kabine, während Karl-Heinz auf der Markierung sein Gesäß freimachte und sich bückte. Nach dem Anschmeißen des Motors blieb Thommy nur noch zu verkünden:

»Top, die Wette gilt!«

DA-DA-DA-DAM!!!

Spannungsmusik ertönte, das Licht wurde heruntergefahren. Martin hatte anderthalb Minuten für zwei Versuche. Einer musste gelingen, sonst war die Wette verloren. Während ich auf der Couch für die Kameras die Daumen drückte, legte ich heimlich böse Versagensflüche auf Karl-Heinz und Martin. Um sicherzugehen, gleich auf ganz Bad Salzuflen inklusive Nachbargemeinden. Die beiden durften nicht gewinnen. Auf gar keinen Fall!

Martin fuhr die Baggerschaufel mit der Spritze in die Luft. Eine ruckelige Angelegenheit. Als er mit der Position der Schaufel zufrieden schien, nahm Martin die Feinjustierung vor. Seinen Kollegen Karl-Heinz, der ihm den käsigen Po mit vor Anspannung aufgerichtetem Arschhaar als Zielscheibe darreichte, behielt er konzentriert im Auge. Ich verspürte Angst, hätte mich beim Warten auf den ersten Schuss am liebsten an den schützend warmen Busen von Catherine Zeta-Jones gekuschelt. Dann ließ Martin die Schaufel mit einem Ruck fallen – zack, Schuss.

»AUUUUUA!!!«

Ich spürte einen stechenden Schmerz, sah die Spritze in meinem Oberarm hin und her wackeln. Sie hatte sich durch den Stoff tief ins Fleisch gebohrt. Meine Augäpfel schossen vor Entsetzen fast zu Fallobst heraus.

»Halt still ...«, beugte Axel sich rüber, während ich wie gelähmt auf die Spritze starrte. Statt sie rauszuziehen, drückte er fest auf den Kolben.

»AUA!!!«, schrie ich noch mal. »Spinnst du?!«

Axel entfernte die geleerte Spritze aus meinem Arm.

»Wenn die schon drinsteckt, kannst du auch gleich vorsorgen.«

»Alles in Ordnung?«, erkundigte sich Thommy.

Ich rieb über meinen Arm, hielt dann den Daumen hoch. Den Schmerz in meinem Arm linderte die Freude über den verkackten Querschläger.

Die Spritze für den zweiten und letzten Versuch wurde in die Baggerschaufel geklemmt. Karl-Heinz stand mit runtergelassener Hose weiter knallhart seinen Mann.

»Ihr habt noch fast 40 Sekunden ...«, beruhigte Thommy die beiden. »Die Uhr fängt erst wieder an zu laufen, wenn du die Schaufel bewegst. Keine Hetze also – es ist genug Zeit!«

Der entscheidende Versuch startete. Während Martin die Baggerschaufel wieder hochfuhr, verfolgte ich auf unserem Monitor die Zeit.

Nur noch 20 Sekunden, und Martin mühte sich noch immer ab. Axel und ich beäugten uns mit schmal zusammengekniffenen Lagerkoller-Augen.

»Ich freu mich schon auf dich als zuckersüßen Stripper …«

»Hoff lieber, dass deine Grippeimpfung schon wirkt, Alter – nur in Liebesperlen verkühlt man sich so leicht!«

»ZEHN! NEUN! ACHT! SIEBEN! SECHS! FÜNF! VIER! DREI! ZWEI! EINS!«, brüllte das Publikum die restlichen Sekunden mit. Es folgte ein offensichtlicher Verzweiflungsschuss: Martin ließ die Schaufel im letzten Moment fallen. Ich duckte mich, um kein weiteres Mal die Spritze abzukriegen. Diesmal jedoch flog sie nicht zum Promisofa. Doch wohin dann?? Zwar gab Karl-Heinz keinen Laut von sich, aber das sollte nichts heißen – schließlich war er durchtrainiert. Nach Sekunden der Ungewissheit erreichte uns die Großaufnahme seines Pos. Sie ließ Axel neben mir triumphieren: Im Fleisch des vom vielen Üben zerstochenen Gesäßes steckte die Spritze wie Excalibur im Felsen. Da gab es nicht den Hauch einer Diskussion. Wette gewonnen.

VERDAMMT!!!

Pflichtschuldig ging ich mit Axel rüber zum Gratulieren, überlegte vergebens, wie ich aus dieser Nummer jetzt noch rauskam.

»Sauber den Arsch hingehalten, Alter!«, beglückwünschte Axel Karl-Heinz, verpasste ihm mit einem kräftigen Schlag auf den Po die Injektion. Jetzt schrie er doch noch kurz auf. Während die Slow-Motion des geglückten Backentreffers lief, gratulierte ich Kollege Martin mit guter Miene zu sehr bösem Spiel. Ich konnte es in seinen Augen lesen: Er hatte den ersten Versuch nicht versehentlich verballert, oh nein. Das war Absicht gewesen. Die Spritze hatte ihr anvisiertes Ziel genau getroffen – höchstens ein paar Zentimeter zu weit rechts, weil er dem Zweifler auf dem Sofa genau ins Herz hatte schießen wollen.

»Gut gemacht …«, knurrte ich mit einem stark optimierungsbedürftigen Lächeln. »Glückwunsch.«

»Wette gewonnen!«, knöpfte Thommy sich den Verlierer vor. Das war ich. »Du hast NICHT daran geglaubt … Zieh dich bitte um – wir sehen dich nachher wieder, und dann badest du im Glück!«

»Bis gleich, Alter!«, klopfte Axel mir aufmunternd auf die Schulter, ging zurück zur Promicouch. Ich wurde rausgeschickt. Keine Frage: Alles lief ganz genau nach Plan. Allerdings nicht nach meinem. Und noch immer hatte ich die lebenswichtigen Worte an Sonja nicht unters Volk bringen können. Allzu viel Zeit blieb nicht mehr. Wenn ich die Schmach der einzulösenden Wettschuld hinter mir hatte, würde ich einfach loslegen. Egal, ob es gerade passte oder nicht. Vor Wut auf mich selbst trat ich im Halbdunkeln gegen die Kulisse, entdeckte dann unsere Betreuerin. Ich folgte ihr.

Gleich zwei Badehosen lagen zur Auswahl bereit, als ich in unsere Garderobe kam. Maria und Leticia, die auf den Sesseln die Show verfolgten, blickten mich erwartungsvoll an.

»Wann bringst du deine Liebeserklärung? Die Show geht nicht mehr ewig …«

»Ich probier's doch die ganze Zeit!«, musterte ich schockiert die pinke und neongrüne Badehose.

»Wann?«

»Schon gleich am Anfang! Da wart ihr wahrscheinlich noch gar nicht wieder oben … Gottschalk lässt mich KEINE Sekunde zu Wort kommen, das ist unfassbar! Der redet und redet und redet und redet und redet und redet und redet und redet …«

»Du musst dranbleiben.«

»Was soll ich denn machen? Ihn K.O. schlagen oder was??«

»Wenn's nicht anders geht …«

»Ihr Frauen macht mich fertig!«, hielt ich verzweifelt die Badehosen hoch. »Welche soll ich anziehen?«

»Egal …«, waren Maria und Leticia sich einig. »Sind beide gleich schrecklich.«

Halleluja. Ich entschied mich ene-mene-muh für die neongrüne.

»Schaut ihr kurz weg?«, bat ich die Mädchen. Sie drehten ihre Köpfe zum Fernseher. Schnell zog ich mich aus, streifte die Badehose über.

»So, ihr könnt wieder gucken.«

Ich präsentierte mich den Mädels. Das neongrüne Teil schnürte alles ab, was meine Restmännlichkeit definierte.

»Zu eng?«, fragte ich mit bereits höherer Stimme. »Sieht man viel?«

»Och!«, druckste Leticia herum. »Vielleicht ein, zwei Nummern zu klein. Oder drei. Vier höchstens.«

»Da hätten wir uns gar nicht umdrehen müssen ...«, wurde Maria noch deutlicher. Ich wäre am liebsten im Erdboden versunken.

»Das pinke Ding ist genauso winzig!«, zog ich die andere Badehose auseinander, ließ sie zusammenfletschen. »Scheiße ...«

»Das wird ja gleich alles verdeckt. Du musst dich untenrum nur dick genug einhüllen.«

Unsere Betreuerin kam zurück in die Garderobe.

»Fertig?«, warf sie einen etwas zu langen Blick auf meinen eingequetschten Schritt. »Wir müssen wieder runter.«

»Noch kleinere Badehosen gab's nicht, oder?«, rutschte es mir angehenden Eunuchen heraus. »Wo sind die her – aus'm KiK im Schlumpfenland??«

»Wieso? Sitzt doch gut.«

Die Mundwinkel der Betreuerin zuckten. Welch schamlose Person. Ich schaute Maria und Leticia an.

»Bis gleich. Falls ich das überlebe.«

»Du schaffst das ...«, baute Maria mich auf.

»Und beeile dich!«, erinnerte Leticia an meine Liebesmission.

Stöhnend folgte ich der Betreuerin. Der in meine Poritze versunkene Stoff sägte sich mit jedem Schritt tiefer.

»Auf diesen Moment haben wir alle gewartet!«, hörte ich Thommy, während ich mir hinter der Kulisse den Arsch abfror. »Heute werden wir ihn ein für alle Mal kurieren: Hier ist er wieder ... unser Glücksdiabetiker!«

Das war mein Einsatz. Während das Publikum mich zurückempfing, schritt ich in meiner neongrünen Badehose durchs Tor. In den oberen Rängen fiel ein Mädchen in Ohnmacht. Ich konnte es gut verstehen. Zwei Sanitäter kümmerten sich um sie.

»Mein Lieber, das ist ja richtig ... aber hier!«, faselte Thommy sinnfrei auf dem Weg zu den Badewannen, während er an meinem Arm rumfummelte. Er zog ihn hoch, damit ich meinen Bizeps präsentierte. »Zeig mal her – aaaahhh, da wird der Banderas neidisch ... Respekt!«

»Gibt's in der Church of Fitness in Köln ...«, warf ich schnell ein. Doktor Hart hatte mir zwei Gratis-Stunden versprochen, falls ich den

Namen in der Sendung erwähnte. Und doppelt so viel Gratis-Stunden Prügel, falls ich es NICHT tat.

Ich blickte in die Wanne mit dem Zuckerguss. Sah das eklig aus.

»Ich glaube, er braucht ein wenig Unterstützung!«, forderte Thommy.

Augenblicklich trieb mich der ganze Saal im Takt:

KLATSCH! – KLATSCH! – KLATSCH! – KLATSCH! – KLATSCH! – KLATSCH! – KLATSCH! – KLATSCH! – KLATSCH! – KLATSCH!

Was blieb mir übrig? Ich schwang ein Bein über den Rand der Badewanne, tunkte es in die zähe Klebemasse. Das andere Bein hinterher, dann den Rest. Ich tauchte im Zuckerguss ab, bis nur mein Kopf herausschaute, ließ mich noch etwas tiefer in die Wanne sinken, um einen kräftigen Schluck Zuckerguss zu tanken. Ich brauchte schnell verwertbare Energie, um diese Aktion bis zum bitteren Ende durchzuziehen. Als ich aus der ersten Wanne wieder raus war, schritt ich klebrig tropfend rüber zur zweiten, hinterließ auf dem Boden weiße Fußabdrücke. Das Publikum war begeistert. Ich stieg in die Badewanne mit den Liebesperlen, wälzte mich in den bunten Kügelchen wie ein Schwein im Schlamm. Gleich hatte ich es geschafft. Durchhalten.

»Falls Sie denken, wir spielen hier mit Lebensmitteln …«, kommentierte Thommy für die Zuschauer zu Hause. »Keine Angst: Das dürfen seine Fans gleich alles abknabbern!«

Unsere weiblichen Anhänger in der Halle kreischten. Jetzt reichte es. Ich stieg aus der Liebesperlen-Wanne. Unzählige Kügelchen fielen von mir ab, rollten über den Hallenboden. Die restlichen tausenden Liebesperlen blieben an meiner Zuckerhaut kleben. Während man mich in Großaufnahme präsentierte, mein kompletter Körper bunt paniert, blickte ich gedemütigt an mir herunter. Das war der absolute Tiefpunkt. Und das wollte was heißen.

Nachdem ich ausreichend begafft worden war, reichte man mir endlich einen Bademantel, ließ mich zurück aufs Promisofa. Der Guss trocknete schnell – ich litt bereits unter leichten Bewegungseinschränkungen. Besonders am Hals machte sich die aushärtende Zuckerkrause unangenehm bemerkbar.

»Hello …«, begrüßte ich Puff Daddy, der während meiner Abwesenheit dazugekommen war. »Nice to meet you.«

Ich reichte Puffy meine klebrige, mit Liebesperlen überzogene

Hand, die er mit verzogenem Gesicht verschmähte. Zufällig deine Knarre dabei, Puffy? Bitte erschieß mich.

Ich setzte mich zurück auf die Couch, wo Axel sich ein angetrocknetes Nackenstück von mir abbrach, es verdrückte.

»Sternstunde, Alter!«, flüsterte er kauend. »Damit hast du ›Wetten, dass?‹-Geschichte geschrieben ...«

Ihn ignorierend pulte ich mir Liebesperlen aus Nase und Ohren. Gottschalk stellte in der Zwischenzeit noch mal alle Wetten vor, verkündete, dass die Leitungen für die Wahl zum Wettkönig jetzt freigeschaltet waren. So kurz vor Ende der Sendung waren wir schon?!?!

»Thommy!«, hob ich den Arm, tropfte Liebesperlen aufs Sofa. »Ich muss EINE Sache unbedingt ...«

♪♪♪ *Auf de' schwäb'sche Eisebahne, gibt's gar viele Haltstatione! Schtuagart, Ulm ond Biberach, Mekklebeure, Durlesbach!* ♪♪♪

Gottschalk hörte mir nicht zu, konzentrierte sich auf die als Sparfüchse verkleideten Böblinger, die vom Marktplatz zugeschaltet worden waren.

»Hey Thommy!!«, rief ich lauter.

♪♪♪ *Trulla, trulla, trulla-la! Trulla, trulla, trulla-la! Schtuagart, Ulm ond Biberach, Mekklebeure, Durlesbach!* ♪♪♪

Die ganze Halle klatschte überschwänglich mit. Gefordert gewesen waren 50 singende Schwaben-Sparfüchse – auf dem Marktplatz standen mindestens doppelt so viele verkleidete Böblinger.

»Da brauchen wir nicht extra nachzählen ...«, merkte auch Thommy. »Ich gebe mich geschlagen: Danke schön – Stadtwette gewonnen!«

Kaum war die Liveschalte vom Marktplatz zu Ende, meldete ich mich wieder zu Wort:

»So, Thommy! Jetzt will ich aber WIRKLICH ...«

Dee-dee-deeeeeee!

»Kleinen Moment, mein Lieber ... Sie hören es: In diesem Moment steht der Wettkönig fest – wer ist heute Abend unser Sieger?«

Die Grafik mit den Wetten erschien. Ich griff mir ein Sofakissen und biss hinein, um nicht loszubrüllen. Puffy, Boris Becker, Catherine Zeta-Jones und Antonio Banderas schauten mich seltsam an. Zum Glück hatte Madonna bereits den Abflug gemacht – bei der hätte ich jetzt für nichts mehr garantieren können.

»Mit großem Vorsprung auf Platz eins!«, sprach Thommy. »Und da bin ich gespannt: Wer kann das sein …?«

Noch war der längste Balken mit 54 Prozent der Anrufe namenlos. Dann kam die Einblendung:

Küchenschabe

»Küchenschabe!«, gratulierte Thommy dem überglücklichen Schweizer Wettkandidaten. »Herzlichen Glückwunsch … Das ist DIE Überraschung des Abends!«

Falsch – die wirkliche Überraschung des Abends war: Wie hatte ich bloß glauben können, hier ein paar wichtige Worte loswerden zu können? Dumm und naiv war ich gewesen. Während wir bereits vor dem Sofa fürs Schlussbild posierten, Thommy Catherine Zeta-Jones Blumen überreichte, wusste ich: Es war aus. In wirklich jeder Hinsicht.

»Was ist jetzt??«, raunte Axel mir zu. »Letzte Chance, gleich ist vorbei!«

Ich schüttelte den Kopf, worauf er mich nach vorne zog.

»Alter, jetzt machst du das gefälligst auch – sonst heulst du mir EWIG die Ohren voll!«

»Was …«

»Hin da!«

Axel stieß mich die zwei Stufen herunter, vor denen Thommy mit ausgebreiteten Armen die Gäste der nächsten Sendung aufzählte:

»Wir sehen uns wieder am 17. November aus Offenburg! Celine Dion wird dabei sein, Götz George und Iris Berben, Phil Coll…«

In diesem Moment presste sich von hinten eine Hand auf Gottschalks Strahlelächeln.

»Halt den Sabbel!«, befahl Axel dem überraschten Thommy. »Du laberst schon den ganzen Abend …«

Mich schubste er vor die Kamera:

»Los jetzt!«

So stand ich dort wie bestellt und nicht abgeholt. Axel hielt Thommy fest im Griff.

»Äh … ja, wie gesagt: Phil Collins wird dabei sein …«, versuchte ich, die Ankündigung aus Höflichkeit zu beenden. Ohne einen blassen Schimmer, wer zugesagt hatte. »Und … ähm … wahrscheinlich auch noch Rod Stewart, Joe Cocker und Eros Ramazzotti.«

»Grönmyr!«, hörte ich Thommy dumpf hinter der Hand.

»Klappe zu!«, drohte Axel. Die Security kamen angelaufen. Axel zog einen Akku-Haarschneider aus der Tasche, presste ihn an Thommys Schläfe.

»Ich warn euch: Einen Schritt weiter, und ich rasier Goldlöckchen 'ne Glatze! Dann könnt ihr die nächsten fünf Sendungen VERGESSEN!«

»Tut, was er sagt!!«, las ich in Thommys weit aufgerissenen Augen. Die Situation geriet mir einen Tick zu sehr außer Kontrolle.

»Mach hinne!«, rief Axel.

Auf dem Monitor sah ich die Namen der Mitwirkenden entlangrasen. Die Endmusik lief auch schon. Wie in Trance trat ich vor.

»Liebe Nation ...«, sprach ich in die Kamera. »Bitte schalten Sie noch nicht ab! Ich kann hier nicht weg, ohne mich zu entschuldigen – bei Ihnen allen da draußen für dieses chaotische Ende. Ich weiß, wir haben Ihnen heute Abend ›Wetten, dass?‹ versaut. Das tut mir leid. Ich wünschte, ich könnte es ungeschehen machen. Doch diese Macht besitze ich nicht ...«

Diese Macht besaß niemand. Außer die arme Sau, die die Show zurechtschneiden musste für die Wiederholung morgen früh.

»Ich kann verstehen, wenn Sie gleich im Bett liegen und weinen. Verzweifelt Ihr Kissen nassheulen, weil wir Ihnen den schönen Samstagabend kaputtgemacht haben. Nur zu, lassen Sie's laufen. Aber erwarten Sie eines bitte NICHT von mir: Mitleid ...«

Ich sprach schneller.

»... weil ich weiß: Neben Ihnen im Bett liegt jemand, der Sie tröstet! Soll ich mal was über MEINE Nächte erzählen?? Seit Monaten häng ich bis morgens um fünf vor der Glotze, pfeif mir drüben in der ARD die schönsten Bahnstrecken der Welt von Alaska bis Timbuktu rein, nur um nicht schlafen gehen zu müssen – weil ich in meinem kalten, viel zu großen Bett daran erinnert werde, wie schön es war, als noch meine Freundin neben mir lag! Dann streichele ich mir durch die Haare und übers Gesicht, so ungefähr ...«

Ich führte es mit vollem Körpereinsatz vor.

»... und tu, als seien es die Hände von Sonja! Können Sie sich vorstellen, wie verzweifelt man sein muss für so was? Für Kuschel-Wichsen??«

Gut, das war vielleicht nicht gerade der kultivierteste Ausdruck. Aber der präziseste. Ich schielte auf den Monitor: Jetzt kamen schon die Namen vom Assistenten des Assistenten des dritten Kamerakranführers. Mir blieb nicht viel Zeit.

»Sonja, wenn du mich hörst: Ich wünsch mir nichts mehr, als dass ich endlich wieder ’nen Grund habe, ins Bett zu gehen. Ich möchte abends neben dir einschlafen und morgens neben dir aufwachen. Wenn du willst, lauf ich zur Strafe all die beknackten schönsten Bahnstrecken der Welt zu Fuß ab – hin und zurück, zweimal, dreimal, viermal, sooft du willst. Ich hack mir ’n Bein ab und HUMPELE die Strecken! Nee, pass auf: Ich hack mir BEIDE Beine ab und ROBBE die Strecken! Die Arme auch weg!! Ich mach alles – nur bitte verzeih mir ...«

Ich öffnete den Bademantel, kratzte theatralisch meine Brust von den Liebesperlen frei. Genau die Stelle, unter der mein Herz saß.

»Schau mich an, Sonja: Ich mach den ganzen Quatsch nur deinetwegen... Ich lass mich von ’nem Psycho-Trainer zu Hackfleisch verarbeiten, damit ich gut für dich aussehe. Und glaub mir: Das mit dem Hackfleisch ist keine Metapher ... Ich mach mich zum Obertrottel mit ’nem Idioten-Song. Ich blamier mich hier nackt in Liebesperlen vor der ganzen Nation. Ja, ich hab Riesenscheiße gebaut. Ja, ich war ein Arschloch. Aber wenn ich dir mit all dem noch IMMER nicht beweisen konnte, dass es mir leidtut, dann ... dann muss ich hier und heute offiziell aufgeben ...«

Ich atmete durch.

»Vergiss das blöde Lied, Sonja – du bist meine wahre Nummer eins. Ich will dich zurück. Ich sag’s dir vor zehn ... Tschuldigung: vor ZWÖLF Millionen Zuschauern plus Österreich und Schweiz. Und ich würde es dir noch lieber endlich wieder nur zu zweit sagen.«

Ich spürte alle Augen im Saal auf mich gerichtet.

»Tja...«, endete ich leise. »Das war’s dann wohl. Danke fürs Zuhören. Ich wünsch Ihnen allen eine geruhsame Nacht.«

Der Monitor wurde schwarz. Der stets gut gelaunte Goldbär mit der roten Fliege erschien:

»Schade – schon zu Ende! Bis zum nächsten Mal mit HARIBO!«

Die Show war vorbei. Endgültig.

Ich schaute mich um, entdeckte Axel umzingelt von grimmigen Gestalten und wollte ihm zu Hilfe eilen. Da kam Catherine Zeta-Jones auf mich zu. Verlegen schaute ich zu Boden, ging fest davon aus, dass sie mich spätestens jetzt für die größte deutsche Promi-Pfeife aller Zeiten hielt. Gut, knapp hinter Ralf Möller.

»That was sweet!«, blieb sie jedoch vor mir stehen. »I hope your girlfriend heard you …«

Ich schaute Catherine Zeta-Jones überrascht an.

»But … How did you understand what I said?«

Lächelnd strich sie das schwarze Haar nach hinten, tippte an ihr Ohr.

»The translator?«, fragte ich. Zeta-Jones nickte. Die Simultan-Dolmetscherin hatte selbst meine Abschiedsrede noch übersetzt. Das nannte ich Arbeitsmoral.

»Thank you!«, bedankte ich mich.

Sie hielt die Hand ans Ohr, bekam etwas gesagt. Dann pulte Catherine Zeta-Jones den Knopf heraus, hielt ihn mir hin.

»Take it!«

»What? In my ear?«

Sie nickte. Das Kabel war kurz, darum kam ich näher. Ich steckte den Knopf in mein Ohr.

»Ich wollte nur sagen: Ich fand's auch süß!«, hörte ich die Stimme der Übersetzerin.

Und ich fand süß, dass die Übersetzerin es süß fand. Ich beugte mich tief übers Mikro an Catherines Dekolleté, um hineinzusprechen. Also primär ins Mikro.

»Danke schön.«

Als ich wieder auftauchte, rief Antonio Banderas:

»Cathy, we gotta go!«

Catherine Zeta-Jones drückte mir ihren Blumenstrauß in die Hand.

»For your girlfriend …«, lächelte sie, verabschiedete sich in gebrochenem Deutsch. »Vehl Gluck!«

Sie verließ mit Antonio Banderas die Halle.

»Thank you very much! I will watch your new movie!«, rief ich hinterher. »Really in the cinema – not downloaded for free in the internet!«

»VIP-PASS HER, SOFORT!!!«, hörte ich einen der »Wetten, dass?«-

Chefs Axel anbrüllen. »Keine Aftershow-Party für Sie Terroristen!! Das hat ein Nachspiel, das versprech ich Ihnen!«

Ich lief rüber, um ihm beizustehen.

Die Botschaft war eindeutig: Wir hatten hier verschissen. Irgendwie verständlich. Die VIP-Pässe wurden uns abgenommen, selbst die feschen »Wetten, dass?«-Anstecknadeln mussten wir zurückgeben. Der Vorwurf, wir hätten die fast 25-jährige stolze Showehre aufs Widerlichste besudelt, ging einher mit »Wetten, dass?«-Auftrittsverbot auf Lebenszeit. Wenigstens durfte ich noch schnell duschen. Danach wurden wir aus der Halle geschmissen, sahen den Shuttle-Bus mit allen anderen zur Aftershow-Location abbrausen. Pitti auf seinem Fensterplatz war noch immer am Heulen.

»Ihr hättet echt mitfahren sollen …«, bekam ich den Mädchen gegenüber ein schlechtes Gewissen. »Die haben schließlich UNS ausgeladen, nicht euch.«

»Unsinn!«, meinte Leticia. »Was sollen wir da ohne euch? Wir haben ohne die sowieso viel mehr Spaß …«

»Genau! Wir feiern einfach unsere eigene Aftershow-Party!«, bekräftigte Axel.

Mitternacht in Böblingen. 46.000 Einwohner. Ein ambitoniertes Vorhaben. Ich zog mein Handy weit genug aus der Hosentasche, um das Display zu sehen.

»Hat Sonja schon angerufen?«, fragte Maria.

Ich schüttelte den Kopf.

»Macht sie noch …«, wollte Maria mich aufbauen. »Die Entschuldigung war supersüß. Wenn sie DIE nicht annimmt, hat sie dich nicht verdient.«

Ich murmelte irgendwas vor mich hin. Dann organisierten wir ein Taxi.

Auf unsere Frage, wo hier in Böblingen noch was los sei, brach der Fahrer in schallendes Gelächter aus. Das genügte als Auskunft, um uns lieber ins benachbarte Stuttgart bringen zu lassen. Doch auch dort war tote Hose. Irgendwann fanden wir eine noch offene Bar. Außer uns Fremden saß ein älteres Ehepaar etwas abseits beim Weintrinken. Alle anderen Tische waren leer. Dabei wurde hier sogar

Karaoke angeboten. War das in Stuttgart schon wieder out – oder noch gar nicht erst in?

»'n Abend!«, eilte die Bedienung heran. »Was kann ich bringen?«

»Gibt's noch was zu essen?«, fragte ich.

Die Bedienung schüttelte den Kopf.

»Küche nur bis 22 Uhr.«

»Was ist mit Karaoke?«, zeigte Axel auf die Anlage.

»Auch schon ausgeschaltet.«

»Dann heizen Sie das Teil mal ganz schnell wieder vor. Sie wissen's vielleicht noch nicht, aber Sie werden gleich gerockt…«

Die Bedienung schaute Axel irritiert an, ging aber tatsächlich rüber, um die Karaoke-Anlage anzuwerfen. Zum Glück schien die uns nicht zu erkennen.

»Und? Anruf von Sonja?«, erkundigte Axel sich zum mindestens fünften Mal. Zum mindestens ebenso fünften Mal schüttelte ich den Kopf.

»Bist du sicher, dass dein Handy überhaupt an ist?«

Was für eine Frage. Ich zog mein Nokia heraus, zeigte die Meldung auf dem Display:

14 verpasste Anrufe von Harald Holtz

»Das ist der Einzige, der bisher angerufen hat… Und ich glaub kaum, dass er uns gratulieren will, weil er die Aktion zum Schluss so toll fand.«

Hätte Sonja denn bereits anrufen müssen? Falls sie die Show nicht selbst gesehen hatte, würde sie auf jeden Fall jemand informiert haben. Musste ich mir schon Sorgen machen, oder war das noch im normalen Rahmen?

»Jetzt zeigen wir diesen Fernsehpfeifen, wie man RICHTIG Party macht!«, wollte Axel die Stimmung nicht kippen lassen. Er stand auf, tänzelte zielstrebig auf die Karaoke-Maschine zu. Nach kurzer Absprache mit der Bedienung griff er sich das Mikro.

»Ladies and Gentlemen!«, rief er feierlich, worauf selbst das weinschlürfende Ehepaar in der Ecke rüberschaute. »I am … The Rolling Stones!«

Nach dieser knappen, aber klaren Ansage nickte Axel der Bedienung zu. Sie drückte am Gerät herum, bis wenige Sekunden später eines der berühmtesten Riffs der Rockgeschichte ertönte. Als der Text auf dem Monitor lief, legte Axel los:

♪♪♪ *I can't get no – satisfaction! – I can't get no – satisfaction! Cause I try! And I try! And I try!* ♪♪♪

Während Axel Mick Jagger mimte, genau wie dieser herumgockelte, verirrte sich ein Zeitungsverkäufer in die Bar. Wohl angelockt von der Musik, in der irrigen Annahme, hier drinnen steppte der Bär. Als er die traurige Realität erblickte, machte er prompt auf dem Absatz kehrt. Gerade noch sah ich an seiner Tasche auf der Bild am Sonntag irgendwas von »Wetten, dass?« stehen. Doch nicht unser Chaos am Ende der Show, oder?? Konnte eigentlich nicht angehen – da musste zum Glück schon Druckschluss gewesen sein.

»Hallo?!«, riss ich den Arm hoch, doch da war der Zeitungsmann schon verschwunden. Ich stand auf, rannte hinterher. Draußen fing ich ihn ab.

»Ich nehm eine.«

Der Zeitungsverkäufer schaute mich an, wedelte mit dem Finger.

»Sie sind doch … Sind Sie nicht? … Doch SIND Sie! … Sie sind … Sie sind der Glücksdiabetiker!«

»Ja, kann sein …«, drückte ich ihm zwei Euro in die Hand. »Ist okay so.«

Ich musterte die Schlagzeile im Klarsichtfach seiner Tasche. Ich war schockiert, aber nicht wirklich überrascht: Ich hatte es doch geahnt.

»Sie sind 'n ganz, ganz großes Schwein!«, drückte der Mann mir grob meine Zeitung in die Hand und zog ab.

Hatte der sie noch alle?

»Bitte WAS bin ich …?«, rief ich hinterher.

Er drehte sich nicht mehr um. Idiot.

Während ich Axel drinnen weitersingen hörte, begann ich zu lesen:

**RIESENSKANDAL BEI „WETTEN, DASS?“:
SCHABENFLÜSTERER EIN BETRÜGER!**

Darunter ein Bild vom Schweizer Kandidaten während seiner Wette und die Zeilen:

ER war der Held des Abends. Doch ER hat uns belogen und betrogen! Bild am Sonntag liegen exklusive Beweise vor: Seine Küchenschaben waren geschmackspräpariert! Welche Konsequenzen drohen IHM? WIE hat er betrogen? Seite 15

»Geschmackspräpariert…«, murmelte ich, schlug aufs Papier. »Diese genialen BamS-Füchse decken einfach ALLES auf!«

Ich wollte sofort schauen, wie der Schabenblender beschissen hatte, da entdeckte ich unten eine weitere Schlagzeile. Mir fiel fast die Zeitung aus der Hand:

DER GLÜCKSDIABETIKER: SEINE EX PACKT AUS! Seite 10

Ich setzte mich auf den Bordstein, traute meinen Augen kaum: Das konnte nicht stimmen, oder?? Sonja würde so was Schäbiges nicht machen. Die BamS-Redakteure mussten irgendeine Uralt-Freundin aus der Schulzeit ausfindig gemacht haben. Vielleicht Nicole – dritte Klasse, fand mich bald zu unmännlich, weil ich statt Benjamin Blümchen lieber Bibi Blocksberg gehört hatte. Ja, diese Crazy Bitch war es bestimmt. Der traute ich locker zu, dass sie für ein paar Euro schäbige Lügengeschichten verbreitete. Falls Nicole alte Fotos von mir im Bibi-Schlafanzug rausgegeben hatte, konnte sie was erleben!

Mit zitternden Händen blätterte ich auf Seite zehn. Entsetzt sah ich: Der Bericht war der Bild der Sonntag sogar eine Doppelseite wert. Den meisten Platz nahm ein riesig abgedrucktes Schreiben ein, viele Wörter dick geschwärzt. Eigentlich waren zwischen den fetten Balken fast nur noch harmlose Artikel und Präpositionen zu lesen. Sofern man die wütende Kritzel-Handschrift überhaupt entziffern konnte. Von wegen Nicole. Es war das schicksalhafte Papier, mit dem ich mich in diese ganze Geschichte reingeritten hatte:

ER PREDIGT LIEBE UND LEBT HASS: GLÜCKSDIABETIKER BESCHIMPFT FREUNDIN ALS X************!!!**

Ich glotzte auf die Doppelseite, bis das Gedruckte vor meine Augen verschwamm. Sonja hatte meinen Brief wirklich der BamS gegeben? Das konnte … das durfte … Nein. Nein!! Und überhaupt: Welches Schimpfwort mit »X« am Anfang hatte ich mir damals ausgedacht?? Ich konnte mich beim besten Willen nicht erinnern. Ich zählte die gesetzten Sternchen durch: 14 Stück. Eine Beschimpfung mit insgesamt 15 Buchstaben und »X« am Anfang. Xanthippenbraut? Xylofonschlampe?? Das konnte doch alles nicht sein.

Hinter mir hörte ich die Tür aufgehen.

»Was machst du hier?«, kam Maria aus der Bar. »Du verpasst alles – Axel und Leticia wollen gleich 'n Duett schmettern.«

Ohne mich umzudrehen, hielt ich ihr die aufgeschlagene Zeitung hin. Ich beschloss, einfach sitzen zu bleiben und zu sterben. Stuttgart war der perfekte Ort dafür.

Maria nahm die Zeitung.

»Oh.«

Ihre Zusammenfassung traf es genau. Manchmal ließen sich selbst komplexeste Sachverhalte auf zwei simple Buchstaben reduzieren.

»Oh ja …«, starrte ich auf die Straße. »Oh.«

Maria setzte sich neben mich auf den Bürgersteig, las den Bericht. Aus der Bar drangen die ersten Takte von Elton Johns »Don't Go Breaking My Heart« mit Kiki Dee.

»›Beschimpft Ex-Freundin als X …‹? Gibt's da überhaupt … Ich mein: Wie hast du sie denn genannt?«

»Weiß ich nicht …«, antwortete ich. »Ich weiß es nicht mehr. Ist jetzt auch egal.«

Wir schwiegen eine Weile.

»Das wollte Sonja bestimmt nicht.«

Ich schaute Maria an.

»WAS wollte Sonja nicht?«

»Na, diesen Bericht.«

»Hä?? Klar wollte sie das – eindeutiger geht's ja wohl nicht!«

»Ich seh hier nichts, was sie selbst gesagt haben soll…«

»Ist auch nicht mehr nötig, wenn sie diesen BamS-Bumsern den Brief gibt!«, griff ich mir wieder die Zeitung, entdeckte erst jetzt unten rechts die Vorankündigung der neuen Serie:

JETZT REDE **ICH**: SO KRANK IST DER GLÜCKSDIABETIKER!

Es dauerte einen Moment, bis ich den abgebildeten Intellektuellen als Chef von The Sokrates Experience identifizierte. Mein Gott, dieser elende Talentwettbewerb. Der kam mir Millionen Jahre her vor. Der ganze Stress, der ganze Ärger, die ganze blöde Hoffnung. Kaum zu fassen, dass Maria mich tatsächlich noch für voll nahm. Während ich sie anschaute, befahl mir eine höhere Macht zum wiederholten Male: Mann ey, küss sie endlich! Ja, die höhere Macht sprach ein wenig prollig, hatte aber ein Argument. Ich drehte den Kopf, sah durchs Fenster der Bar Axel und Leticia sich in den siebten Himmel karaoken:

♪♪♪ *Ooohooo – Nobody knows it! – When I was down – I was your clown!* ♪♪♪

Das Ehepaar hatte sich inzwischen umgesetzt, klatschte samt Bedienung vor der kleinen Bühne begeistert mit. Wie gut alles gepasst hätte: Leticia und Axel. Maria und ich. Wir hätten so was wie ABBA sein können. ABBA mit der schlechteren Musik, aber zumindest mit diesem coolen Pärchending.

»Bist du okay?«, tippte Maria mich an.

Ich schaute in ihr Gesicht. Diese Augen gehörten so was von verboten. Braune Regenbogenhaut wurde dominant vererbt, unsere Kinder würden dieselben wunderschönen Augen kriegen. Himmel, was zur Hölle dachte ich da?? Wie ein Astronaut in der Schwerelosigkeit schwebte mein Oberkörper auf Maria zu. Dass auch sie jetzt losflog, um mich auf halbem Wege zu treffen, verschaffte mir wenig Zeit zum Überlegen. Aber vielleicht war das ganz gut so. Vielleicht sollte ich einfach ein einziges Mal NICHT überlegen. Von drinnen hörte ich Axel John und Leticia Dee sich im Wechsel euphorisch versichern:

♪♪♪ *Don't go breaking my heart! – I won't go breaking your heart! – Don't go breaking my heart! – I won't go breaking your heart! – Don't go breaking my heart …* ♪♪♪

Das ging zum Schluss des Songs ja fast noch eine Minute lang. So viel Zeit würde ich hier draußen definitiv nicht mehr haben, bevor etwas geschah, von dem ich nicht genau wusste, ob es richtig war. Ein kurzer Phantomschmerz in meiner Wange erinnerte mich an unsere erste stürmische Begegnung in El Arenal. Ich hatte so ein Gefühl, dass ich diesmal KEINE saftige Ohrfeige fürchten brauchte. Nur wenige Luftmoleküle trennten noch Marias und meine Lippen. In diesem Moment spürte ich mein Handy in der Hosentasche vibrieren.

Ich ließ es klingeln.

VIII

Die Rückfahrt am nächsten Tag war seltsam. Wie hätte sie auch anders sein können?? Maria saß mit den beiden anderen hinten im Auto, ich vorne neben unserem Fahrer. Auf diesen Platz war ich beim Einsteigen geflüchtet. Einerseits hätte ich gerne neben Maria gesessen, andererseits war ich verwirrt. Weit über meine natürliche Grundverwirrung hinaus. Den Kopf an der Scheibe starrte ich auf die Autobahn. Der Himmel war grau, es nieselte. Alle paar Sekunden brummten die Scheibenwischer auf und ab. Ich konzentrierte mich auf die Fahrspursteifen in der Mitte, die so zackig vorbeizogen, dass ich sie gerade noch mitzählen konnte:

Eins-zwei-drei-vier-fünf-sechs-sieben-Küsse-acht-neun-ze…

Halt, halt, halt. Schluss! Reiß dich zusammen. So ging das nicht. Wenn Mittelstreifen-Zählen mich nicht ablenkte, spielte ich eben für mich allein Autokennzeichen-Raten. Ein silberner 5er-BMW überholte uns. Ich blickte aufs Nummernschild:

Herrgott noch mal – hatten sich jetzt selbst die Kulmbacher gegen mich verschworen?! Das konnte ja wohl nicht angehen. Hoffentlich waren wir bald zu Hause. SWR 1 spielte im ausklingenden Classic Rock Weekend gerade »Love Hurts« von Nazareth. Maria beugte sich vor, klickte den Sender weiter. Axel und Leticia merkten nichts.

»Ist irgendwas?«, schauten sie Maria und mich an.

Korrektur: Die beiden merkten doch was.

»Nee, wieso? Was soll sein?«, entgegnete ich. Die offizielle Antwort, wenn GARANTIERT was war.

»Ihr seid so still.«

»Ich bin nur müde.«

»Ich auch.«

Leticia und Axel wechselten einen kurzen Blick.

»Habt ihr gestritten?«

Gestritten? Eher das Gegenteil.

»Nein!«, versicherten Maria und ich synchron.

Damit waren die beiden endgültig überzeugt.

»Ihr HABT gestritten ...«

Sollten sie das meinetwegen glauben. Ich rutschte in meinem Sitz tiefer, schloss die Augen. Ich tat, als wollte ich schlafen, versuchte stattdessen nachzudenken. Es war kläglich zum Scheitern verurteilt. Solange wir gemeinsam über die Autobahn juckelten, ich Maria auf dem Sitz hinter mir spürte, war ich zu keiner klaren Analyse des gestrigen Abends fähig. Das würde ich erst zu Hause können, in vertrauter, sicherer Umgebung, die ich brauchte, um mir über alles klar zu werden.

»Wir müssen tanken ...«, nahm unser Fahrer Kurs auf eine Raststätte. Wir nutzten den Zwischenstopp für eine Pinkelpause und zum kurzen Vertreten der Beine. Während die anderen sich draußen rumtrieben, stand ich im Tankstellen-Shop mit einer Flasche Vittel an der Kasse. Ich zog gerade mein Geld, als ein bulliger, tätowierter Typ mit Bild am Sonntag in der Hand auf mich zeigte.

»Ey, Glücksdiabetiker!«, schrie er quer durch den Shop. »Ich hab immer gedacht, du bist cool – aber was du mit deiner Ex abgezogen hast, ist ja wohl die allerletzte Scheiße! VERPISS dich hier!!«

Ich ignorierte ihn, bezahlte meine Sachen. Kaum hatte ich die Tanke verlassen, kam der Typ hinterher.

»Kannst gefälligst mal antworten! Hältst dich wohl für was Besseres, hä?! Hä?! Hä?!«

Ich ging weiter, übte mich mühsam in Gelassenheit. Wenn ich irgendwas gerade GAR nicht brauchte, dann das hier. Doch das Arschloch provozierte mich weiter.

»Du predigst Liebe und lebst Hass! Und jetzt packt deine Ex aus!«

»Toll hast du die Überschriften auswendig gelernt ...«, murmelte ich, worauf er mir seine BamS gegen die Schulter bamste.

»Ey, das steht inner Zeitung! Und was inner Zeitung steht, stimmt!!«

Er lief um mich herum, versperrte mir den Weg. Ich blieb stehen.

»Du hast recht – zufrieden?«, sagte ich ruhig. »Darf ich jetzt vorbei?«

Der Typ antwortete mit einem kräftigen Schubser gegen meine Brust. Aufs-Maul-Kriegen lag in der Luft. Ein ganz besonderer Duft.

»War nett, dich kennenzulernen ...«, wollte ich mich an dem tätowierten Neandertaler vorbeimogeln.

»Schiss oder was?!«, schubste er erneut, diesmal so stark, dass mir die Vittel-Flasche aus der Hand flog und feige davonrollte. Der Typ kam noch näher auf mich zu.

»Lass ihn in Ruhe!«

Plötzlich war Maria da, drängelte sich zwischen uns.

»Hau ab!«, fuhr sie den fast zwei Köpfe größeren Aggro an.

»Ach, wie süß …«, amüsierte er sich, schaute mich an. »Brauchst du Hilfe von deiner kleinen Freundin?«

»Verzieh dich!«, machte Maria ihm erneut klar.

»Ey, dieser Glücksassi ist voll das Arsch! Steht heute alles inner Zeitung!«

»Das wusste ich schon vorher …«, wedelte sie dem Idioten den Weg. »Und jetzt tschüss.«

Moment – wie meinte sie das? Sie wusste schon vorher, was heute in der Zeitung stand? Oder dass ich voll das Arsch war??

Der Typ blickte zwischen uns hin und her, zeigte dann warnend mit dem Finger auf mich.

»Von dir Schwuchtel kauf ich keine CD mehr! Lass dich hier an meiner Tanke nie wieder blicken!!«

Damit verlor der König vom Autohof endlich die Lust auf Krawall. Und ich genau in diesem Moment doch noch die Beherrschung.

»DU VER…«, wollte ich dem Mongo was Angemessenes hinterherschreien, doch Maria legte rechtzeitig ihre Hand auf meinen Mund.

»Lass es …«, sagte sie leise.

Verstummt schaute ich Maria an. Ihre Finger auf meinen Lippen dufteten nach ihr. Das beruhigte mich.

Ich ließ es.

Maria senkte ihre Hand wieder. Ich blickte sie weiter an, hob dann die Wasserflasche auf. Nachdem ich den daran klebenden Schmutz an meiner Hose abgewischt hatte, gingen wir zurück zum Auto.

Unser Fahrer war längst wieder startklar, als wir einstiegen. Axel und Leticia fehlten noch. Während wir auf sie warteten, trank ich auf meinem Beifahrersitz die Flasche Vittel in kürzester Zeit leer.

»Danke für die Hilfe…«, drehte ich mich zu Maria um. »Das war nett von dir.«

»Kein Ding.«

»Doch, ehrlich. Du hast mich gerettet.«

Maria lächelte.

»Jetzt übertreib mal nicht.«

»Mach ich nicht.«

Auf der anderen Seite öffnete sich die Autotür.

»Kann weitergehen!«, rutschten Leticia und Axel auf ihre Plätze. In den Händen hielten sie Getränke und Wegzehrung. Axel klopfte unserem Fahrer auf die Schulter:

»Abflug, Alter!«

Wir fuhren wieder auf die Autobahn.

»Was wollte dieser Tattoo-Typ?«, pfiff Axel sich eine streng riechende Jumbo-BiFi rein. »Wir haben den von drüben gesehen… Was war das für 'n Kerl?«

Ich lehnte mich zurück, erhaschte im Rückspiegel einen Blick auf Maria.

»Einer, der's mir gezeigt hat…«, antwortete ich.

Und weiter ging die Heimreise.

Wieder zu Hause, allein in meiner Wohnung, starrte ich in den brennenden Kamin. Während das Feuer vor sich hin wabbelte, dachte ich nach. Und nach. Und nach. Ich dachte so lange nach, bis die Flammen schrumpften, vergebens gegen den Hungertod kämpften. Frisches Holz nachzufüttern, kam mir nicht in den Sinn – denn da wusste ich längst, was ich zu tun hatte. Nämlich: NICHT länger nachzudenken. Sondern endlich zu handeln. Und zwar noch gleich heute Abend. Die ganze Irrfahrt für eine einzige Erkenntnis. Es gab nur einen einzigen Weg, an mein Glücksinsulin zu kommen.

Ich musste es endlich in die Hand nehmen.

Ich stand auf, suchte im Abstellraum nach dem blauen Pömpel, den ich mir mal zum Ausspülen von Ohrenschmalz gekauft hatte. Ich wollte zunächst die restlichen Liebesperlen von gestern rauswaschen, die irgendwo in den Tiefen meines Gehörgangs drückten. Ich fand das

Teil, spülte im Badezimmer mit warmem Wasser. Beim fünften oder sechsten Versuch spürte ich endlich, wie der Druck sich löste, sah den Liebesperlen-Pfropfen gleich darauf in meinem Waschbecken schwimmen. Er zog eine regenbogenbunte Spur im Wasser. Ich taumelte zum Handtuch, vom vielen Durchspülen etwas benommen, trocknete mein Gesicht ab. Das war schon mal erledigt. Alles Weitere, das es zu klären galt, würde deutlich kniffeliger werden. Kaum war ich aus dem Badezimmer, zog ich meine Jacke über und verließ die Wohnung.

»Ich will austreten!«

Eigentlich hatte ich Doktor Hart dies vorne am Empfang kurz mitteilen und gleich wieder gehen wollen. Stattdessen musste ich es erklären, während er mich festgeklemmt im Beinstrecker quälte. So schnell, wie Doktor Hart mich beim Betreten des Clubs in die nächstbeste Maschine geschraubt hatte, war ich nicht mal dazu gekommen, den Mund aufzumachen.

»WAS ist los?!«, fiel ihm dazu nur ein. »Ich glaub, es hackt! Beine hoch, Sissilein – sonst brech ich sie dir ab und brat sie mir zum Frühstück!«

Er griff nach zwei Kurzhanteln, die er zusätzlich zum bereits eingestellten Höchstgewicht auf meine Füße legte.

»Ich will …«

»Kinder mit ’nem Willen kriegen was auf die Brillen! Durchbeißen jetzt – Beine hoch!!«

»Ich will austreten!«, wiederholte ich zum zweieinhalbten Mal.

»Aufs Klo kannst du nachher … BEINE HOCH!!!«

Doktor Hart pfiff zwei weitere Trainierende rüber.

»Ihr beiden, kommt her … Einer setzt sich hier bei Puschel aufs linke Bein, der andere aufs rechte!«

Das hatte so keinen Sinn. Ich kratzte all meine Courage zusammen.

»Halt!«, rief ich. »Stopp! Es reicht!!«

Ich fummelte an den Hebeln herum, bekam die Metzgermaschine tatsächlich irgendwie auf. Flugs hob ich meine schon halbtauben Beine heraus, blickte Doktor Hart in die kalten Haifischaugen.

»Jetzt hör mal zu, du aufgepumpter Godzilla!«, konnte ich meinen Mut fast selbst nicht glauben. »Es ist mir schnurzpiepegal, ob dir das passt oder nicht – ich hör mit dem Training auf! Ich brauch das nicht mehr, kapiert?? Ich hab damit nur angefangen, um Sonja zurückzukriegen – und das bring ich endlich in Ordnung! Sofort, wenn ich hier für immer raus bin … Nämlich genau JETZT!«

Ein kollektives Raunen würzte meinen soeben servierten Entschluss. Seit ich hier trainierte, hatte es noch nie irgendjemand gewagt, sich gegen Doktor Hart aufzulehnen. Mir war das in diesem Moment erstaunlich scheißegal.

Ich schüttelte die Beine aus. Doktor Hart baute sich drohend vor mir auf.

»Du kleines Cocktail-Würstchen meinst das wirklich ernst?«

Ich nickte, jetzt schon wieder weniger selbstsicher. Doktor Hart drehte sich zu den anderen, breitete die starken Arme aus.

»Ihr habt es gehört!«, rief er durchs Studio. »Diese vom Trainingsweg abgekommene Seele möchte unsere Church Of Fitness verlassen … Ihr wisst, was das bedeutet!«

Durch den feuchten Schweißnebel setzte ein unheimlich okkultes Murmeln ein:

»Die Kammer des Schreckens … Die Kammer des Schreckens … Die Kammer des Schreckens … Die Kammer des Schreckens … Die Kammer des Schreckens …«

Ich wusste zwar nicht, was hier gerade geschah, aber ich wusste ganz genau, dass ich nicht dabei sein wollte. Doktor Hart ging zur Bizeps-Maschine mit dem »Defekt!«-Schild, das dort schon hing, seit ich seiner Fitness-Sekte beigetreten war. Er zog am Griff, ein dumpfes Dröhnen setzte sein. Ich sah, wie sich neben dem Gerät die Wand zur Seite schob. Eine Geheimtür. Dahinter war es stockduster.

»Aus der Kammer des Schreckens kommt keiner zurück …«, hörte ich es hinter mir flüstern. Inzwischen hatte die versteckte Tür sich komplett geöffnet. Doktor Hart zeigte ins Dunkle.

»Rein!«

Es brauchte wenig Instinkt, um zu ahnen, dass das keine so exzellente Idee war.

»Ich möchte da aber nich …«

»REEEEIN!!!«, griff Doktor Hart mich mit seinen Pranken. Er stieß mich so fest in den finsteren Raum, dass ich beinahe die Treppe hinabstürzte, die steil nach unten ging. Ehe ich mich's versah, fuhr die geheime Wandtür wieder zu. Ich stand im schwärzesten Schwarz, das vorstellbar war. Ich sah NICHTS. Vorsichtig versuchte ich, mich zu orientieren. Vor mir befand sich diese Treppe, so viel hatte ich noch überblickt. Ich drehte mich um, wollte die Tür wiederfinden. Die Steinwand, an der ich mich entlangtastete, war eiskalt und hart. Im nächsten Moment blendete mich ein heller Strahl. Ich kniff die Augen zusammen, sah dann: Meine Hände lagen auf der Brust von Doktor Hart.

»Vorsicht, Stufe!«, wedelte er mit der Taschenlampe. »Und fass mich nicht an, sonst bist du tot …«

Schleunigst zog ich die Hände zurück. Doktor Hart zwang mich die Treppe runter. Stufe für Stufe drangen wir tiefer in die Katakomben des Fitnessclubs vor. Ich hatte keine Ahnung, was Doktor Hart mit mir vorhatte, aber wenn mich nicht umgehend jemand aus dem neuen Dan-Brown-Bestseller rausholte, entleerte ich mich gleich furchtbedingt in meine Hose. Als wir unten ankamen, schaltete Doktor Hart seine Taschenlampe aus. Ich sah erst gar nichts, dann fing eine nackt in der Fassung runterhängende Glühbirne an zu flackern. Ich schaute mich um: Wir standen in einem kahlen, unverputzten Raum mit Tisch und zwei Stühlen in der Mitte. Sonst nichts. Das Licht zuckte weiter nervös vor sich hin. Doktor Hart schmiss sich auf einen der Stühle, knallte seinen rechten Arm angewinkelt auf den Tisch. Der ausufernde Bizeps und Trizeps pulsierten ungeduldig um die Wette.

»Worauf wartest du?«, deutete Doktor Hart auf den freien Stuhl. »Lass es uns austragen!«

»Austragen? Ich versteh nicht …«

»Die Church Of Fitness darf nur verlassen, wer mich in der Kammer des Schreckens beim Armdrücken besiegt! Beweise, dass du reif bist!!«

»Was?? Und … und wenn ich verliere?«

Doktor Hart streckte den Kopf, ließ seinen Nacken dabei knacken wie beim Reinbeißen in der Magnum-Werbung. Er starrte mich mit weit aufgerissenen Augen an.

»Keiner mehr da, der davon erzählen könnte …«

Schluck. Auf den Schreck musste ich mich setzen. Ein Reflex, der sich als unvorteilhaft herausstellte, denn kaum hatte ich das getan, packte Doktor Hart meinen Arm und riss ihn zur Tischmitte. Er quetschte meine Handfläche in seine. Da blieb noch reichlich Platz für eine zweite. Unter dem Flackern der Glühbirne ließ Doktor Hart mir keine Wahl. Er beugte sich so weit nach vorne, dass sich unsere Nasenspitzen fast berührten.

»Jetzt zählt's, Schlaffi!«, zischte er. »Eins … zwei ………… DREI!!!«

Doktor Hart fing an zu drücken. Ich hielt tapfer, aber völlig aussichtslos dagegen. Hoffentlich besaß er wenigstens den Anstand, mir das Handgelenk nicht zu brechen. Oder es zumindest bei einer relativ einfachen Fraktur zu belassen. Ich sah meinen Arm beim Aufschlagen schon den Tisch spalten, doch was geschah, war merkwürdig: Doktor Hart machte mich längst nicht so schnell platt wie erwartet. Zu meiner großen Verwunderung verteidigte ich die 12-Uhr-Position unserer Arme erstaunlich lange, zog Doktor Hart dann sogar langsam rüber auf meine Seite. Was ging hier ab? Ich schaute ihm ins Gesicht, das er seltsam übertrieben verzog. Auf den letzten Zentimetern, bevor ich seinen Arm mit der Tischplatte vereinte, hatte ich sogar das Gefühl, Doktor Hart würde mithelfen. Die bereits aufgeworfene Frage verlor nichts an Aktualität: Was – ging – hier – ab??

»Verdammt!«, tat Doktor Hart außer sich vor Wut. »Du jämmerliches Weichei hast mich besiegt! Jetzt bin ich aber äääärgerlich! Arrghh!!«

Wollte der mich verarschen? Natürlich hätte ich mir gerne eingeredet, den unbezwingbaren Doktor Hart erlegt zu haben. Aber da war doch was faul. Ich hatte ihn jedenfalls schon deutlich überzeugender in Rage erlebt.

»War das nicht … 'n bisschen einfach?«, schaute ich ihn an.

Doktor Hart sprang auf, trat demonstrativ gegen den Stuhl.

»Du hast mich besiegt und darfst gehen – Punkt, aus! Lass dich hier nie wieder blicken!«

Irgendwas stimmte nicht. Ich erhob mich, ging auf ihn zu.

»Zurück, Prinzessin! Keinen Schritt weiter!!«

Er versuchte mir Angst zu machen, doch das zog nicht mehr. Ich stellte mich ganz nah vor ihn, musterte seinen Blick. Doktor Hart wurde immer unruhiger.

»Hau ab, oder ich zerquetsch dich!!!«

Ich ließ mich nicht einschüchtern, schaute Doktor Hart fest in die Augen. Und auf einmal entdeckte ich ihn. Es war, als fletschten die tief heruntergezogenen und doppelt festgeklemmten Harter-Kerl-Rollos plötzlich hoch. Zum ersten Mal konnte ich in seine Seele sehen. Zum ersten Mal sah ich den WAHREN Doktor Hart.

»Hast du mich etwa … Ich meine: Hast du mich gewinnen lassen?«

»Ich?!«, war er empört, wie es nur Menschen waren, die sich ertappt fühlten. »Dich?! Gewinnen lassen?? Blödsinn!!«

Doktor Hart warf sich nervös lachend zurück auf den Stuhl. Meinem Blick entkam er auch dort nicht.

»Okay, okay – dann HAB ich dich eben gewinnen lassen!«, gab er auf. »Bist du jetzt zufrieden? Macht es dir Spaß, mich so zu quälen?«

ICH quälte Doktor Hart?? Auch nicht schlecht. Ich setzte mich wieder.

»Wieso hast du das getan?«

Doktor Hart starrte auf den Tisch, hob dann den Blick. Traurig schaute er mich an.

»Du hast gar keine Vorstellung, was es heißt, Doktor Hart zu sein …«, zeigte er zur Decke. »Da oben bin ich die harte Sau, der Mann aus Stahl, das einzige Baby der Welt, das sich bei der Geburt SELBST rausgepresst hat … Der perfekte Übermensch, das Meisterstück der Evolution, das Emotionen nur in der Verneinung kennt.«

»Das trifft's ganz gut …«, nickte ich. »Aber wenn du in Wahrheit nicht so bist, warum tust du dann so?«

»Warum, Warum … WARUM wohl?! Weil meine Kunden das von mir erwarten! Hätte ich den erfolgreichsten Fitnessclub Kölns, wenn herauskäme: Auch ein Doktor Hart hat Gefühle? Auch ein Doktor Hart braucht Liebe?? Auch ein Doktor Hart guckt heimlich ›Sex and the City‹???«

Ich schaute ihn überrascht an.

»Du guckst ›Sex and the City‹?«

»Ich bin SO gespannt, ob Carrie wieder mit Mr. Big zusammenkommt!«, nickte er aufgeregt.

»Aber bei dir im Büro stapeln sich diese ganzen Vin-Diesel-Filme.«

»Das sind nur die Hüllen!«, gab Doktor Hart zu. »Die kauf ich zur Tarnung und schmeiß die DVDs weg, um meine Lieblingssachen reinzupacken … Diesen brutalen, primitiven Actionkram ertrage ich nicht, verstehst du? Ich brauche was fürs Herz! Etwas, das den kleinen, schwachen Hartmut wärmt, tief hier drin …«

Doktor Hart packte meine Hand, presste sie auf seine Brust. Er quetschte meine Finger so sehr, dass ich vor Schmerz kurz aufjaulte.

»Warte mal …«, fiel mir ein. »Du hast da oben auch achtmal unsere Glücksdiabetes-Single rumfliegen!«

»Da sind meine Rosenstolz-CDs drin. Tut mir leid, Kleiner: Als Doktor Hart muss ich deine Musik gut finden – aber dieser Krach ist einfach GRÄSSLICH! Meine armen, empfindlichen Öhrchen … Warum machst du so was?«

Tja. Gute Frage.

»Ich schätze, ich bin auch nur 'ne Hülle mit anderem Inhalt.«

Doktor Hart griff erneut meine Hand, diesmal, um sie tröstend zu streicheln. Sie verfärbte sich leicht bläulich.

»Hast du uns bei ›Wetten, dass?‹ gesehen?«, befreite ich mich mühsam. »Ich hab die Werbung für deinen Club wie versprochen untergebracht.«

»Natürlich hab ich das gesehen!«, fing Doktor Hart an zu schwärmen. »Was du zum Schluss für deine Sonja gesagt hast, war sooooooo romantisch! Fast wie in diesem einen Film mit Meg Ryan! Wirklich, ich hätte … Ich hab fast …«

Doktor Hart drehte den Kopf zur Seite, wischte sich im schummrigen Licht übers Gesicht. Ich war froh, dass er anscheinend heute nicht die BamS gelesen hatte, mit der Situation aber auch ziemlich überfordert.

»Äh … WEINST du??«

Doktor Hart schaute mich mit feuchten Augen wieder an.

»Das sind keine Tränen, das ist nur Testosteron … Tschuldigung.«

Verschämt zog Doktor Hart ein Taschentuch hervor und schnäuzte sich. Sein Körper produzierte offenbar sehr salziges Testosteron.

»Mein kleiner Bruder arbeitet bei ›Wetten, dass?‹ …«, riss er sich zusammen. »Habt ihr euch kennengelernt? Er heißt Pitti – ist auch so 'n etwas emotionalerer Typ wie ich.«

»Ich … ähm … ja!«, nickte ich. »Ja, ich glaube, wir sind uns kurz begegnet.«

»Ich hab heute schon so oft versucht, ihn anzurufen – er geht nicht ran. Hoffentlich ist alles in Ordnung.«

»Och, dem geht's bestimmt spitze. Sag mal, Doktor Hart …«

»Nenn mich Harti-Bär! So heiß ich für meine guten Freunde!«

»Ich denke, ich bleib lieber bei Doktor Hart … Hör zu, es tut mir leid, dass ich dich verlasse, ehrlich. Es liegt nicht an dir, es liegt an MIR!

Lass uns Trainingsfreunde bleiben, okay? Du bist 'n toller Personal Trainer, gar keine Frage… Du findest bestimmt schon bald 'nen Neuen, der dich mehr verdient als ich.«

Ich merkte, wie Doktor Hart abermals mit den Tränen kämpfte.

»Ich hab einfach begriffen, dass das der falsche Weg für mich ist, verstehst du?«, versuchte ich zu erklären. »Ich muss ganz ANDERE Dinge an mir trainieren. Und egal, wie viele 100 Kilo Gewicht ich stemmen kann – das, worauf es wirklich ankommt, wird dadurch NICHT leichter.«

Doktor Hart schaute mich an. Dann stand er auf und ging zur Wand. Erst jetzt sah ich im schummrigen Licht eine Stahltür. Doktor Hart zog sein Schlüsselbund aus der Jogginghose, öffnete die Tür.

»Du kommst direkt vorne am Zülpicher Platz raus.«

»Danke.«

»Oben muss ich erzählen, dass du deine verdiente Strafe erhalten hast! Ich hab schließlich 'nen Ruf zu wahren…«

»Kein Problem!«, nickte ich. »Denk dir ruhig was richtig Fieses aus.«

»Darauf kannst du dich verlassen, Mäuschen – so wahr ich dort Doktor Hart heiße!!«

Ich stand auf, ging zu ihm rüber. Jetzt hieß es wohl Abschied nehmen.

»Leb wohl, Doktor Ha…«

»Ah, ah, ah!«, hob er den Finger. »Ich kann auch wieder böse werden!«

Na schön. Ihm zuliebe.

»Ich meinte natürlich: Leb wohl, Harti-Bär.«

»Schon besser!«, umarmte er mich. »Achte auf deinen Körperfettanteil… Aber noch mehr auf dich selbst. Warst 'n Guter – ich bin stolz auf dich.«

»… duzerquetschtmich…«

»Was?«

»Du… zerquetscht… mich!«, keuchte ich akzentuierter.

Doktor Hart löste seinen Griff ein wenig.

»Besser?«

»Ja, bess… nein, wieder zu fest… zu fest… VIEL zu fest!!!… immer noch zu fest… sooooooo ist gut…«

Erleichtert entspannte ich.

»Guckst du heute auch ›Desperate Housewives‹?«, hörte das Riesenbaby endlich auf zu klammern. »Die neuen Folgen auf Premiere? Carlos wird langsam misstrauisch, dass Gabrielle ’ne Affäre hat!«

»Ich hab noch was vor…«, musste ich Doktor Hart enttäuschen. Wer zum Henker waren Carlos und Gabrielle??

Ich trat den Weg nach draußen an.

»Danke noch mal. Für alles.«

»ICH danke DIR!«, rief Doktor Hart mir nach. »Auch DU hast mich stark gemacht … Und pass auf – du kommst direkt raus vor der Boutique mit den Übergrößen.«

»Hä?«

»Es heißt nicht ›Kammer des Schreckens‹ ohne Grund!«, hörte ich ihn noch, bevor er die Tür schloss.

Ich beeilte mich, durch den dunklen Gang zu verschwinden.

Wieder auf der Straße, noch schwer verstört durchs riesige Schaufenster von »Mollis Megamoppel-Mode«, winkte ich ein Taxi heran. Der Fahrer öffnete mir schon im Heranrollen die Tür.

»Ich muss nach Düsseldorf!«, sprang ich hinein. »Rotterdamer Weg, schnell!«

»Kein Problem, da mach ich Ihnen ’nen Top-Festpreis: 160 Euro.«

»160 Euro??«, blieb mir fast die Luft weg. »Neulich hat dieselbe Strecke noch 80 gekostet!«

»Schon mal was von Inflation gehört, mein Freund?«

»Um 100 Prozent? Wo sind wir hier, in Simbabwe?«

»In MEINEM Taxi sind wir, wo immer ich will!«, stellte der Fahrer klar. »Und für 160 Euro in weniger als ’ner halben Stunde in Düsseldorf… Also, was ist jetzt? Fahren oder sparen?«

Ich holte mein Portemonnaie heraus, klemmte drei Fünfziger und einen Zehner vor den Fahrerausweis am Armaturenbrett. So brauchte ich wenigstens das Foto von diesem Gauner nicht zu sehen.

»Ich verlass mich drauf: 30 Minuten, maximal… Nicht, dass da AUCH noch die Inflation zuschlägt.«

»Stellen Sie sich mal nicht so an…«, drückte der Taxifahrer aufs Gas. »Sie haben’s doch. Oder glauben Sie, ich erkenne Sie nicht?«

Er bog Richtung Autobahn ab.

»Ach so, fast vergessen: Für 20 Euro Aufpreis texte ich Sie während der Fahrt nicht zu.«

»Was?!«

»20 Euro extra, und ich halt meinen Mund ... Ich hab gemerkt, dass das viele Fahrgäste tierisch nervt – da hab ich mir überlegt: Mach doch einfach 'n Sonderservice draus! Schlau, oder?«

Ich schaute ihn fassungslos von der Seite an.

»Das ist mit Abstand das Unverschämteste, was ich je ...«

»Also, was heute über Sie in der Zeitung steht!«, zog er neben dem Sitz seine Bild am Sonntag hervor. »Ich hab gedacht, ich LESE nicht richtig! Was haben Sie sich denn dabei ...«

Ich klemmte weitere 20 Euro an seinen Ausweis. Der Fahrer verstummte sofort.

23 ½ Minuten später setzte mich der ebenso geschäftstüchtige wie schnelle Taxifahrer in Düsseldorf ab. Mir bot sich ein Déjà-vu allererster Garnitur. Ich ging den Rotterdamer Weg hoch, es war schon dunkel. In den meisten Häusern brannte irgendwo Licht. Hinter den Fenstern oben in Hausnummer 11 jedoch nicht. So stand ich vor Sonjas Haus wie damals. Der Vorgarten-Rhododendron, mein schlechtes altes Versteck, raschelte im Wind. Selbst der schien mich wiederzuerkennen.

Plötzlich ging Licht in Sonjas Wohnzimmer an. Sie war zu Hause.

Ich schritt auf die Haustür zu, der Bewegungsmelder tat unverzüglich seine Pflicht. Unter der Lampe starrte ich regungslos auf Sonjas Klingel, bis das Licht wieder ausging. Es sprang erst wieder an, als ich mein Handy aus der Tasche zog. Ich wählte die Mailbox, um noch mal Sonjas Nachricht abzuhören. Seit sie mir nach »Wetten, dass?« draufgesprochen hatte, tat ich dies nicht zum ersten Mal. Die anderen wussten nichts davon. Ich hatte es nach dem Kuss nicht mehr erzählen wollen.

Es lief noch die monotone Begrüßung der Telekom-Replikantenfrau, als ich die Klingel drückte. Ich wartete. Mein Handy spielte die gespeicherte Mitteilung ab:

»Hallo, hier ist ... Hier ist Sonja. Wir ... wir müssen reden. Dringend. Melde dich bitte mal. Danke.«

Von innen hörte ich Schritte, ein Schlüssel wurde gedreht. Die

Haustür öffnete sich – und die Frau, der die Stimme auf meiner Mailbox gehörte, stand vor mir. Zum ersten Mal seit unserem Streit sahen wir uns wieder. Ich ließ das Handy sinken.

»Hallo …«, murmelte ich kaum hörbar.

Wir schauten uns an, dann trat Sonja zur Seite.

»Komm rein.«

IX

Alles in dem kleinen Haus am Düsseldorfer Stadtrand war genau wie früher. Im Flur hingen noch immer die schlechten Van-Gogh-Kopien von Sonjas Vermieterin, für die man der Hobbymalerin mehr als nur ein Ohr hätte abschneiden sollen. Die dritte Stufe hoch zu Sonjas Zimmern knirschte schon beim zartesten Tritt wie eh und je im besten Edgar-Wallace-Style. Oben auf dem Gang schlich Sonjas Katze an mir vorbei, ohne mich eines Blickes zu würdigen, so wie es auch früher der Fall gewesen war. Das Tier war noch immer schlau genug zu spüren, dass ich mit Katzen nichts anfangen konnte. Selbst Sonjas Wohnzimmer, in dem wir jetzt standen, sah genauso aus wie bei meinem letzten Besuch. Wirklich nichts hatte sich verändert.

Nur alles.

»Darf ich mich setzen?«, deutete ich auf Sonjas Sofa.

»Klar. Natürlich.«

Ich nahm Platz. Wir sahen uns an, ein wenig unbeholfen.

»Möchtest du was trinken?«, fragte Sonja.

»Wasser … Wasser wär gut.«

Sonja verschwand in die Küche. Ich schaute mich im Wohnzimmer um, dann kam sie mit einem Glas Sprudel zurück.

»Danke …«, nahm ich einen langen Schluck.

Sonja setzte sich in den Sessel, blickte mich an. Sie schüttelte den Kopf.

»Was ist?«

»Das ist seltsam für mich!«, antwortete Sonja. »Wir haben uns nicht mehr gesehen, seit wir damals … du weißt schon. Aber ich seh dich trotzdem jeden Tag. Im Fernsehen, auf Plakaten, in der Zeitung, überall. Und hör ständig irgendwo deinen Song über …«

Sie hielt inne.

»Über uns.«

»Über uns, genau …«, nickte Sonja. »Und jetzt sitzt du hier auf meinem Sofa und bist plötzlich ’n berühmter Star. Das ist wirklich etwas surreal.«

»Ich bin derselbe wie früher!«, erwiderte ich, merkte gleich darauf, dass das Quatsch war. »Beziehungsweise: Stimmt gar nicht. Bin ich nicht.«

Ich atmete durch.

»Sonja, ich … ich hab deine Nachricht gehört. Du hast recht – wir müssen reden. Wir müssen endlich reden.«

»Ja. Das müssen wir.«

Sonja beugte sich zu mir vor.

»Ich möchte, dass du weißt: Es tut mir leid, dass ich …«

»Lass mich zuerst!«, unterbrach ich sie. »Bitte. Sonst machst du es mir noch schwerer, als es sowieso schon ist.«

Sonja lehnte sich wieder zurück.

»Okay.«

Oh Mann. Wie sollte ich ihr das erklären, ohne wie ein Oberarschloch dazustehen??

»Du hast gestern ›Wetten, dass?‹ gesehen?«

Sonja nickte.

»Ja … nun … Also das, was ich am Ende gesagt habe – ich hab es in diesem Moment wirklich so gemeint, das kannst du mir glauben. Ich hab es mir zumindest vorgemacht. Aber dann … danach … Sonja, ich hab kapiert: Ich liebe eine andere. Schon lange, aber ich war zu blöd, es zu raffen. Bis gestern … Ich weiß, das ist absolut unterirdisches Timing! Ich hätte mir über meine wahren Gefühle klar werden sollen, BEVOR ich dir ’ne Riesen-Liebeserklärung im Fernsehen mache … Ich fühl mich so mies – jetzt, wo ich dich doch noch überzeugt hab, bin ICH derjenige, der dich abserviert …«

Sonja schaute verwirrt.

»Ich verzeih dir das mit dem Brief in der BamS, wirklich!«, versuchte ich, die Situation mit Anstand zu retten. »Auch wenn ich nicht verstehe, warum du das getan hast … Aber mit uns beiden … Das Ding ist: Wir passen nicht zusammen. Ich hab’s mir selbst die ganze Zeit eingeredet, aber es stimmt nicht. Das ist Quatsch.«

Sonja guckte mich mit großen Augen an.

»Ich glaub, du verstehst da was falsch. Ich will dich nicht zurück.«

»Wie? Ich dachte … Deshalb hast du doch angerufen, oder?«

»Nein!«, schüttelte Sonja den Kopf. »Ich hab angerufen wegen des Briefes. Diese Zeitungsleute haben mich reingelegt.«

»Was meinst du?«

»Erst gestern Nacht am Kiosk hab ich gesehen, was die daraus machen … Die hatten behauptet, sie hätten meine Adresse von DIR.«

»Das stimmt nicht.«

»Ist mir jetzt auch klar … Die standen auf einmal vor der Tür und haben behauptet, sie machen 'n großes Special mit dir – und du hättest sie persönlich beauftragt, mich nach dem Brief zu fragen.«

»Das hast du denen abgekauft?«

»Die waren so überzeugend, auf die wärst du auch reingefallen! Ich hätte den Brief sonst nie rausgegeben – darum will ich mich ja entschuldigen … Wir beide sind zwar nicht gerade in Frieden auseinandergegangen, aber du sollst wissen, dass ich keine Hexe bin, die sich rächen will … Ich hoffe, du bekommst deswegen keine Schwierigkeiten.«

»Ehrlich gesagt hab ich heute dafür schon fast eins aufs Maul gekriegt …«, berichtete ich von meinem Tag. »Aber egal. Das Wichtigste ist, dass du mich doch nicht zurück willst.«

»Natürlich nicht. Du hast echt geglaubt …?«

Ich nickte.

»Wieso?«, war Sonja erstaunt. »Versteh mich nicht falsch – aber ich dachte, deine Nummer gestern im Fernsehen sei 'ne abgesprochene Showeinlage … Dir war das … dir war das IMMER noch ernst?? Ich mein: Wir haben es doch so oft noch mal probiert. Wir sind einfach zu verschieden.«

Erleichtert stand ich auf.

»Ich weiß … Endlich weiß auch ich es wieder.«

Ich ging zum Fenster, entdeckte Sonjas neugierige Nachbarn mit einem Fernglas zu uns reinspionieren. Ich zog den Vorhang zu.

»Erinnerst du dich?«, drehte ich mich wieder um. »Als ich dir draußen im Garten erklärt hab, ich sei besessen gewesen? Wie Linda Blair im ›Exorzist‹?«

Sonja nickte.

»Ich war's wirklich!«, gestand ich. »So was von besessen, das kannst du dir nicht vorstellen. Aber nicht beim Schreiben des Briefes – erst danach. Und auch nicht vom Teufel, sondern von dir … Ich hab mir die ganzen letzten Wochen und Monate eingeredet, wir seien das absolute Traumpaar gewesen.«

»Traumpaar? Ausgerechnet wir??«

»Weißt du noch, unser Sylt-Wochenende?«, fragte ich. »Der Abend in der Sansibar?«

»Natürlich. Wir haben ja nicht umsonst die Flasche Wein als Streithähne des Abends verliehen bekommen … Ich könnte jetzt noch im Erdboden versinken.«

»Genau das meine ich. Weißt du, welchen rosaroten Remix mein krankes Hirn daraus gemacht hat?? Wir hätten diese Flasche Wein bekommen als schönstes Paar! Genau wie unser Paris-Urlaub …«

»Welcher?«, wollte Sonja wissen. »Der, wo ICH vorzeitig abgereist bin? Oder der, wo DU früher abgehauen bist?«

»Beide! Ich hab mir vorgemacht, das seien ach so tolle, romantische, wundervolle, perfekte Urlaube gewesen … Was für ein Dünnschiss! Ich hab alles Negative in meinem Kopf zugekleistert und übergeschminkt, schlimmer als die alte Ludowig bei Exclusiv. Ich wollte nur GUTE Momente sehen.«

»Da wird die Auswahl bei uns eng …«

»Das kannst du laut sagen. Himmel, wir waren überhaupt kein Traumpaar – wir waren 'n SCHRECKLICHES Paar!! Man müsste uns eigentlich Tapferkeitsmedaillen verleihen, weil wir es überhaupt so lange miteinander ausgehalten haben!«

»Das ist wahr.«

»Du hattest recht damals: Ich bin 'n Psycho … Ich kann nicht mal mehr meinen eigenen Erinnerungen trauen. Irgendwas stimmt in meinem Kopf nicht.«

Sonja blickte mich an.

»Glaub mir, du HAST 'nen Schaden – und zwar 'nen ganz gewaltigen … Aber nicht deswegen.«

»Wieso?«

»Weil so was passiert. Wenn etwas plötzlich weg ist, reden wir uns Dinge und Zeiten manchmal schöner, als sie waren. Auch wenn es gar nicht stimmt.«

»Du nicht.«

»Ich auch schon … Mit anderen Dingen. Jeder hat das irgendwann mal. Keine Ahnung – wären alle Aufnahmen von ›Der Exorzist‹

verschollen, würde ich mir vielleicht sogar einreden, der sei genial gewesen …«

»Hä? Was soll das heißen?«, traute ich meinen Ohren nicht. »›Der Exorzist‹ IST genial!«

»Ach komm, der ist Müll!«, entgegnete Sonja. »Ich hab deine blöde DVD zwar nur schnell durchgespult, aber selbst DAS war noch verschwendete Zeit … Und überhaupt: Man schenkt einer Frau keinen Horrorfilm zum Valentinstag!!«

»Ach nee?! Ich kenn zufällig ’n Mädchen, das würde sich darüber SEHR freuen! Was kann ich denn dafür, dass du so ’n Tussi-Geschmack hast??«

Wir setzten schon an, uns anzuschreien, hielten rechtzeitig inne. Ich ließ mich zurück aufs Sofa fallen.

»Wir streiten ja schon WIEDER.«

Sonja nickte.

»Ja … Tun wir.«

»Worum ging’s damals eigentlich? Bei unserem großen Finalzoff?«

Sonja dachte nach, schüttelte den Kopf.

»Keine Ahnung. Erinnerst DU dich?«

»Nee … Keinen blassen Schimmer.«

Völlig egal, über welchen Quatsch wir an jenem Tag gestritten hatten. Wäre es nicht dieser Streit gewesen, dann der nächste. Oder der übernächste. Oder der überübernächste.

»Wir sind echt so was von nicht füreinander geschaffen … Es ist das Beste, wenn wir uns trennen.«

Sonja schaute mich an.

»Das sind wir längst!«

»Aber wir haben’s nie wirklich ausgesprochen …«, erinnerte ich sie. »Komm, hier und jetzt offiziell: Ich mach Schluss mir dir.«

»DU machst Schluss mit MIR? Wenn schon, dann mach ICH Schluss mit DIR!«

»WIR machen Schluss miteinander … In Ordnung?«

Sonja lächelte.

»In Ordnung.«

Das war es. Alles hatte jetzt seine Ordnung.

»Wie hast du’s überhaupt kapiert?«, wollte Sonja wissen.

»Was?«

»Na, wie's WIRKLICH mit uns war. Ohne Verklärung und Schönreden und all das.«

Ich schaute Sonja in die Augen, doch ich dachte an eine ganz andere.

»Ein Kuss …«, antwortete ich. »Es war ein Kuss. Maria hat mich zurückgeholt in die Realität.«

»Maria?«

»Maria tanzt bei uns … Sie liebt Horrorfilme, sie versteht mich, man kann mit ihr über alle coolen Sachen reden, sie ist … perfekt. Einfach perfekt.«

Ich überlegte.

»Ich muss los.«

Wir standen auf, gingen runter.

»Wie sieht's eigentlich bei DIR aus?«, fragte ich. »Hast du schon 'nen Neuen?«

Sonja schüttelte den Kopf, konnte sich aber ein Grinsen nicht verkneifen.

»Logisch hast du 'nen Neuen!«, grinste auch ich. Kaum zu fassen: Ich konnte mich tatsächlich mitfreuen, dass Sonja einen neuen Macker hatte. Dass ein anderer sie glücklich machte. Der Fluch des Nachflennens war gebrochen.

»Kann nach mir noch was kommen?«, nahm ich Sonja sogar hoch, deutete auf meinen Astralkörper. »Wie steigt 'ne Luxusfrau wie du, die den weißen Albatrüffel unter den Männern gekostet hat, wieder um auf Erdnüsse?«

Sonja öffnete die Haustür.

»Also erstens: Marc und ich lernen uns gerade erst kennen – wir sind noch kein richtiges Paar. Und zweitens: Die ›Erdnuss‹, wie du ihn nennst, spielt Basketball 2. Liga und ist Doktor.«

»Basketball 2. Liga UND Doktor, aha …«, tat ich unbeeindruckt. »Und sonst so? War dein neuer Supermann auch mal wie 'n gewisser anwesender Ex-Freund Schnitzelkönig bei ›Oma Kleinmann‹?«

Sonja verklickerte mir mit einem Blick, dass sie die Frage nicht ernsthaft zu beantworten gedachte.

»Ich mach nur Spaß!«, lächelte ich. »Ich freu mich für dich … Ich freu mich wirklich! Ich hoffe, das mit euch wird was. Was Besseres als mit uns.«

Letzteres sollte nicht allzu schwerfallen.

»Danke. Das hoffe ich auch … Dabei würden wir uns ohne dich nicht mal kennen.«

»Wieso?«

»Marc hat mich im Media Markt angesprochen …«, erklärte Sonja. »Als ich vor dem Tisch mit deiner CD stand.«

»Die ›Wollen wir mal ’nen Kaffee trinken?‹-Nummer oder was?«

»Nicht ganz … Ehrlich gesagt hat er gefragt: ›Hört ’ne tolle Frau wie du echt so ’n Scheiß?‹«

Ich schlug mir begeistert gegen die Stirn.

»Das ist großartig!«

Meine Reaktion verwirrte Sonja.

»Freust du dich immer so, wenn andere deine Musik schlecht finden?«

»Ach, der Song IST grottig!«, entgegnete ich. »Das weiß ich selbst … Deshalb ist es ja toll, dass er trotzdem so viel Gutes bewirkt: Axel und Leticia. Du und dieser … na …«

»Marc.«

»Du und dieser Marc. Und Maria und … ich hoffe es: Maria und ich.«

Bitte lass es noch nicht zu spät sein. Bitte, bitte, bitte.

»Ich muss jetzt!«, hatte ich es eilig. »Du und dein Marc, ihr macht das schon … ER ist genervt von meiner Musik, DU warst eh ständig genervt von mir – ihr beide passt super zusammen, das spür ich … Ich wünsch mir so sehr, dass ich genau so was haben kann. Ich will das auch. Mit Maria.«

Sonja lächelte.

»Ich kenn deine Maria zwar nicht … Aber ich geb dir ’nen guten Rat: Versau es nicht.«

»Dito. Also du mit DEINEM Kerl.«

Sonja und ich reichten uns die Hand. Wie zwei Geschäftspartner, die einen Abschluss besiegelten.

»Ach, warte!«, verschwand Sonja nach oben, kam mit einem Blatt wieder herunter, hielt es mir hin. »Hier.«

Es war mein Brief.

»Eigentlich möchte ich den gar nicht mehr zurück …«

»Dann schmeiß ihn weg. Mach damit, was du willst.«

Ich zögerte.

»Na gut…«, nahm ich den Brief, wagte sogar einen Blick. Oh Gott, richtig: DAS war das Schimpfwort mit »X« und 15 Buchstaben!! Kein Wunder, dass die BamS es versternt hatte, um ihre Leser nicht auf ewig zu verstören. Ich stopfte den Brief in die Hosentasche.

»Ich wünsch dir alles Gute.«

»Ich dir auch.«

Damit drehte ich mich um. Hinter mir hörte ich Sonja die Tür schließen.

Ich war bereits am Loslaufen, da riefen von drüben Sonjas Stasi-Nachbarn am Fenster.

»Haben Sie Ihren Brief doch noch zurückbekommen?«

»Ja!«, hielt ich ihn hoch. »Aber den werden Sie nie zu lesen kriegen… Und nur zur Information: Ich hab Sie damals angelogen – der IST so primitiv, wie er beginnt, der ist sogar noch viel, viel primitiver. Daran hätten Sie Ihre wahre Freude gehabt!«

Ich wollte den Brief vor den Augen von Sonjas Nachbarn zerreißen. Dann überlegte ich es mir anders, steckte ihn wieder in die Hosentasche. Ich rannte, so schnell ich konnte.

Vom erstbesten Taxifahrer ließ ich mich zum Düsseldorfer Hauptbahnhof bringen. Ich lief zum Ticketautomaten für die nächste Verbindung nach Hamburg. Der von unzähligen Wichsgriffeln verschmierte Bildschirm wies mich mit einem »Vorübergehend außer Betrieb!« ab. Ich probierte es am Automaten daneben, bekam auch von ihm eine Abfuhr. Dasselbe Spielchen beim nächsten. Egal, welchen Automaten ich in der Bahnhofshalle ansteuerte: zentraler Systemausfall. So eilte ich notgedrungen zum Schalterverkauf. Es war nicht mehr viel los im Reisezentrum, doch ausgerechnet Mister Jack Wolfskin vor mir plauderte fast zehn Minuten mit dem Bahnangestellten. Der nach intensiver Beratung dürstende Kunde lehnte sich so gemütlich auf den Schaltertresen, dass es mich nicht gewundert hätte, wenn er gleich noch ein Kissen aus dem Riesenrucksack zog, damit es seine Arme weicher hatten. Mann, mach zu!! Ungeduldig trat ich auf der Stelle, hörte schließlich den Nadeldrucker, der hinter dem Schalter das Ticket ausspuckte. Hatte der Rucksack-Tourist sich also endlich entschieden. Gleich zweimal gab er nach angetäuschtem Wegtreten den sich umdrehenden Columbo:

»Ach so, eine Frage noch …«

Dann endlich war ich an der Reihe. Ich erbat die nächste Verbindung nach Hamburg. Der Mann hinter dem Schalter schaute nach.

»4:42 Uhr.«

»Erst so spät??«

»Den letzten um 22:52 Uhr haben Sie gerade verpasst.«

Na großartig. Vielen Dank, Rucksackgesicht!

»Fährt wirklich nichts eher?«

»Tut mir leid.«

Verdammte Scheiße. Noch so viele Stunden warten? Wollte ich nicht! KONNTE ich nicht!!

»Sie müssen nach Hamburg?«, hörte ich eine Stimme.

Ich drehte den Kopf, sah neben mir einen älteren Herrn.

»Ja, wieso?«

»Dann können Sie mit mir fahren.«

»Was?«

»Ich kann Sie hinbringen!«, meinte der Mann. »Ich bin startklar – Sie sind in Hamburg, bevor Ihr Zug hier überhaupt losfährt.«

Prüfend musterte ich ihn.

»Entschuldigen Sie mich …«, gab ich den Schalter frei und verzog mich mit dem älteren Herrn zur Seite.

»Nur zum Verständnis!«, fasste ich zusammen. »Ich steh hier um elf Uhr nachts, muss unbedingt nach Hamburg – und auf einmal tauchen aus heiterem Himmel SIE auf und bieten mir nicht nur 'n Platz in Ihrer Karre an, sondern fahren auch jetzt sofort los, die halbe Nacht durch?«

»Richtig.«

Ich hob die Augenbrauen.

»Das ist aber 'n großer Zufall, was?«

»Ja, oder?«, lächelte der Mann. »Manchmal hat man einfach Glück.«

»Und was wollen Sie dafür?«

»Nichts.«

»Nichts?«

Er schüttelte den Kopf.

»Benzingeld?«, hakte ich nach. »Oder gar … körperliche Dienstleistungen?«

»Nichts dergleichen, keine Sorge.«

Eigentlich machte er einen vertrauenswürdigen Eindruck. Aber vielleicht musste man bei solchen Typen ganz besonders aufpassen.

»Sie sind nicht zufällig so 'n irrer Psychopath, oder?«, fragte ich geradeheraus. »Falls ja, sollten wir das Ganze nämlich besser abblasen … Ich will offen zu Ihnen sein: So 'ne Story, dass wir beide nachts im Auto sitzen und plötzlich im Radio die Meldung kommt, 'n Insasse aus dem Irrenhaus sei entflohen, wäre 'ne spitzenmäßige Smalltalk-Geschichte für Partys – das Problem ist nur: Das nützt mir relativ wenig, wenn ich kleingehackt in 'ner blauen Mülltüte im Rasthofgebüsch lande … Dafür haben Sie doch Verständnis, oder?«

Der ältere Herr fing an zu schmunzeln.

»Seh ich aus wie ein Psychopath? Kommen Sie, mein Auto steht vorne.«

Der Mann ging Richtung Ausgang.

»Ich könnte auch 'n Taxi nehmen …«, lief ich neben ihm her.

»Mit dem Taxi von Düsseldorf nach Hamburg? Wissen Sie, was das kostet?«

Sagen wir so: Bei meinen Erfahrungen mit raffgierigen Taxifahrern ahnte ich es. Dass ich mich entschloss, mit dem Unbekannten zu fahren, lag jedoch nicht allein am Geld. Man mochte es dumm nennen, leichtsinnig, unvernünftig, verrückt, meinetwegen alles zusammen – aber ich konnte mir nicht vorstellen, dass dieser freundliche Herr was Böses im Schilde führte.

Wir verließen die Bahnhofshalle, und entgegen aller Warnungen meiner Eltern stieg ich in sein Auto. Er schlug die Beifahrertür zu, lief um den Wagen herum und setzte sich dazu. Lächelnd ließ er den Motor an.

Wir sprachen auf unserer nächtlichen Tour kaum ein Wort. Meine seltsame Mitfahrgelegenheit war konzentriert auf die Strecke. Ich schaute ihn lange von der Seite an, überlegte, warum dieser Herr mir so vertraut vorkam.

»Was wollen SIE eigentlich in Hamburg?«, fragte ich irgendwann.

»Ich?«, blieb sein Blick fest auf der Straße. »Nichts.«

»Nichts? Aber … Sie haben doch gesagt, Sie können mich nach Hamburg mitnehmen.«

»Ich hab gesagt: Ich kann Sie hinbringen.«

Er betätigte den Blinker, bog von der Autobahn auf den kleinen Halteplatz vor uns ab. Es war eine dieser unbemannten Mini-Raststellen ohne alles – keine Tanke, kein Licht, kein gar nichts. Wir waren das einzige Auto. Der Mann schaltete auf dem stockfinsteren Platz den Motor ab. Die Scheinwerfer erloschen.

Ich hatte mich in ihm geirrt.

So meine Panik in der ersten Schrecksekunde. Zum Glück knipste er das Licht an der Decke an, griff sich die Straßenkarte. Während mein Puls noch durch die Decke ging, zog er eine Lesebrille aus der Brusttasche seines Hemdes. Und wie er sie aufsetzte, sich in die Karte vertiefte, trug dieser bärtige Herr vor meinem geistigen Auge statt des Karohemdes plötzlich einen weißen Kittel und studierte statt der Straßenkarte eine Patientenakte. Da wusste ich auf einmal, warum er mir so bekannt vorkam. Die Ähnlichkeit war verblüffend.

»Sind Sie … Haben Sie zufällig was mit Medizin zu tun?«

Er packte die Karte weg.

»Ich? Wie kommen Sie darauf?«

»Sie sehen aus wie … Also ich war mal bei 'nem Arzt, an den erinnern Sie mich.«

»Ist wahr?«, amüsierte sich der ältere Herr und schaltete das Deckenlicht wieder aus.

Schmunzelnd fuhr er zurück auf die Autobahn.

Ein Kribbeln durch meinen Körper weckte mich. Ich öffnete die Augen, worauf mein Fahrer aufhörte, mich wachzutippen.

»Wir sind gleich da …«, legte er seine Hand zurück ans Steuer.

Ich rieb mir das Gesicht. Draußen sah ich das Ortsschild von Hamburg vorbeiziehen.

»Sie können mich hier irgendwo rauslassen, ich find schon hin.«

Er bestand jedoch darauf, mich bis ans Ziel zu bringen. Ich war noch nie hier gewesen, deshalb konnte ich ihm außer der Straße keine weiteren Infos geben. Brauchte er auch nicht. Wir bogen in eine enge

Gasse, gerade mal so breit, dass das Auto durchpasste. Aus den sich gegenüberliegenden alten Häuschen konnten die Mieter sich über die Straße hinweg zur Begrüßung fast die Hände schütteln. Durchgeschüttelt vom Kopfsteinpflaster blieben wir neben einer Laterne stehen. Ich schaute aus dem Fenster: Hausnummer 7. Seltsam – ich war mir nicht sicher, ob ich die meinem merkwürdigen Fahrer überhaupt gesagt hatte. Wir standen goldrichtig.

»Ähm …«, drehte ich den Kopf. »Dann … ja, vielen Dank fürs Bringen.«

»Gern geschehen.«

»Sind Sie sicher, dass ich Ihnen kein Geld geben soll?«

Der ältere Herr schüttelte lächelnd den Kopf.

»Bis bald!«, verabschiedete er sich.

Kaum war ich ausgestiegen, fuhr er die Gasse hinunter und verschwand.

Ich wusste, dass Maria wie früher ich im Parterre wohnte. Ich ging zu den zwei Fenstern, drückte mein Gesicht an die Scheibe. Durch den Vorhangspalt wollte ich was erkennen, doch es war zu dunkel. Ich klopfte gegen das Fenster und wartete. Dann klopfte ich erneut, diesmal stärker. Ich klopfte ein drittes Mal, sah den Vorhang sich jetzt bewegen. Er wurde zur Seite geschoben. Hinter der Scheibe schaute mich Maria an. Ihr Haar war wild zerzaust, ihre Augen klein und schläfrig, sie trug ein fast knielanges, verwaschenes Schlabber-T-Shirt, das an der Schulter ein Loch hatte. Kurz: Sie sah fantastisch aus.

»Was … was machst du hier?«, öffnete Maria schlaftrunken das Fenster. »Wie spät ist es?«

»Drei oder so … Maria, ich hab 'nen Riesenfehler gemacht. Ich bin so ein unfassbarer Vollpfosten! Dieser Kuss, das war …«

»Tut mir leid …«, murmelte Maria im Halbschlaf. »Was geschehen ist.«

»Nein! Maria, du hast mich wachgeküsst!! Die ganze Zeit habe ich in dem Wahn gelebt, Sonja zurückkriegen zu müssen, dass ich nicht gerafft habe, wie viel toller die Wirklichkeit ist … Du und ich – das ist keine Illusion, das ist ECHT! Wir beiden gehören zusammen!«

Ich zog das Blatt aus meiner Tasche, reichte es Maria.

»Der Brief.«

»Der Brief?«, faltete sie ihn auf. »DER Brief??«

Maria klappte ihn schnell wieder zusammen. Fast, als hatte sie Angst davor.

»Wo hast du den her? Warst du ...«

»Ich war bei Sonja!«, nickte ich. »Aber nur, um ihr zu sagen, dass ich endlich verstanden hab, dass ich DICH liebe!! Mit dir hab ich zum ersten Mal das Gefühl, genau so sein zu können, wie ich bin. Weißt du eigentlich, wie sensationell sich das anfühlt?! Plötzlich komm ich mir nicht mehr vor wie ’n Freak – endlich sind die ANDEREN die Freaks! Und WIR diejenigen, die diese seltsamen Gestalten, die nicht wissen, was sie verpassen, nur mitleidig belächeln ...«

Ich deutete die Gasse hinunter.

»Da vorne ist ’n Spielplatz, oder?«, hatte ich beim Abbiegen gesehen.

Maria nickte. Ich griff durchs offene Fenster ihre Hand mit dem Brief, drückte sie sanft gegen ihre Brust.

»Ich möchte, dass du ihn liest. Weil ich möchte, dass du auch DAS über mich weißt. Du sollst genauso wissen, was für Scheiße ich manchmal bauen kann... Wenn du den Brief gelesen hast und trotzdem noch was mit mir zu tun haben willst – ich warte auf dem Spielplatz.«

»Aber ...«

»Lies ihn. Bitte.«

Ich schlurfte los, spürte, dass Maria mir hinterherschaute. Trotzdem zwang ich mich weiterzugehen. Die Hände in den Hosentaschen, den Blick gesenkt aufs Kopfsteinpflaster, trottete ich im Laternenschein die Straße entlang. Jeden Moment erwartete ich einen Anruf von Edward Hopper, ich sollte gefälligst zurückkehren in eines seiner Gemälde, doch er würde vergebens durchklingeln. Ich war für niemanden zu sprechen. Nur für eine.

Ich erreichte den Spielplatz, knöpfte meine Jacke zu. Kühl war es geworden. Die Feder des Schaukelpferdchens, auf das ich mich hockte, trug mein Gewicht nicht, so dass ich hart nach hinten knallte. Ich wechselte auf die Schaukel, fuhr mit den Schuhen durch den Sand. Mein Blick fiel auf die Armbanduhr: halb vier. Wieder so eine lange, entscheidende Nacht. Wie meine Jagd nach dem Brief durch Köln, Frechen und Düsseldorf, mit der alles begonnen hatte. Wie der Testauftritt in El Arenal, wo das mir gut gesonnene Schicksal mit der böswilligen Plattenfirma zusammengearbeitet hat. Wie unsere tolle Nacht auf der Kölnarena-Wiese, wo ich Trantüte noch immer nichts gerafft hatte. Und jetzt auf diesem Spielplatz in Hamburg würde alles enden. Ob glücklich oder nicht. Ich konnte nur noch warten. Und das tat ich. Ich wartete. Und wartete. Und wartete. Und wartete. Und …

PLOCK!

Ein längliches Etwas, lautlos aus dem Nichts herangesegelt, traf mich kaum spürbar gegen die Brust, kippte nach hinten weg. Ich beugte mich auf der Schaukel hinunter: ein Papierflieger. Mein Blick schweifte über den dunklen Spielplatz. Niemand zu sehen. Ich musterte den Flieger, dessen Bemalung mir unangenehm vertraut war. Wohl selbst die schäbigste Billig-Airline würde sich ihre Maschinen nicht mit unzähligen Schimpfwörtern vollschmieren. Ich faltete den Flieger auseinander, hielt wieder den Sonja-Brief in der Hand. Erneut hob ich den Blick: Maria war nirgends zu sehen.

Alles klar. Ich hatte verstanden.

Sonderlich überraschend kam das nicht. Eigentlich hätte mir klar sein müssen, dass Maria so reagieren würde. Bereute ich, ihr den Brief gezeigt zu haben? Nein. Ich hatte gewollt, dass sie ihn kannte. Um ihr zu beweisen, wie ernst es mir war. Um dem blöden Stück Papier seinen Mythos zu nehmen, der sonst über uns geschwebt hätte. Wenn sie mir jetzt nicht mehr in die Augen schauen konnte, musste ich das akzeptieren. Clever gemacht mit dem Papierflieger. Ich würde brav nach Hause fahren und mit Marias Entscheidung leben. Auch wenn es mich umbrachte.

Ich klappte den inzwischen völlig zerknickten Brief zusammen, entdeckte hinten über der Faltlinie zwei Punkte:

Als ich das Blatt wieder öffnete und umdrehte, sah ich Marias Botschaft im Ganzen:

Ich hörte ein Geräusch, schaute hoch in die Richtung, aus der es gekommen war: An der Rutsche stand Maria. Sie hatte einen Mantel übergezogen, darunter trug sie noch immer ihr Schlaf-Shirt.

»Hey ...«, rief sie leise.

»Hey ...«, echote ich ebenso leise zurück.

Maria kam herüber.

»Möchtest du schaukeln?«, fragte ich.

Sie lächelte, setzte sich auf meine Beine.

»Aber lass mich nicht fallen.«

Ich stieß uns an.

»Mach ich nicht ...«, versprach ich Maria. »Niemals.«

»Besser für dich. Ich kenn jetzt nämlich 'n paar echt gute Schimpfwörter.«

Sie deutete auf den Brief in meiner Hand. Ich steckte ihn schnell weg.

»Ich glaub kaum, dass irgendwas davon unisex verwendbar ist.«

»Von wegen!«, widersprach Maria. »Wie um alles in der Welt kommt man auf X ...«

»Da!«, unterbrach ich sie, zeigte in den Himmel.

»Was?«

»'ne Sternschnuppe. Nicht gesehen?«

»Nein.«

»Schade. Einer von uns beiden verpasst es wohl immer.«

»Egal ...«, meinte Maria. »Ich brauch keinen Wunsch mehr. Meiner ist in Erfüllung gegangen.«

Ich schaute Maria an. Dann küsste ich sie.

»Meiner auch ... DU bist mein Glücksinsulin.«

Ich hob ihre Hände, legte sie unter meine um die Schaukelketten. Dann holten wir Schwung. Das Gestell wackelte und quietschte, doch wir flogen höher und höher. Normal wurde mir von Schaukeln immer schlecht, aber dieses Mal nicht. Im Gegenteil.

Wir schaukelten bis in den Morgen.

X

»... Haben Sie DAS heute in der Zeitung gelesen? ›Kein Glück mehr: Plattenfirma feuert Glücksdiabetiker!‹ ... Schlimm, oder? Gut, ein Positives hat die Sache: Nächstes Jahr im Dschungelcamp können sie sich in Ruhe auskurieren ...«

»Ihr hört den Bürgerfunk Speckenbüttel – die besten 500 Meter Sendegebiet der Nation! Heute mit einer absoluten Weltpremiere: Zum ersten Mal seit unserem 10-jährigen Bestehen haben wir Zuschauerpost! Klaus aus der Bahnhofstraße 14 wünscht sich den Glücksdiabetes-Song – lieber Klaus: Oldies spielen wir leider nicht, sorry ...«

»Was machen eigentlich ... Die Glücksdiabetiker? Mit ihrem Glücksdiabetes-Song landeten sie einen Megahit – danach wurde es still um sie ...«

»... Zu Risiken und Nebenwirkungen – Die Glücksdiabetiker CD NEU OVP!!! --- 0 Gebote --- EUR 1,00 --- <1 Min. Restzeit ...«

»Hallo und Herzlich willkommen zu Exclusiv – Weekend! Es ist DER Absturz des Jahres: Sie waren GANZ oben, sie hatten ALLES – jetzt stehen sie vor dem NICHTS! Von der Plattenfirma gekündigt, von den Fans verlassen ... Der tiefe Fall der Glücksdiabetiker – ein Bericht von Steffen Stöffel ...«

»... Für 125.000 Euro möchte ich von Ihnen wissen: Welches medizinische One-Hit-Wonder liegt in der Leichenhalle der Vergessenen? Sind das A: Die Glückstheoretiker? B: Die Glückspathetiker? C: Die Glücksdiabetiker? Oder D: Die Partydiabetiker? ...«

»Vorsicht!«, rief ich Axel zu, der den LP-Karton brutal auf den Teppichboden meiner neuen Wohnung knallte. Verzeihung: UNSERER neuen Wohnung. Es war mein zweiter Umzug in ziemlich kurzer Zeit, und ich war froh, dass Axel und Leticia uns halfen. Unfassbar, wie viel Zeug zusammenkam, wenn zwei Menschen zusammenzogen. Ich hatte bislang immer allein gewohnt – jetzt die Sachen von Maria und mir zusammengewürfelt in einem einzigen Umzugswagen zu sehen war ein gewaltiger Anblick. In jeder Hinsicht. Wir hatten extra einen 7,5-Tonner gemietet, eines von diesen Riesenteilen, das ich mit meinem alten Führerschein Klasse 3 gerade noch fahren konnte. Zumindest laut Gesetz – in der Praxis ging mir am Steuer mächtig der Stift. Auf der Autobahn hatte ich ständig diesen warnenden Gunter-Gabriel-Klassiker im Kopf gehabt:

♪♪♪ *Er fährt 'n 30-Tonner-Diesel*
Und die Angst fährt mit ihm mit … ♪♪♪

Beim alten Gunter deshalb, weil zu Hause die Frau allein war – bei mir, Maria beruhigend nah auf dem Beifahrersitz, eher die Angst, aus der Leitplanke geflext werden zu müssen. Ich hatte mich schon mit noch aus dem Kopf ragendem Metall bei Johannes B. Kerner sitzen gesehen. Alles, nur kein rührendes Schicksals-Comeback!!

»Wo soll der hin?«, fragte Leticia, einen Karton in der Hand. Maria nahm ihn ihr ab. Ich schaute mich um: Da waren wir – in unserer gemeinsamen Wohnung. Zweiter Stock. 68 Quadratmeter. Drei Zimmer. Ein Bad. Kein Kamin. Schon ein Unterschied zu meiner zwischenzeitlichen Penthouse-Residenz. Die bezog in wenigen Tagen jemand anderes. Vermutlich einer, dessen zweite Single und Album NICHT grandios gefloppt war.

»Komm, wir holen die nächste Ladung!«, nahm ich Marias Hand.

Im Treppenhaus begegneten wir einem älteren Paar.

»Ziehen Sie im Zweiten ein?«, fragte die Frau.

Wir nickten, worauf beide freundlich die Hand ausstreckten.

»Herzlich willkommen! Wir sind dann Nachbarn – wir wohnen gegenüber.«

»Hallo!«, freute uns die nette Begrüßung. »Sorry, wenn es heute 'n bisschen lauter wird wegen Aufbauen und so.«

»Da machen Sie sich mal keine Sorgen. Ganz schön stressig, so ein Umzug, was?«

»Das können Sie laut sagen …«

»Halten Sie durch!«, lächelte die Frau.

Ihr Mann musterte mich, grübelte und grübelte.

»Sagen Sie, kennen wir uns irgendwo her?«

Ich schüttelte den Kopf.

»Nicht, dass ich wüsste.«

»Haben Sie was mit dem Tennisverein zu tun?«

»Nö.«

»Auf dem 60. Geburtstag von Kalle Klein?«

»Nein.«

»Arbeiten Sie drüben bei der Post?«

»Nee …«, schüttelte ich wieder den Kopf.

»Jetzt halt die jungen Leute mal nicht von der Arbeit ab!«, zog die Frau ihren Mann mit sich. »Gutes Gelingen noch.«

Während dieser sich weiter das Hirn zermarterte, liefen Maria und ich raus zum Umzugswagen.

»Bist du traurig?«, fragte Maria, als ich auf der runtergelassenen Hebebühne Kisten sortierte. Die letzte große Bühne, auf der ich noch auftrat. Ich reichte Maria einen der Kartons.

»Traurig? Was meinst du?«

»Na ja …«, stellte sie den Karton auf den Fußweg. »Deine alte Wohnung war doppelt so groß. Und edler. Und schöner.«

Ich schaute Maria an. Das konnte nicht ihr Ernst sein. Ich machte einen Satz von der Hebebühne.

»Ich liebe dich!«, gab ich Maria einen Kuss. »Und wir haben eine tolle Wohnung. Eine tolle GEMEINSAME Wohnung! Ich brauch keine 120 Quadratmeter und keinen teuren Fliesenboden oder was weiß ich – selbst keinen hochbegabten Streber-Herd, der sich vor dem Überkochen automatisch runterdreht … Zumindest nicht, wenn du todesmutig genug bist, mir richtig Kochen beizubringen.«

»Das kriegen wir hin …«, lächelte Maria.

Ich war mir sicher: Das kriegten wir in der Tat hin. Und nicht nur das. Ich hatte ein gutes Gefühl.

»Komm!«, hüpfte ich wieder hoch. »Wir haben noch viel zu tun.«

Wir stapelten die Kartons auf das geliehene Rollbrett. Als der Turm hoch genug war, dass es sich lohnte, schoben Maria und ich ihn zur Haustür.

Wieder oben war Axel gerade dabei, die sperrigen Schrankbretter ins Schlafzimmer zu tragen. Sie scherten gefährlich aus.

»Sollen wir die nicht lieber zu zweit nehmen?«

»Quatsch, Alter!«, hörte ich es hinter den großen Brettern. »Läuft!«

»Hau bitte nirgendwo gegen.«

»Keine Panik – ich hab alles im Griff!«

Axel eierte mit den Schrankteilen voran. Ich hängte in der Zwischenzeit mit Maria mein Zombiemaxx-Schild in der Küche auf. Ein extra Kinoraum war nicht mehr drin, doch über dem Herd machte sich das Ding mindestens genauso gut. Ich freute mich auf unser gemeinsames Kochen. Selbstgemachter Zombie-Eintopf – hmmmmm, lecker!

»Hängt doch super…«, knipste ich die Leuchtschrift an, trat zurück. »Oder?«

Maria nickte.

»Perfekt.«

Im Schein des rosa Zombiemaxx-Lichtes küssten wir uns noch einmal. So viel Zeit musste sein. Dann eilte ich ins Wohnzimmer, verschob und stapelte Kartons. Hoffentlich wurden wir rechtzeitig fertig. Ich musste den 7,5-Tonner bis spätestens 22 Uhr bei der Station abgeben, sonst baten die Sixt-Gentlemen noch mal zur Kasse. Angespornt von der Deadline griff ich mir das Rollbrett.

»Wir müssen Gas geben!«, wollte ich nach unten eilen.

»Achtung!!«

Leticias Warnung kam zu spät: Eine lange Holzplatte raste auf mich zu, bevor sie hart gegen meinen Schädel knallte. Ich ließ das Rollbrett fallen, vor meinen Augen wurde es schwarz.

***

»Kleinen Moment!«, bat eine tiefe Männerstimme, die ich sofort wiedererkannte. Das grelle Weiß um mich herum stach selbst mit zugekniffenen Augen. Ich vernahm Schritte zum Lichtschalter, dann konnte ich sehen: Ich saß wieder in dem riesigen Sprechzimmer. Überall an den Wänden Regale mit unzähligen Patientenakten. Vor mir mein Glücksdiabetes-Facharzt, der sich im Sessel zurücklehnte.

»Junge, Junge…«, blinzelte ich, während helle Flecken vor meinen

Augen tanzten. »Diese fiesen Deckenstrahler sollten Sie endlich mal auswechseln lassen, ehrlich!«

Mein Arzt schmunzelte, griff nach der Akte auf seinem Schreibtisch. Ich schaute ihn fragend an.

»Was mach ich wieder hier?«

»Heute ist Nachuntersuchung... Ich hab Ihnen doch gesagt: Meine Patienten schauen immer genau dann vorbei, wenn es für sie Zeit ist.«

Richtig. Ich erinnerte mich.

»Wäre schön, wenn das vielleicht mal etwas sanfter ginge...«, rieb ich über die Beule auf meiner Stirn, worauf der Arzt erneut schmunzelte. Mit der Lesebrille auf der Nasenspitze vertiefte er sich in meine Akte, massierte seine Unterlippe, was ich als kein gutes Zeichen deutete.

»Und? Und??«, fragte ich besorgt. »Wie sieht's aus?!«

Mein Arzt legte die Akte zur Seite, nahm die Brille ab. Er atmete tief durch. Dann fing er an zu lächeln.

»Ihre Glückswerte sind perfekt – das Glücksinsulin hat voll angeschlagen... Müssten Sie eigentlich auch selbst spüren, oder?«

»Oh ja!«, nickte ich erleichtert. »Das tue ich... Und WIE ich das tue.«

»Sehr schön... Dann haben Sie die richtige Medizin gefunden. War doch gar nicht so schwer, wie Sie befürchtet hatten.«

»Haben SIE 'ne Ahnung!!!«

Mein Arzt lachte auf.

»Behalten Sie Ihr Glücksinsulin immer in der Nähe... Und vor allem: Gehen Sie gut damit um – es ist das Wertvollste, was Sie haben!«

Ich dachte an Maria.

»Das sollte kein Problem sein.«

»Dann ist ja alles klar!«, klappte mein Arzt die Akte zu. »Soll ich Sie zur Sicherheit noch durchchecken, ob sonst nichts Ernstes vorliegt? Spaßalzheimer? Wutinkontinenz? Lebensallergie?«

Ich schüttelte schnell den Kopf.

»Ihre letzte Grippeimpfung?«

»Gar nicht so lange her...«, antwortete ich. »Wirkt noch. Lassen Sie gut sein – ich bin in Ordnung. Zum ersten Mal in meinem Leben bin ich in Ordnung... Ich will jetzt eigentlich nur zurück zu Maria.«

Mein Arzt stand auf, kam zu mir.

»Das kann ich gut verstehen...«, schüttelte er meine Hand. Ich spürte

wieder dieses warme Kribbeln. »Sie SIND in Ordnung. Passen Sie auf sich auf. Und auf Ihr Glücksinsulin natürlich.«

»Mach ich. Verlassen Sie sich drauf.«

Ich ging zur Tür.

»Sagen Sie …«, drehte ich mich wieder um. »Sie hängen nicht zufällig manchmal spätabends am Düsseldorfer Bahnhof rum? So ’ne Art … Notdienst?«

Mein Arzt, der sich bereits auf den nächsten Patienten vorbereitete, schaute zu mir hoch und lächelte. Das hatte ich mir schon gedacht. Ich hob zum Abschied die Hand. Als ich fast aus dem Sprechzimmer raus war, hörte ich es rufen.

»Halt!«, kam mein Arzt angelaufen. »Um Himmels willen, das hätte ich beinahe vergessen!«

Oh Gott. Was JETZT noch? Doch was Ernstes??

Er griff in seine Kitteltasche, zog die CD vom Glücksdiabetes-Song heraus.

»Würden Sie die signieren? Mein Sohn bringt mich um, wenn ich ihm kein Autogramm mitbringe.«

»Ihr Sohn findet das gut?«, war ich überrascht. »Echt?«

Mein Arzt nickte.

»Aber wir sind längst megaout.«

»Da, wo ich herkomme, läuft die Zeit langsamer.«

»Ach so … Verstehe!«, tat ich nicht, signierte trotzdem die CD.

Dann verließ ich die Praxis.

***

»Alles okay??«, blickte ich in die beunruhigten Gesichter von Maria, Leticia und Axel. Ich lag auf unserem Sofa, unter mir die Schutzfolie. Meine Birne dröhnte. Maria strich vorsichtig über das Beulenmassiv.

»Sorry!«, entschuldigte sich Axel. »Ich hab dich nicht gesehen.«

Ich richtete mich auf.

»Halb so wild. Geht schon wieder.«

Kurz schaukelte ich hin und her wie im Musikantenstadl, doch die Benommenheit schwand schnell. Maria war noch immer besorgt.

»Sollen wir nicht lieber ’nen Arzt rufen?«

»Ich brauch keinen Arzt mehr …«, beruhigte ich sie. »Mir geht's gut. Es ging mir noch nie besser.«

Ich nahm Maria in den Arm, sah Axel einen Karton vorbeitragen, aus dem ein T-Shirt-Ärmel mit aufgedruckter Spritze hing. Drinnen hörte ich CDs klappern.

»Och nee!«, schaute ich Maria an. »Wollten wir den ganzen Scheiß nicht wegschmeißen?«

»Ist alles aussortiert … Aber diesen einen Karton lass uns behalten, okay? Den hab ich extra zusammengestellt.«

»Wozu?«

»Zur Erinnerung.«

»Zur Erinnerung?«

Maria nickte. Ich schaute skeptisch rüber zu dem Glücksdiabetes-Zeug. Wollte ich wirklich erinnert werden an all die schrecklichen Auftritte? An Ballermann, Exclusiv und »Wetten, dass?«-Desaster? Ganz sicher nicht. Andererseits: Der Inhalt des Kartons erinnerte mich ja auch an etwas anderes. Daran, wie ich Maria kennengelernt hatte. Und wenn ich so darüber nachdachte: Dafür nahm ich den schlimmen Rest in Kauf.

»Na gut … Behalten wir den Kram.«

Maria lächelte. Axel knallte den Karton zu Boden.

»Alter, das Zeug ist 'n Vermögen wert bei unserer Reunion-Tour in zehn Jahren … Das wird 'n Spaß, dann noch mal den Glücksdiabetes-Song zu bringen!«

Wer hatte hier gerade das Brett gegen den Kopf bekommen??

»Wenn überhaupt, mach ZWANZIG Jahre draus!«, bat ich eindringlich. »Dann sind wir so alte Säcke, dass wir vielleicht davonkommen mit 'ner anspruchsvollen Jazzversion.«

Kaum hatte ich es ausgesprochen, fühlte Axel sich inspiriert, den typischen Metallbesen-Sound zu imitierten. Leticia stieg mit einem mundgespielten Bass ein. Maria gab die täuschend echte Jazz-trompete.

»Ihr seid bekloppt …«, schüttelte ich den Kopf.

Die drei jammten selbst dann a capella weiter, als wir schon wieder im Treppenhaus waren. Vor dem Umzugswagen schließlich konnte auch ich nicht mehr an mich halten, komplettierte unsere neue Jazz-Combo als Scatman:

♪♫♪ *Kein Gesunder versteht es – Ski-Bi-Di-Ba-Ba! – Glücksdiabetes! – Ski-Bi-Di-Dip-Dop-Ba-Da-Bap-Bop-Bi-Di-Dop-Ba-Ba-Bap-Bop-Ba-Di-Dop-Dap-Dop …* ♪♫♪

»Haben Sie Schmerzen?«, stoppte mich eine besorgte Seniorin, die mit ihrem Gehwagen angerollt gekommen war.

»Alles bestens!«, konnte ich sie beruhigen, worauf die Omi ihr türkises Renngestell wieder anschmiss und weiterzog. Wir griffen uns die nächsten Sachen zum Hochschleppen. Der Umzugswagen schien nicht leerer zu werden. Jetzt aber ranhalten.

Es war schon nach Mitternacht, als Maria und ich geschafft auf dem Bett lagen. Während Maria im Wohnzimmer schon erste Kartons ausgeräumt hatte, war ich die letzten zwei Stunden beim Aufbau des IKEA-Doppelbetts fast verzweifelt. Irgendwo in den tiefsten Wäldern Schwedens, dort, wo niemand dein Schreien hört, musste es komplette Klapsmühlen nur für irre Ex-IKEA-Kunden geben. Selbstverständlich mit Gummizellen zum Selbstaufbauen. Jetzt aber stand das Bett endlich. Zwei Schrauben waren trotz kreativer Selbstverwirklichung übrig, doch davon hatte ich Maria nichts erzählt. Ich wollte sie nicht unnötig beunruhigen. Würde schon nicht zusammenkrachen, unsere Schlafstätte. Obwohl: Wenn ich hier im Bett mein Bäuchlein betrachtete, das unter dem T-Shirt rausschaute – vielleicht wurde das irgendwann doch mal gefährlich.

»Ich glaub, ich hab ’n bisschen zugelegt!«, machte ich selbstkritisch die Kneifprobe.

»Mm-Hm …«, murmelte Maria, kuschelte sich an meine frisch aufgefüllten Pölsterchen. Sie war schon fast eingeschlafen. Kein Wunder nach diesem Tag.

»Vielleicht sollte ich doch mal wieder bei Doktor Hart trainieren …«, zog ich in Erwägung. Dessen kürzlich eröffneter Club »Desperate Hartwives« lief sogar noch besser als die alte Church Of Fitness – sein neues, softeres Trainingskonzept hatte eingeschlagen wie eine Bombe. Doktor Hart war es in der Kammer des Schreckens wirklich ernst gewesen: Auch ICH hatte ihn stark gemacht.

»Mm-Hm …«, murmelte Maria wieder.

Ich schaute sie an: Ihre Augen waren geschlossen, sie atmete bereits ruhig und gleichmäßig.

»Ich finde, wir sollten unsere Wohnung komplett schwarz streichen!«, machte ich den Test. »Die Toilette kommt raus für ’n Plumpsklo, das spart Wasser. Und vorne am Eingang hängen wir ’n richtig hübsches Popelbrettchen hin – was meinst du?«

»Mm-Hm.«

Hatte ich es mir doch gedacht.

»Du kriegst ja gar nichts mehr mit …«, deckte ich Maria zu. »Schlaf schön.«

Ich gab ihr einen Kuss auf die Stirn. Sollte dies ein Traum sein, mochte man mich bitte ganz leise für immer ins künstliche Koma versetzen. Ich tastete nach dem Kabel der provisorisch aufgestellten Lampe, zog es aus der Steckdose. Während Maria neben mir schlief, lag ich wach und überlegte. Durch das noch vorhanglose Fenster schien der Mond auf unser **Invasion der Werwolf-Vampirzombies**-Poster, das wir bereits gegenüber vom Bett aufgehängt hatten. In zwei Wochen war endlich Premiere von Teil 14. Maria und ich hatten schon Karten. VIP-Pässe sogar, weil Maria mich überzeugt hatte, meine Idee für den finalen Teil 666 an die Produzenten zu schicken. Die waren begeistert gewesen.

Irgendwann kroch ich vorsichtig, um Maria nicht zu wecken, unter der Bettdecke hervor, bahnte mir durch die Kartons den Weg ins Wohnzimmer. Dort klappte ich im Dunkeln mein Notebook auf. Das Bildschirmlicht brannte in meinen Augen, als der Rechner hochfuhr. Erst als ich das Internet öffnete, gewöhnten sich meine Pupillen daran. Prompt erschien die Google-Startseite. Die Typen von Arcor hatten es tatsächlich geschafft, pünktlich zum Umzugstermin die Leitung umzuschalten. Da würde irgendjemand mächtig Anschiss bekommen, einfach so die Firmenphilosophie zu verletzen. Ich tippte meinen Suchbegriff ein, erinnerte mich noch gut, wie ich keinen einzigen Treffer erhalten hatte. Damals nach meiner Diagnose beim Robbie-Williams-Konzert. Das sah inzwischen ganz anders aus:

Ergebnisse ***1-10*** *von* ***23.000*** *für* ***Glücksdiabetes****. (****0,14*** *Sekunden)*

Alle zu unserem Glücksdiabetes-Song. Dem schon wieder vergessenen One-Hit-Wonder des Sommers. Verrückt. Ich klickte mich durch alte Fanseiten – seit vielen Wochen nicht mehr aktualisiert, oft sogar nur noch eine gnädige »404 Not Found«-Fehlermeldung. Selbst unsere offizielle Seite war vom Netz genommen. Kein Zweifel: Die 15 Minuten Ruhm der Glücksdiabetiker waren vorbei. Besser so. Andere Beteiligte hatte das weit härter getroffen: Ganz kurz davor war Harald Holtz gewesen, durch unsere Hit-Single ein weiteres Mal befördert zu werden – vom Chief Creative Double Executive Consulting Senior Manager zum Chief Creative TRIPLE Executive Consulting Senior Manager. Europaweit der erste seiner Art. Nachdem unser folgendes Flop-Album selbst auf dem Grabbeltisch Schimmel angesetzt hatte, war er stattdessen degradiert worden – wieder zum einfachen Chief Creative Executive Consulting Senior Manager. Diese unendliche Schmach hatte Harald Holtz nicht verkraftet. Das Letzte, was ich von ihm gehört hatte, war, dass Jäger im Teutoburger Wald ihn gesichtet haben sollten – nackt und bärtig durch die Wildnis taumelnd, mit irrer Stimme den Glücksdiabetes-Song brüllend. Armer Harald Holtz. Trotz allem tat er mir leid. Wer weiß: Vielleicht war auch er Glücksdiabetiker und wusste es nur einfach nicht.

Da ich trotz 23.000 Treffer nur blöden Quatsch fand, öffnete ich Wikipedia, um einen neuen Artikel zu schreiben. Es existierte bereits einer zum Thema *Glücksdiabetes (Song)* – ich legte eine neue Bedeutung an: *Glücksdiabetes (Krankheit)*. Dort schrieb ich alles hinein, was ich darüber gelernt hatte. Vielleicht gab es tatsächlich irgendwo da draußen noch andere mit Glücksdiabetes, die nach Hilfe suchten. Die sollten mehr Erfolg haben als ich damals. Ich beschrieb ausführlich die einzig wirksame Medizin, lud aus meinem Bilderordner ein Foto von Maria hoch. Darunter schrieb ich:

»Mein Glücksinsulin. Euer eigenes ist irgendwo da draußen – gebt nicht auf zu suchen. Ich wünsche euch alles Glück der Welt.«

Ich las den Artikel noch einmal durch, war zufrieden und sendete ihn mit einem Klick ab. Danach klappte ich das Notebook zu. Ich schlich wieder ins Schlafzimmer.

Als ich zurück zu Maria ins Bett kroch, murmelte sie im Schlaf vor sich hin. Ich strich ihr Haar aus dem Gesicht.

»Schhhh … Schlaf weiter.«

Ich schaute auf die Uhr: fast zwei Uhr. Auch ich war jetzt müde, doch es war eine zufriedene Müdigkeit. Ich fühlte mich so anders. Ein seltsames Gefühl. Aber eines, an das ich mich gerne gewöhnen würde. Als ich die Augen schloss, Maria neben mir, konnte ich es kaum noch fassen.

Ich war glücklich.

ENDE

DANKE AN:

Markus Zimmer, Markus Paßlick, Christian Storms, Kristine Meierling, Eduard Hörner, Axel Pelz, Stefan Schabenberger, Käpt'n Beckmann & seine Crew und Doris Engelke